마음의 위안을 주는

나의 어릴 적 이바구

마음의 위안을 주는 나의 어릴 적 이바구
이근후 지음 | 최 솔 · 이선재 · 이하늬 · 이한결 대화

초판 인쇄 2019년 11월 25일
초판 발행 2019년 11월 30일

지은이 이근후
펴낸이 신현운
펴낸곳 연인M&B
기 획 여인화
디자인 이희정
마케팅 박한동
홍 보 정연순
등 록 2000년 3월 7일 제2-3037호
주 소 05052 서울특별시 광진구 자양로 56(자양동 680-25) 2층
전 화 (02)455-3987 팩스(02)3437-5975
홈주소 www.yeoninmb.co.kr
이메일 yeonin7@hanmail.net

값 15,000원

ISBN 978-89-6253-475-7 03810

삶의 재미와 위안을 주는 웰에이징well aging 131 이야기

마음의 위안을 주는 나의 어릴 적 이바구

이근후(이화여대 명예교수) 지음
최 솔·이선재·이하늬·이한결 대화

연인M&B

이근후
(이화여대 명예교수)

손자 손녀들과 나누는 나의 어릴 적 이바구(이야기)는 처음부터 손자 손녀들과의 대화를 위해서 쓰여진 글은 아니었다. 사실 이 글은 전혀 다른 목적으로 쓰여졌던 글들이었다.

10년 전에 상담전문가의 심화교육 프로그램에 참여한 적이 있었는데 그때 맡았던 주제는 '아동기 감정양식' 이란 주제였다. 이 주제의 뜻은 우리나라의 속담 "세 살 버릇이 여든까지 간다."는 말을 서양식으로 풀이하여 정리하는 이론서의 제목이다. 다시 말하자면 어릴 때 형성된 감정양식이 무의식 속에서 나와 평생 동안 그 개인의 사고, 감정, 행동에 영향을 준다는 이론이다. 무의식적인 아동기 감정양식을 어떻게 의식화해서 활용을 할 것인가 하는 것이 주제이고 그러기 위해서는 우선은 아동기의 첫 경험을 기억해 내야 가능하다. 그럼 어떻게 아동기의 첫 경험을 기억해 내야 하는가는 정신과의 자유연상기법이라는 것을 이용해서 내담자로 하여금 생각나는 대로 어릴 때의 기억을 회상해 보게 하는 것이다. 내담자는 자유로운 기억의 회상을 통해 어릴 때의 첫 경험들을 기억해 낸다. 이런 기억이 세 살 버릇이라는 뜻이다.

말로는 이렇게 간단히 설명이 되지만 당시의 심화교육 수강생들은 자유연상기법을 통해서 어떻게 무의식적인 경험이 의식화되는가에 대해서는 선뜻 쉽게 이해하지 못했다. 그래서 그때 어떻게 하면 쉽게 이해를 하게 할 것인가를 생각을 하다 보니 내가 내 자신의 어릴 적 첫 경험에 대한 기억들을 즉 아동기 감정양식을 자유연상기법을 통해 회상을 해서 30개의 사례 정도를 수강생들을 위한 교과서로 사용을 했었다. 그때 이런저런 연상을 하다 보니 교과서로 사용을 한 사례 30개뿐만 아니라 회상들이 꼬리에 꼬리를 물고 연상이 되어서 기억이 나는 짧은 사례들을 쓰기 시작했는데 그것들이 쓰다 보니 300개를 훌쩍 넘었다. 그래서 그때 또 이런 생각이 들었다. 나의 어릴 때 기억이니 지금 어린 나의 손자 손녀들과 이 주제를 가지고 한번 대화를 나누어 보면 어떨까 하는 생각이 들었다. 손자 손녀들에게 할아버지가 쓴 글을 읽어보게 하고 자신들이라면 어떻게 했을까 하는 아이들의 생각을 듣고 싶은 마음이 들었다.

손자 손녀들과 상의를 하여 모두들 나의 글을 읽고 그에 대한 생각을 내 이메일에 답글로 보내 주기로 했다. 마침 계간 종합문예지 『연인』의 발행인인 신현운 시인과의 오랜 인연이 연재가 끝나면 단행본으로 출간을 하기로 약속을 하게 되었다. 세월이 흘러 이 글을 쓰기 시작했던 손자 손녀들이 훌쩍 커서 어느새 막내가 올해 고3이 되었다. 이 책을 내는 이유를 하나 더 붙인다면 고3인 막내 손녀가 졸업도 하고 대학에 입학도 하는 시기에 맞추어 축하하는 의미로 출간을 하기로 함께 합의를 했다.

내가 쓴 글의 첫 번째 목표는 상담전문가의 심화교육의 사례로 쓴 글이었지만 같은 글로 손자 손녀들과의 소통을 위해서도 사용을 해 본 것이다. 결국 나는 하나의 글로 두 가지 목적을 이루게 된 것이다. 이 책은 상담을 전공하시는 상담원들의 아동기 감정양식을 이해하는 사례집으로 이용을 해도 좋을 것 같고 또 다르게는 손자 손녀를 둔 많은 할아버지 할머니들이 사랑하는 손자 손녀들과의 소통을 위해서도 한번 활용을 해 보는 것도 도움이 될 수 있을 것 같다.

그동안 꾸준히 연재하면서 손자 손녀들과 나눈 짤막한 이야기들이지만 나는 참 즐거웠다. 이 즐거움이 쌓여서 또 책 한 권으로 나올 수 있다니 더 큰 기쁨이 아닐 수 없다.

많이 읽혔으면 좋겠다.

2019년 10월의 어느 멋진 날에

이근후

| 할아버지와 책을 내면서 |

이하늬
(이근후 박사 손녀, 이화여대 물리학과 재학, 우측)

요즘 '노인 혐오'라는 말이 생겨났다. 동시에 '꼰대'라는 말도 흔히 사용된다. 사람들이 노인을 바라보는 시선이 노인 공경이 당연시되었던 과거와 달라졌기 때문일 것이다. 솔직하게 말하자면 나도 노인 혐오로부터 자유롭지는 않다. 서문을 쓰면서 사람들이 노인 혐오를 하는 이유에 대해 생각을 해 보았다. 나는 지하철에서 자리를 비켜 주지 않았다는 이유로 필요 이상으로 젊은 사람에게 호통을 치는 한 할아버지를 본 적이 있다. 이때 나는 순간적으로 노인에 대한 부정적인 인식이 생겨났던 것 같다. 그런데 최근에 할아버지 사무실에 갈 일이 있어서 할아버지와 함께 버스를 탄 적이 있다. 불과 두 정류장밖에 안 되는 짧은 거리였지만 버스 손잡이를 잡고 휘청거리시는 할아버지의 모습에 마음이 좋지 않았다. 버스에 앉아 있는 수많은 사람들 중 한 명이라도 자리를 비켜 주었다면 어땠을까 하는 약간의 원망과 아쉬움이 들었다. 물론 앞서 내가 예시로 든 지하철에서 만난 그 할아버지의 표현 방식은 옳지 않았다. 그런데 내가 친할아버지의 보호자 입장이 되어 보니 그 심정이 조금은 이해가 갔다. 노인 세대의 입장에서 조금만 생각해 보면 노인 혐오를 조금은 줄일 수 있지 않을까 싶다.

이 책은 할아버지의 어린 시절 이야기를 읽고 우리 손자 손녀들이 각자의 생각을 댓글을 달듯 자유롭게 쓴 책이다. 할아버지에 대한 많은 사실을 깨달았는데, 무엇보다도 할아버지의 생각에 대해 새롭게 알게 된 사실이 많다. 옛날에 친가 식구들끼리 TV를 보는데 TV 속 연예인들이 '무엇이 가장 무서운가?' 라는 주제로 얘기를 하고 있었다. 선택지가 여러 개 있었는데 그중 하나가 전쟁이었다. 할아버지께서는 가장 무서운 것으로 전쟁을 꼽으셨고 나를 포함한 손자 손녀들은 자연재해 등 전쟁 이외의 것을 골랐다. 초등학생이었던 당시의 나에게 할아버지의 답변은 매우 의외였다. 우리나라가 휴전 중이기는 해도 6.25전쟁이 일어난 지 약 60년이 지났고, 당장 어쩌면 평생 전쟁이 날 리가 없는데 왜 전쟁을 가장 무서운 것으로 뽑으셨는지 이해가 가지 않았다.

이 책이 나올 일이 없었다면 나는 아마 지금까지도 할아버지의 대답을 진심으로 이해하지는 못했을 것이다. 글을 하나하나 읽고 내 생각을 정리하는 과정에서 비로소 할아버지의 마음을 조금이나마 이해할 수 있었다. 나는 아직 20대이고, 할아버지께서 살아오신 삶과 내가 살아온 삶이 다르기 때문에 할아버지를 완전히 이해할 수는 없다. 그렇지만 할아버지의 옛날이야기를 읽다 보면 할아버지와 할아버지 세대의 생각을 조금은 공감할 수 있을 것이다. 실제로 이 책을 읽는 사람들도 이 책을 통해 할아버지 세대의 마음을 조금은 헤아릴 수 있었으면 좋겠다. 그래서 개인의 마음속에 자리잡고 있던 노인 혐오를 조금이나마 줄일 수 있었으면 더욱 좋을 것 같다.

할아버지와 나는 닮은 점도 분명 있겠지만 다른 점이 정말 많다. 할아버지께서는 호기심이 많으시고 창의적인 생각을 하시는 반면 나는 호기심이 적고 정답이 있는 명확한 것을 좋아한다. 할아버지께서는 새로운 사람을 만나는 것을 좋아하시지만 나는 낯선 사람에게 낯을 많이 가리고 새로운 만남보다는 익숙한 만남을 선호한다. 그래서인지 이 책에서 내가 가장 많이 한 말은 '신기하네요!' 혹은 '이해가 잘 가지 않아요.' 일 것이다. 이렇듯 서로 비슷하면서도 많이 다른 할아버지와 손자 손녀들의 모습들을 찾아보는 재미도 있을 것이다. 할아버지와 또 하나의 추억을 쌓게 된 것 같아 할아버지께 감사드린다는 말을 전해 드리고 싶다.

2019년 가을

이하늬

| 할아버지와 책을 내면서 |

이한결
(이근후 박사 손자, 좌측)

얼마 전에 뉴스를 보다가 노인들이 당하는 이른바 '떳다방' 사기에 대해서 보게 되었다. 사기가 줄지 않고 계속해서 증가하는 이유는 단순히 노인들이 세상 물정에 어두워서가 아니라 외로워서란다. 살갑게 대해 주는 젊은이들에게 부채의식을 느껴서 원하는 것을 들어주어야 한다는 심리상태가 포함되어 있다고 한다.

뉴스를 보는 내내 마음 한편이 불편했다. 나도 그렇지만 요즘 젊은이들은 자기 나름대로의 할 일이 바쁘다 보니 다른 노인들은 물론이고 자기 할아버지 할머니에게조차 관심을 갖지 못한다. 시간이 지나면 자신도 노인이 된다는 사실은 망각한 채 말이다. 그렇다고 의무감으로 노인들을 대해서는 안 되겠지만, 조금만 더 관심을 갖는 것은 그리 어려운 일만은 아닐 것이다.

나도 여느 젊은이들과 마찬가지로 할아버지에 대한 관심이 부족했었다. 그냥 이런저런 이유로 내 생활에 집중하느라 할아버지를 좋아하는 것도, 싫어하는 것도 아닌 무관심으로 대했다. 서문을 써 달라는 부탁을 받고, 지금에서야 할아버지와 함께한 어릴 적 기억을 더듬었다. 관심을 갖고 보니 비로소 보이지 않았던 많은 것들이 보이기 시작했다. 할아버지에 대한 서문을 쓰려면 할아버지를 이해해야 하기 때문에 일부러 더 대화를 해 보려고 애쓰기도 했다. 뜻밖에도 그렇게 할아버지를 이해하려는 과정은 아주 즐거웠고 인상적이었다. 할아버지와 나눈 대화 중에 인상 깊었던 것은 "들을 준비가 안 된 사람에게 아무리 말해 보았자 듣지 않는다."라는 말씀이었다. 나야말로 그동안 할아버지의 말씀을 들을 준비가 안 되어 있지 않았나 싶었다.

얼마 전에 할아버지가 보낸 이메일을 다시 읽어 보는 기회가 생겼다. 무려 십여 년 전까지 거슬러 올라가는 시기의 편지들이었는데 당시 사춘기였던 나를 걱정하는 편지였다. 그 당시에는 '할아버지가 노파심에 괜한 걱정을 하시는구나.'라고만 생각했는데 다시 읽어 보니 할아버지의 진심과 사랑이 묻어나는 편지였다. 그렇게 할아버지는 내가 부담스럽지 않도록 한 발자국 떨어져 소통을 하려고 노력하셨다. 그때는 미처 몰랐지만… 그때 받은 편지를 옮겨 본다.

사랑하는 한결이에게.

한결아, 필리핀 여행 즐겁게 다녀오너라.

여행이란 누구에게나 즐거운 것이란다. 일상생활을 떠나서 새로운 환경, 새로운 사람, 그리고 새로운 문화와 만날 수 있다는 것 자체가 즐겁고 또 즐겁단다. 먼 나라, 이웃 나라, 다른 나라 사람들은 어떻게 살고 있을까 평소에 궁금했던 점들을 둘러보는 계기도 되고 또 보면서 느끼고 배우는 것도 많을 것이다. 그래서 여행을 자주 하면 안목이 높아지고 마음이 넓어진단다. 이번에 가서도 많이 보고 즐기고 오너라.

한결아, 한결이는 할아버지에게 대단히 소중한 손자란다.
소중하다는 말은 귀하다는 말이다. 귀하다는 말은 할아버지의 손자라서 만 그런 것이 아니고 너 자신에게 가장 소중한 사람이고 아빠, 엄마, 할머니, 고모, 이모 등 모든 가족에게 소중한 사람이란다.
이번 여행에서 즐겁게 지내라고 할아버지가 50$를 동봉한다. 유용하게 사용하기 바란다.

사랑하는 한결아.
너도 이제 어른이 되는 길목에서 좀 있으면 고등학교에 진학을 하게 되는구나. 너 만한 연령에서는 누구나 경험하는 사춘기 과정이란 게 있다. 아주 어렵사리 경과하는 아이들도 있고 잘 경과하는 아이들도 있다.
할아버지도 너희 아빠도 사춘기를 아주 몸살을 앓으면서 지냈단다. 너도 고민이 생겨 의논해 보고 싶은 일이 있다면 할아버지를 찾으렴. 네 의논의 친구가 되어 주마.

한 가지 지난번 병원에 가서 검사를 한 결과를 보니 간이 나쁜 것으로 나타나 있다. 간이 나쁘다는 것은 건강을 잃게 되는 시발점이란다. 네 몸을 사랑하고 건강에 유의하기를 바란다. 이번 여행도 건강을 다스리는 한 여행이라고 생각하면서 각별이 즐기기를 바란다.

한결이가 건강하게 커 가는 것을 보면 할아버지는 아주 즐겁고 자랑스럽단다. 그런데 요즈음 한결이를 보면 무슨 근심이 있는 아이처럼 보여서 혹시 무슨 일이 있나 하고 걱정을 했단다. 잘 다녀오고 근심은 할아버지와 풀어 보자. 왜냐하면 할아버지는 한결이를 사랑하는 가족이기 때문이다.

2005년 7월 8일
할아버지가

또 이런 에피소드가 있다. 할아버지가 집을 지어 모든 가족들이 한 집에 모여 살게 되었다. 하지만 사람 사는 일이란 게 아무리 한집에 살아도 자주 보긴 힘들기 마련이다. 그래서 할아버지는 사촌 동생과 나를 할아버지 댁으로 꾀어내기 위해 할아버지 댁 마루에 컴퓨터 두 대를 설치해 놓고 게임 결사반대를 외치던 고모와 엄마를 절대적 권력으로 굴복시켜 버리시고는 우리에게 할아버지 댁에서는 게임을 해도 된다는 은총을 내리셨다.

그것으로 부모님과 할아버지 사이에 약간의 충돌이 있었지만 우리는 할아버지의 후광을 믿고 마냥 신나기만 했었다. 할아버지는 공부도 공부지만 어렸을 때에는 하고 싶은 것도 마음껏 해 봐야 된다는 마음에서, 그리고 우리를 좀 더 자주 보고 싶은 마음에 그렇게 하셨던 것 같다. 물론 우리는 할아버지 얼굴이 아니라 컴퓨터 화면만 바라보고 있었지만 말이다.

우리 할아버지는 멋진 할아버지다. 이 연세에도 자신의 일에 열정적이며 용돈도 자주 주고 혼을 내지도 않으신다. 황금연휴를 맞이하여 전주에 다녀왔는데 그동안에 할아버지가 어린이날이라며 아빠를 통해 용돈을 건네주셨다. '아직 나도 어린이로 쳐주는구나.' 라고 생각하며 어쨌든 자본주의 사회에서 제일 좋은 선물은 돈이라며 선물을 달게 받았다.

세대 차이라는 것 때문에 이해할 수 없는 벽이 존재하는 것은 맞지만, 할아버지는 무엇보다 우리들의 눈높이에 맞추어서 이야기를 하려고 '노력'하신다. 무엇보다도 할아버지의 가장 큰 장점은 자기 주관에 사로잡혀 앞뒤가 꽉 막힌 사람이 아니라는 것이다. 다른 사람의 의견을 존중하고 귀기울일 줄 아는 사람이라는 것, 심지어 어린 손주들한테까지도 말이다.

이번 기회로 할아버지에게 무관심했던 내 자신을 마주할 수 있었다. 사실 나는 할아버지에 대한 서문을 완성하고서도 몇 번을 썼다 지우면서 이른바 '멘붕'에 빠져 있었다. 할아버지가 베푼 사랑은 이러할진데 정작 나는 그 사랑을 받기만 했지 할아버지를 사랑하지 않았구나 하는 자괴감 때문이었다. 거의 한 달이 넘게 그 생각으로 괴로워하던 중에 한 가지 사실을 알게 되었다.

할아버지는 결국 모든 것을 다 알고 계셨구나. 이번에도 할아버지는 한 발자국 떨어져서 당신만의 방식으로 나를 지켜봐 주셨고 자라게 하셨구나. 진지함을 싫어하는 나로서는 서문을 빌어 할아버지에게 한 번쯤은 감사의 말씀을 전해 드리고 싶었다. 있는 그대로 받아 주실 테니까.

2019년 가을

이한결

| 할아버지와 책을 내면서 |

최 솔
(이근후 박사 외손자)

처음에 이 책에 대한 원고를 받았던 5년 전 즈음에는 '내가 작가가 된다.' 라는 생각보다 그저 용돈벌이를 위해 글을 썼었다. 사실 이 글에 대한 별다른 정보가 없었다. 이 책이 무엇이며, 언제 어떻게 어떤 모습으로 세상에 나올지 전혀 몰랐고 글에 흥미도 관심도 없었기 때문에 그저 할아버지가 내시는 여러 책들 중 하나일 것이라고 여겼다. 우리 손자들은 이 책의 콘텐츠일 뿐이라고.

처음에 100개 가량의 꼭지가 메일로 왔을 때 매 글마다 이런 생각이 들었다. '나에게 무슨 답을 원하시는 거지?' 처음에 댓글 형식으로 할아버지의 글을 보고 쓰라고 주문을 받았는데 도통 어떤 식으로 써야 할지를 몰랐다. 공감도 안 되었고 리액션도 안 되었다. 그래서 5년 전 첫 댓글들은 거의 한두 줄 정도로 짧게 끝난 경우가 많았다.

시간이 지나면서 100개의 꼭지가 200개, 300개가 넘어가기 시작했다. 가벼운 마음이였고 이미 용돈벌이는 끝났다고 생각했기 때문에 스트레스를 받았다. 비슷한 내용들도 있었고 어려운 말들도 있었는데 이것을 왜 보고 있어야 할까. 재미가 없었기에 하고 싶지 않았다. 그래서 할아버지께 그만하겠다고도 여러 번 말씀드렸었다. 그래도 뭔가 마음 한켠에 나만 빠져나간다는 죄책감도 들어서 흥미를 느끼기 위해 직접 찾아가서 이 글을 왜 써야 하는가, 어떻게 소통하는 게 더 흥미를 유발할 수 있을 것인가에 대해 토론했다. 여러 방법을 동원했지만 흥미를 끌어올리기엔 역부족했다.

그러다가 군대를 제대한 후 내가 하고자 했던 꿈이 망가지고 방황하던 시기가 있었다. 그때 시간도 많이 남았기에 묵혀 두었던 이 원고를 다시 살펴보기 시작했다. 아무것도 신경쓰지 않았던 20대 초와는 다르게 많은 고민과 방황을 하는 시기여서 그런지 이 글들이 새롭게 다가왔다. 할아버지의 스토리들이 그냥 뜬구름이 아닌 할아버지 본연의 모습을 만들어 주는 소스들이었고 그 꼭지들 속에서 나 자신에 대한 날것의 모습들을 확인할 수 있었다. 나 또한 비슷한 감정들을 가지고 있었고 비슷한 행동을 한 적이 있으며 비슷한 가치관이 형성되는 것을 찾았을 때는 감격했다.

많은 책을 읽어 보진 않았지만 글이라는 것은 읽을 때 나 자신이 처한 상황에 따라 제각기 다르게 해석되곤 했다. 갈수록 가족이라는 것에 대한 생각이 깊어지고 사회에 대한 시각이 달라지며 인간관계에 대한 감정들을 닦아 나갈 때마다 이 300개의 꼭지는 나에게 새로운 영감을 준다. 그 덕분에 지금은 나서서 책 전반을 수정하기도 하고 이제는 앞을 잘 보지 못하시는 할아버지의 눈과 손이 되어 글을 써 드리기도 한다. 그 과정에 할아버지와 많은 소통을 할 수 있었고 이 시간이 언제까지나 영원할 순 없기에 점점 소중하게 다가옴을 느끼고 있다. 더불어 이제는 다 커 버려서 각자의 삶을 사느라 소통하기 힘든 형과 동생들의 생각들 또한 엿볼 수 있어서 기쁘다.

나는 살면서 글을 별로 써 본 적이 없다. 일기 쓰는 것도 귀찮아서 안 쓰고, 메모도 잘 안 한다. 그러니 책은 더더욱 써 본 적도, 기회도 없었다. 그래서 이 글에서 나의 모습은 굉장히 어눌하고 말의 요지도 없고 엉망일 것이다. 그러나 글 속에는 이 집안에서 태어나 27년을 자라온 내 모습이 그대로 녹아 있다. 많은 생각의 전환 또한 나타나 있으며 손자들 각자의 생각과 가치관들이 나타나 있어서 굉장히 흥미로운 책이 될 것 같다. 가까운 사람의 다양한 가치관과 행동들을 한번 더 생각하고 이해해 줄 수 있게 해 주는 따뜻한 책이 되길 바란다.

2019년 10월

최 솔

차례(CONTENTS)

제1부 내가 학교를 가야 시작종을 친다

제2부 너는 오늘부터 급장이다

제3부 심부름으로 연애편지 전하다

제4부 너는 더 꿇어앉아라

제5부 필사본 조선력사

제6부 맨발의 축구 후보선수

제7부 1945년 8월 15일 정오

내가 교실에 들어가 자리에 앉아 숨을 돌리고 나면
언제나 시작종이 땡땡 하고 쳤다.
나는 생각했다.
'내가 학교엘 와야 비로소 종을 치는구나.'
그런데 어느 날 나는 그만 지각을 했다.
내가 와 있는데도 불구하고 종을 치지 않았다.
'이상하다. 내가 왔으니 당연히 종을 쳐야 하는데….'

제1부

내가 학교를 가야 시작종을 친다

이바구 1

백년 묵은 야시

나는 어릴 때(5세쯤) 할머니를 졸라 동네 빈터에 천막을 친 서커스를 자주 보러 갔던 기억이 있다. 지금도 기억이 뚜렷한 장면 하나가 있다. 예쁜 여자가 나와서 요상한 몸짓을 하면 옷이 하나하나 벗겨지더니 나중에는 전부 벗겨져 알몸이 되었다. 그 알몸이 또 살이 하나하나 사라져 버렸다. 뼈가 나타나더니 뼈도 사라져 버리고 무대에는 아무것도 없어져 버린다. 흔적 없이 예쁜 여자가 사라져 버렸다. 예쁜 얼굴의 무대 위 여성을 넋을 잃고 바라보고 있는 나를 보고 할머니는 말씀하셨다.

"이 녀석아, 저 예쁜 것은 백년 묵은 야시가 둔갑한 거란다. 저렇게 예쁜 것이 남자의 간을 쏙 빼먹는단다."

나는 할머님이 하신 말씀을 들은 그 이후부터 예쁜 여자를 보면 할머니의 말씀을 되새겨지곤 했다. 정말 야시(여우)일까? 어릴 때 들었던 야시 이야기는 대개 여자들과 연관이 많고 예쁜 여자의 슬픈 이야기와 연관된 것들이 참 많았다

선재 저는 서커스를 보러 간 적이 없는데 그런 광경을 보면 굉장히 신기할 것 같아요. 어릴 때 봤으면 할머니께서 하신 말씀에 속을 것 같아요. 저라면 이 서커스를 보고 한동안 충격을 받을 것 같은데… ㅎㅎ 그래도 이 얘기를 들으니 서커스를 한 번 보고 싶어요!

할 그래 서커스가 오면 한 번 가 보자. 요즈음 서커스는 훨씬 더 신기하고 재미있을 것 같다. 인터넷에서 잘 찾아봐라. TV에서도 가끔 보이는 것 같던데 옛날보다 훨씬 화려하고 스릴이 넘치더구나.

하늬 할아버지는 어릴 적에 정말 멍청하기도 하면서 참 순진하셨던 것 같네요. ㅋㅋ 전 야시라고는 생각 안 했어도 정말 똑똑하거나 예쁘거나 한 유별난 사람들을 보면서 저 사람들은 외계인이 아닐까 생각해 본 적은 있어요. 제가 생각이 아빠 닮았나 봐요.

할 멍청하다고? ㅋㅋㅋ 멍청보다 순진이란 말이 듣기 좋구나. 외계인이라고? 그렇구나 야시가 우주화한 것이다. 요즈음 신기한 것을 보면 모두 외계인과 연계시켜 생각한단다. 천문학자 딸답다. ㅎㅎ

솔 초등학교 때 어린이대공원에서 동춘서커스를 본 적이 있어요. 서커스라고 하면 줄타기나 삐에로, 동물 묘기 등 신기하고 재미있을 것으로 생각했는데 내가 본 동춘서커스는 재미보다는 안타까움과 지루함이었어요. 엄마가 우리나라 유일의 서커스단이라고 하여 기대를 하였는데, 들어가는 입구부터 허름한 천막과 불편한 바닥 자리, 조명도 없는 공연장의 썰렁함… 실망이었어요. 몇 안 되는 관객으로 흥겨움을 몰아오기엔 부족하였을까요? 그저 애쓰는 공연이라 여겼던 서커스를 TV 광고로 본 적이 있는데 '태양의 서커스'라는 제목으로 무척 화려하고 박진감이 넘쳐 보였어요. 우리의 동춘서커스도 제대로 갖춘 무대와 스토리가 있다면 더 날개를 펼 수 있지 않았을까… 시간이 지난 후에 문득 그런 생각을 해 보았어요. 시간이 흐름에 따라 사람도 변하고 호기심도 변하고 이에 따라 그동안 해왔던 것들도 함께 변화해야 도태하지 않고 성장할 수 있지 않을까….

할 동춘서커스란 지금도 있는지 모르겠지만 사라져 가던 서커스단이다. 아마도 우리나라의 마지막 서커스단이 아닐까 생각한다. 세월이 가면 변해야 한다는 말 맞는 말이다. 할아버지가 기억하는 서커스는 동춘서커스 같은 것이고 솔이가 기억하는 서커스는 태양의 서커스다. 규모나 차원이 다른 서커스지만 할아버지한테는 동춘서커스단류의 서커스가 머리에 많이 남아 있다.

이바구 2

오늘도 또 깨끗한 새 정신으로…

이 말은 내가 국민학교(초등학교)를 다니던 4학년부터 졸업할 때까지 조회 시간에 들었던 교장 선생님의 훈시 말씀이다. 나는 대구의 수창국민학교를 다녔다. 4학년 때 일제 식민지로부터 해방이 되었는데 그때 새로 부임하신 교장 선생님은 매일 아침 운동장에 전 교생을 모아 놓고 조회라는 것을 했다. 아침 보건체조도 하고 교장 선생님 훈시를 듣기도 하는 시간이다. 대체로 비가 오거나 눈이 오는 날을 제외하곤 일 년 내내 조회를 했던 것으로 기억한다. 이 교장 선생님의 훈시는 매일 똑같은 말씀이었다. 우리들은 교장 선생님이 단 위에 올라가시면 합창을 했다.

"오늘도 또 깨끗한 새 정신으로 공부를 해 주기 바란다."

매일 같은 말씀을 하시니깐 우리들이 먼저 합창을 하곤 했다. 그리고 깔깔거리면서 웃곤 했다. 교장 선생님은 왜 매일 똑같은 말씀만 하실까? 그런 의문보다는 교장 선생님의 말씀을 무슨 코미디를 듣는 태도로 3년 동안 들었다. 이제 내가 정년퇴임을 하고 조용한 시간에 한번 생각을 해 보니 아주 절묘한 말씀이다. 우리 정신과 교과서에 환자를 볼 때 언제나 처음 보는 환자처럼 대하라는 경구가 나온다. 선입견을 갖지 말라는 경구도 되겠고 항상 내담자의 말에 집중하라는 경구도 된다. '깨끗한 새 정신'은 정말 바른 생각을 가질 수 있고 바른 행동을 할 수 있을 것이다. 지금에 와서 그런 말씀의 뜻을 새길 수가 있으니 나는 생각의 늦동이인가 보다. 늦었지만 기쁜 통찰이다. 나는 혼자 마음속으로 교장 선생님의 흉내를 내어 본다. '오늘도 또 깨끗한 새 정신으로 하루를 살자.'

선재 가끔 교장 선생님 말씀을 들을 때는 딴청 피우고 잘 듣지 않았는데… 이 이야기를 듣고 나니 조금 더 잘 들어야겠다고 생각했어요. 이렇게 깊은 뜻을 갖고 있을 수도 있으니… 그리고 그 말씀들을 마음에 새겨서 깊게 생각하고 어른이 되었을 때도 중요하게 여겨야겠어요….

할 할아버지 이야기를 이해한다니 기쁘구나. 나는 나이 들어 알았는데 선재는 어려서 알았으니 요즈음 어린이들은 참 똑똑하구나. 선재라서 똑똑한가?

하늬 지금은 이해가 가지 않거나 가볍게 넘어가는 일도 나중에는 또 새롭게 느낄 수 있구나 싶었어요. 정말 신기해요. 지금 느끼는 거랑 나중에 느끼는 거랑 그렇게나 다르다니. 저도 얼른 어른이 되어서 할아버지처럼 여러 가지를 새롭게 느껴 보고 싶어요.

할 생각이란 그렇게 바뀌는 것이란다. 왜냐하면 세월이 흐르면 사회가 달라지고 또 우리들이 경험하는 일들이 달라지기 때문이란다. 어릴 때 기억이 소중하지만 지금 살아가는 하늬 또래의 경험도 하늬에겐 너무 중요한 것이란다. 어른이 되어 생각해 볼 수 있는 경험이기 때문이다. 말을 뜻으로 새길 줄 안다면 훨씬 즐거울 것이다.

솔 저 또한 교장 선생님의 말씀을 단순히 지겹게 나열하는 것으로 규정한 채 귀를 막고 중고등학교 시절을 보냈습니다. 돌이켜 보면 저희는 방송으로 말씀을 들려주셨는데 그것이 오히려 집중을 해치는 원인 중 하나가 아닐까 생각됩니다. 교장 선생님의 확고한 의지나 깊은 뜻이 매체를 통해서 간접적으로 전달되었기 때문에 더 와 닿지 않고 선생님들 또한 그런 시간에 형식적인 집중만을 요구하셨습니다. 저는 이제 막 졸업을 한 지 얼마 되지 않아 그 말씀들이 무엇을 뜻하는지 어떤 깊은 뜻이 있으셨는지 헤아리지는 못하지만 그것이 '인생을 살아가는데 보다 나은 지혜구나.'라는 느낌이 듭니다.

할 교장 선생님 말씀은 복잡하지 않다. 단순한 이야기지만 지금 생각하니 그런 깊은 뜻도 있지 않았을까 하고 할아버지는 생각했다. 말씀하시는 분과 듣는 사람의 의미가 반드시 일치하지 않는다. 어떤 말씀도 솔이에게 자신이 긍정적인 마인드로 받아들일 수 있다면 단순한 말씀도 의미 있게 나의 것으로 만들 수 있을 것이다.

이바구 3

선생님도 화장실에서…

나는 국민학교(초등학교) 4학년 때 선생님들도 화장실에서 용변을 본다는 사실을 알고 충격(?)을 받았다. 지금 생각하면 4학년이나 되는 주제에 그것도 몰랐었나 하고 의문이 들겠지만 나는 바보처럼 그랬었다. 어느 날 선생님께서 나와 몇몇 친구들을 호명을 했는데 남아서 교직원 변소를 청소하라는 것이었다. 교직원 변소? 친구들과 함께 청소 도구를 가지고 가서 보니 화장실이었다. 누가 사용하는 변소일까? 나는 설마하니 선생님들의 화장실이라고는 꿈에도 생각을 못했다. 선생님은 변소 같은 지저분한 곳에서 용변을 보시지 않는 것으로 생각했으며 더욱이 용변 자체를 하지 않는 것으로 생각했다. 나는 이 충격에서 벗어나기까지 몇 해가 걸리는 바보였다.

그땐 참으로 슬픈 마음이었다. 집에서는 부모님도 할머니도 모두 화장실에서 용변을 본다. 나도 그 화장실을 함께 사용했다. 그 옛날에는 재래식 화장실이라 아래에 용변들이 그냥 쌓여 있었다. 화장지가 없으니 신문지도 함께 있었다. 으레 그런가 보다 했었다. 그런데 선생님이 우리들처럼 용변을 보고 그것도 우리들이 사용하는 모습의 화장실과 똑같은 화장실에서 용변을 보시다니… 믿기지 않겠지만 그런 생각 때문에 충격을 받고 그 충격을 삭이느라 혼자 고민을 많이 했었던 기억이 난다. 너무 황당하고 화가 나서 선생님 얼굴을 바로 보지 못했다.

선재 할아버지께서 그때는 많이 순수하셨던 것 같아요. 그래서 이렇게 충격을 받으셨겠죠? 다른 친구들도 모두 이런 표정으로 충격을 받았어요? 아니면 할아버지 혼자서 충격 받았어요? 할아버지 혼자라면. ㅋㅋ

할 순수. 참 듣기는 좋은 말이다. 나만 그렇게 생각한 것이 아니라 내 친구 대부분도 그렇게 생각했단다. 할아버지 혼자 그렇게 생각했다면. ㅋㅋ 선재의 상상대로. ㅎㅎ 그러고 보니 잘 모르겠다. 나 혼자 생각이었나? 내가 지금 나를 생각해도 참 바보 같다.

하늬 참 신기하네요. ㅋㅋ 그만큼 할아버지가 선생님을 신처럼 여기고 말 잘 듣고 좋아하셨나 봐요. 아마 할아버지는 착하고 순진한 어린아이셨을 것 같아요. 그런데 초등학교 4학년 때 그걸 처음 아시고는 충격까지 받으셨다니 그건 좀 심하네요. ㅋㅋ

할 하늬야, 너는 몇 학년 때 선생님이 화장실에 가신다고 알았니. 하늬가 조숙한 건지 할아버지가 미숙했는지 하늬 말대로 참 신기한 노릇이다. 내가 미숙했을 것 같다.

솔 하하 저는 아예 어릴 땐 그런 생각이 없었던 것 같아요. 선생님들이 워낙 다정다감하시고 학생들과 친구처럼 지내 주셔서 그런지 그런 환상은 없었던 것 같네요. 비슷하게는 제가 좋아하는 여자 연예인이 저와 같은 사람이라는 걸 알았을 때의 그때 그 충격이란….

할 연예인이 화장실을 간다고 생각하면서 솔이가 충격을 받았듯이 할아버지는 선생님이 화장실을 간다는 사실에 충격을 받았다. 대상은 다르지만 같은 경험이구나. 담임 선생님 댁을 방문했는데 문에서 선생님을 찾았단다. 그랬더니 안에서 들리는 선생님의 말씀. "누고, 똥 눈다." ㅋㅋㅋ 충격을받았다.

이바구 4

다리 밑에서 주워 온 아이

지금은 겨울이다. 올겨울은 예년에 비해 더 추울 것이란 예보도 있다. 매년 겨울이 되면 나는 팥죽 생각이 난다. 동짓날을 기해 팥죽을 먹는 풍습이 있다. 동지팥죽을 먹으면 액을 물리칠 수 있다고 해서 새해를 맞기 전에 팥죽을 많이 먹는다. 어릴 때 어른들이 "너는 다리 밑에서 주워 왔다."는 말로 놀리곤 했었다. 왜 그런 놀림을 하셨는지 모르겠으나 내가 슬퍼서 울 때까지 놀리곤 했었다. 여러 번 그런 이야기를 듣던 나는 정말 다리 밑에서 주워 온 아이일는지 모른다는 생각을 하기 시작했다. 그렇다면 나를 낳아 준 나의 생모는 무엇을 하는 사람일까? 왜 나를 버리고 가셨을까? 나를 놀리던 친척 어른께 여쭈어 보았다.

"너희 엄마? 신천 다리 밑에서 팥죽장사한단다."

그땐 내가 자란 대구 신천에는 다리가 하나밖에 없었다. 엄마가 그리우면 몰래 가 보곤 했었다. 정말 다리 밑에는 팥죽장사를 하는 여자들이 많이 있었다. 그 여자들 가운데 내 엄마가 있을 것이라고 믿었다. 누가 엄마인지 찾아보진 못했으나 자주 신천 다리 밑을 찾곤 했다. 그때부터 나는 동지가 되면 엄마 생각을 하면서 팥죽을 많이 먹었다. 내가 많이 먹어야 엄마가 잘될 것이라고 생각했다. 어른이 되어서도 팥죽을 많이 먹는다. 나는 어릴 때 정말 주워 온 아이인 줄 알았다.

선재 할아버지께서 어른이 되어 내가 주워 온 아이가 아니란 것을 아시면서도 팥죽을 드셨다는 것을 저는 이해가 갈 것 같아요. 물론 사실이 아니지만 그냥 그런 마음으로 하고 싶을 때가 저도 있는데… 할아버지께서도 비슷한 마음으로 그렇게 하신 것 같아요.

할 이해가 된다니 고맙다. 너도 그런 마음이었었니? 마음고생했겠다. 선재 아빠 엄마는 딸 바보인데 누구한테 그런 이야기 들었니? 나는 고모님들이나 친척들로부터 많이 들었단다. 귀엽다고 하신 말씀인데 나는 혼자 운 적도 있었다. 왜 어른들은 귀엽다면서 그런 짓궂은 말씀을 했을까. 요즈음 어린이들은 그런 말 안 듣고 자라는 것 같다.

하늬 글을 읽다 보니까 할아버지는 어릴 적에 참 멍청하기도 하셨지만, 어떻게 생각하면 또 어른스러우셨던 것 같아요. 엄마가 잘 되기를 바라면서 그렇게 팥죽을 열심히 먹는다는 건 웬만한 어린아이들은 하기 힘든 생각 아닌가요? 저도 할아버지의 그런 어른스러우면서도 순진한 어린 시절을 닮고 싶어요.

할 멍청하고 어른스럽다? 맞아. 어른이 되어 팥죽을 보름 동안 먹었으니 네 말이 맞다. 알면서도 먹었다. ㅋㅋ 차차 나이 들면 어른스러워진단다. 지금 하늬는 할아버지의 어릴 때처럼 멍청해도 더 귀여울 것 같다. 어른 되거든 그때 어른답게. ㅎㅎ 너한테는 아무도 그런 이야기한 어른이 없었을 것 같다.

솔 저 또한 "다리 밑에서 주워 왔다."는 말을 정말 많이 들었습니다. 어린 맘에 '정말 내가 친자식이 아닌가.' 하는 불안감이 계속 들었었습니다. 사춘기가 지나고 나서야 그 말이 '엄마의 다리 밑'이란 것을 알았을 때 겉으로는 별일 아닌 척했지만 속으로 얼마나 안도감을 느꼈는지 모릅니다.

할 엄마의 다리 밑. ㅋㅋ 너는 제대로 알았구나. 우리 집 식구 모두 다리 밑에서 주워 왔다는 말을 들었구나. 할아버지는 너희들 어릴 때 "나는!" 하고 선창하면 "나는 할아버지 새끼다." 이렇게 복창하면서 외쳤단다. 초등학교 저학년 때까지 외치더니 그 이후부터 쑥스러워했단다. 지금은 그런 외침을 하지 않지만 그때 그 생각을 하면 모두 웃는다. 즐거운 추억이었으면 좋겠다. 선재는 할아버지한테 이런 질문을 한 적이 있다. "할아버지 나는 아빠 새낀데요." ㅋㅋ 그래서 내가 한 대답은 이렇다. "선재는 할아버지 새끼다. 그리고 아빠 엄마의 딸이다."

이바구 5

그림은 이렇게 그려야 한단다

국민학교(초등학교) 4학년이 되면서 그해 여름 해방이 되었다. 새로 담임 선생님이 오시고 미술 선생님도 오셨다. 미술 시간에는 미술실에 가서 그림을 그린다. 미술실에는 베토벤 각면이나 비너스, 아폴로 석고상이 있어서 주로 그런 석고상을 보면서 그림을 그린다. 미술 선생님은 참 엄격하셔서 수업이 시작하기 전에 이젤을 세워 놓고 준비를 완료하고 있어야 한다. 준비가 늦으면 야단을 맞는다. 그날따라 화장실을 다녀오느라 늦게 교실에 들어갔는데 친구들은 모두 석고를 중심으로 좋은 자리를 차지하고 나는 이젤을 세울 자리가 없었다. 곧 수업이 시작될 것이란 불안한 마음으로 할 수 없이 한쪽 모퉁이의 빈자리에 이젤을 세우고 그림을 그렸다. 석고의 옆얼굴을 그리게 되었다. 미술 선생님이 내가 그린 그림을 가져가셨다. 나는 가슴이 콩닥콩닥했다. 야단을 맞을 것이 뻔했기 때문이다. 내 그림을 흑판에 붙이시더니 선생님은 이렇게 말씀하셨다.

"그림이란 이렇게 그려야 한다. 구도를 잡을 때 이런 구도를 잡을 줄 알아야 한다."

나는 구도를 잡은 것이 아니라 빈자리가 그곳밖에 없어서 이젤을 세운 것인데… 부끄러웠다. 그런데 이상하게도 기분이 좋았다. 그 이후부터 나는 미술 시간이 참 재미있었다. 그림도 잘 그렸다.

선재 저도 의도하지 않았는데 칭찬을 받을 때가 있어요. 그럴 때 기분이 마냥 좋지만은 않은데 그래도 나쁘진 않았어요. 지금 할아버지와 느낌이 비슷하네요. 그래도 이 일 덕분에 그림을 잘 그리시게 되었으니까 좋은 것 같아요.

할 너도 칭찬받을 땐 좋구나. 그런데 마냥 좋지만은 않다는 말이 무슨 의미냐. 의도하지 않았던 칭찬이니 시큰둥할 수가 있겠다. 사람 마음엔 누구나 칭찬을 받고 싶은 속마음이 있단다. 칭찬을 들으면 고래도 춤춘다고 하잖냐.

하늬 역시 칭찬은 고래도 춤을 추게 한다는 속담이 맞는 말인 것 같아요. 만약 저때 선생님께서 칭찬을 해 주지 않으셨더라면 할아버지께서 그림을 잘 그리셨을 수 있었을까요? 저도 제 주변 사람들에게 칭찬을 많이 해 줘야겠어요.

할 그래 네 말대로 그 칭찬 때문에 할아버지는 칭찬 덕에 그림을 조금 그릴 수 있게 되었단다. 반대의 경우도 있었다. 음악 선생님이 학예회 때 나 혼자 교실에 남아 교실 지키라는 말씀 한마디에 일생 동안 노래와는 담을 쌓았단다. 어릴 때 그런 칭찬 한마디가 참 중요하단다.

솔 학교 다닐 때 그런 경우가 참 많은 것 같아요. 분명 야단맞을 것 같은 상황에서 오히려 칭찬을 받거나 조언을 듣는 경우. 근데 그런 일이 반복되어서 '아, 이번에도 넘어가겠지?' 하면 어김없이 혼이 나더군요.

할 맞다. 그런 뒤바뀐 경우가 참 많다. 야단맞을 일을 하고 야단맞으면 덜 억울하다. 야단맞을 일도 아닌데 야단맞으면 너무 억울하단다. 할아버지는 내가 잘못해서 야단맞기보단 반대의 경우가 너무 많았었다. 그래서 억울한 마음을 오래 지녔단다. 야단보단 칭찬이 확실하게 기분이 좋다.

이바구 6 / 돼지띠가 싫어요

한해가 또 저문다. 새해가 되면 누구나 새로운 희망을 갖는다. 나는 어릴 때 새해가 되면 나의 띠가 달라지는 줄 알았다. 어떤 사람은 쥐띠이고 어떤 사람은 소띠인데 나는 돼지띠였다. 돼지라는 동물이 게으르고 식충이처럼 밥만 먹는 것이 어린 내 마음에는 마음에 들지 않았다. 일 년 내내 나는 새해가 오기를 기다렸다. 새해가 되면 나의 띠가 바뀔 것이기 때문에 희망을 갖고 살았다. 부모님께 새해 세배를 드리면서 물었다.

"새해엔 나는 무슨 띠야?"

어리둥절해하시던 부모님은 나에게 이렇게 말씀하셨다.

"띠는 일생토록 자기 것이란다. 변하지 않는 것이란다."

나는 슬펐다. 그리고 앞이 캄캄했다. 그 돼지띠란 것을 짊어지고 일생을 살아갈 일을 생각하니 너무 슬펐다. 나는 차차 크면서 일생토록 나와 함께 운명을 같이해야 할 돼지띠라면 사랑할 수밖에 없겠구나. 그래서 나는 돼지를 사랑하게 되었다.

선재 ㅎㅎ 저도 어릴 때 뱀이 싫고 말과 개가 좋아서 '말 위에 올라탄 개와 뱀 띠'라고 엄마와 만들고 다녔던 기억이 나요. 할아버지는 새로운 띠를 만들어 내시지 않고 그냥 그 동물을 좋아하는 방법을 택하셨네요. 그것도 좋은 방법인 것 같아요. 저도 지금은 뱀이 좋거든요.

할 네가 훨씬 창의적이다. 너는 말과 개, 뱀을 아울러 새로운 것을 만들었다니 상상력이 대단하구나. 할아버지는 돼지 그 자체가 싫다는 생각에 얽매어 다른 생각을 할 수가 없었단다. "돼지에 올라탄 토끼?" ㅋㅋㅋ

하늬 ㅋㅋ 뭔가 웃기기도 하고 멋있기도 한 글 같아요. 피할 수 없으면 즐겨라! 정말 멋있는 것 같아요. 어떻게 어릴 적에 평생 함께할 돼지띠라면 사랑할 수밖에 없다는 생각을 하셨는지. 어릴 적부터 이렇게 올바른 생각을 가지셔서 할아버지께서 지금처럼 즐겁게 사시는 것 같아요.

할 뭔가 웃겼지. ㅋㅋㅋ 내가 생각해도 웃겼다. '사랑할 수밖에 없다'는 생각을 갖기까지 참 고통스러웠다. 살다 보면 사람의 힘으로 어쩔 수 없는 것이 많단다. 그 어쩔 수 없는 일이라면 받아들여야 한단다.

솔 저도 어릴 때 용이나 호랑이 같은 동물을 좋아했는데 막상 제 띠가 닭이라는 것을 알고 실망 많이 했었습니다. 누구는 그냥 띠도 아니고 앞에 '황금' 같은 수식어가 붙었는데 나는 왜 하필 그냥 닭일까 하는 생각이 들었었습니다. 근데 지금 보면 저는 천생 닭띠가 맞나 봅니다. 조류독감이 한창 유행하던 시절에도 대입 준비하느라 정신없을 때도 어김없이 일주일에 한두 번은 꼭 치킨을 먹었으니까요.

할 황금 돼지. ㅋㅋ 듣고 보니 내 띠도 황금이 있었구나. 참 생각 나름이구나. 어리석게 정말 한 해를 목이 빠지게 기다린 것은 그만큼 새 동물을 맞이하고 싶어서였단다. 네 말대로라면 나는 돼지갈비 마니아가 되어야겠구나. 함께 돼지 갈비집에 한 번 가자. 할아버지가 쏜다.

이바구 7

성탄절과 떡

학교도 들어가기 전 어릴 때다. 할아버지 동생(너희들 고모할머니)이 교회를 나가면서 나에게 교회를 나가자고 졸랐다. 교회에 나가면 연필도 주고 공책도 준다고 했다. 일제 때라서 모든 생필품이 귀한 때였다. 공책이나 연필 한 자루면 어린애들의 호기심을 끌기에는 충분했다.

한 달 두 달 미루었다. 체면에(?) 연필 한 자루에 눈이 멀 수야 없지 않냐는 생각이었을 거다. 금방 크리스마스가 다가왔다. 이번 크리스마스를 놓치면 한해를 더 기다려야 한다. 못 이긴 척하다가 동생을 따라 교회엘 나갔다. 옛날이나 지금이나 크리스마스가 되면 교회는 아주 북새통을 이룬다. 생전 교회라곤 안 나가던 어린애들까지 교회는 아주 어수선했다. 나는 예배가 진행되는 동안 떡시루에만 관심이 갔다. 예배 순서를 마친 유년주일학교 선생님이 어린이들을 두 패로 갈랐다.

"지난 9월 이전에 교회를 나온 어린이는 이 줄에 서세요. 그리고 9월 이후에 교회를 나온 어린이는 저 줄에 서세요."

이렇게 편을 갈랐다. 그리곤 9월 이전에 교회를 나온 어린이들만 떡을 나누어 주었다. 나는 분했다. '집에 가기만 가 봐라, 동생을 그냥두나….' 그래서 집에 돌아오자 마자 내 동생을 때려 주었다. 그래도 분이 풀리지 않았다.

선재 저도 아빠께서 해 주시는 얘기를 들었는데 아빠께서도 교회에 가서 자다가 선물만 받아갔데요. ㅎㅎ 저도 그런 것을 많이 준다면 가고 싶을 것 같아요. 동생은 할아버지께서 떡을 못 받을지 알았을까요? 몰랐을까요? 궁금해요. 정말 알고 그런 것이라면 맞을 만하네요. ㅋㅋ

할 고모할머니가 맞을 만하지. ㅋㅋㅋ 선재가 내 마음을 알아줘서 고맙다. 고모할머니가 알고서 할아버지 보고 9월 이전에 온 사람 틈으로 오라고 했단다. 할아버지는 '정직' 그 한 마음으로 9월 이후 그룹으로 앉았단다.

하늬 저 같았으면 교회에 가서 9월 이전에 교회를 나온 어린이들의 줄에 서서 몰래 떡을 받았을 텐데. 그리고 할아버지! 먹을 걸 가지고 때리시다니. ㅋㅋ 역시 어릴 때는 누가 뭐래도 먹을 거가 최고인 것 같아요. 그래도 때리지는 마세요! ㅋㅋ

할 9월 이전 줄에 선다고? 네 아빠가 들으면 기절하겠다. 아빠하고 이야기를 한 번 나누어 보렴. 네 말대로 그런 것 가지고 동생을 때리다니 좀 부끄럽구나. 그래도 내 생각엔 내가 동생한테 속았다거나 떡을 교회에서 안 준데 대해 많이 분하고 억울했었나 보다. 나는 어른이 되어 이런 경험을 찾아 들어가다 정신과 의사로서 나를 보게 만들고 통찰하게 만든 자료가 되었단다.

솔 그래도 예전에는 믿음이 있었던 친구한테 선물을 주었군요. 제가 학교 다닐 때는 어떻게든 한번 오게 하려고 오기만 하면 문화상품권이나 먹을 것을 챙겨 주었는데… 어린 맘에 그런 것 한아름 받아서 배 채우고 친구들이랑 놀았었던 추억이 생각나네요.

할 와, 솔이는 먹을 것만 챙기고 오리발이었구나. 그게 어린 마음이다. 어른이 되어 계속 그런 식으로 살아간다면 어른답지 못한 행동일 것이다. 아빠가 성서대학 교수님인데 교회 가자는 말씀 안 하시니? 할아버지는 따로 교회에 나가진 않았지만 기독교 대학인 연세대학과 이화대학에서 30년 넘게 봉직을 하고 정년퇴임했다. 기독교적인 환경 속에서 일생 동안 일했단다. 나를 잘 모르는 사람들은 종종 할아버지 보고 장로님이라고 부르는 사람이 있다. 으레 기독교 신자라고 생각한단다.

이바구 8

세뱃돈

어릴 때 새해 새 아침은 참 즐거운 날이다. 새 옷도 입고 맛있는 음식도 먹고 그런 것도 좋지만 세배를 하면 세뱃돈을 받을 수 있어서 더욱 즐거운 새해이다. 학교를 들어가기 전의 기억이다. 고종사촌 형이 나를 유혹했다. 자기 고모님이 혼자 사시는데 어린 동자의 첫 세배를 받으면 그해 한해는 아주 행복하다는 거다. 그래서 나보고 새벽 일찍 자기 고모님에게 세배를 가자는 것이었다.

"세뱃돈도 많이 주실 거야."

이 말은 나로 하여금 앞뒤를 챙겨 볼 여유를 잃게 만들었다. 아침 일찍 세배를 드리고 세뱃돈을 두둑하게 받았다. 이 말씀을 부모님께 드렸더니 크게 꾸중을 하셨다. 할머님이나 부모님을 제치고 다른 사람에게 먼저 세배를 하는 것은 옳지 않다고 말씀하셨다. 세뱃돈을 많이 주시는데 왜 그분에게 세배를 먼저 하면 안 되는지 그땐 꾸중을 들었지만 알지 못했다. 세뱃돈을 꼭 쥐고 그 꾸중을 들었다.

선재 저라면 부모님께 그 사실을 알리지 않았을 것 같은데. ㅋㅋ 혼났어도 돈을 꼭 쥐고 있었다는 것은 공감이 가요. 저는 오빠들이나 아빠가 세뱃돈 맡겨 준다고 돈 달라고 한 기억이 나는데, 그때 주지 않은 것을 다행이라고 생각하고 있어요.

할 설날에 할아버지가 세뱃돈을 주면 받는 너희들의 태도가 각각이란다. 선재 말대로 돈을 안 맡기는 애들이 있는가 하면 받는 즉시 엄마에게 맡기는 애들도 있었다. 너는 네가 꼭 쥐고 있었구나. 나도 그렇게 하고 싶었는데 항상 왕할머니에게 맡겼단다. 한번도 되돌려 받지 못했다. ㅋㅋ

하늬 이 글은 되게 공감이 많이 되네요. 저 같아도 세뱃돈을 많이 준다면 부모님을 제치고 얼른 가서 세배하고 받을 것 같아요. 돈은 그냥 내가 많이 가지고 있으면 행복한 것 같아요. 곧 설날인데, 세뱃돈 많이 주세요~

할 하늬는 실속쟁이구나. 세뱃돈 많이 주는 순서대로. ㅋㅋ 그런데 누가 많이 줄지 어떻게 알 수 있니? 설날은 세배할 어른이 많으면 많을수록 좋겠다. 우리 집 설날 모두 모여 설날 세뱃돈 받으니 기분 좋지. 좀 더 크면 더 많이 받는단다. 지금은 오빠와 조금 차이 있지만 너도 오빠만해지면 지금보단 기대해도 좋다.

솔 저희는 할아버지 할머니 덕분에 더 편안하고 자유로운 분위기에서 매년 세배를 드려서 그런지 그런 기억은 없네요. 세배하라는 소리에 웃음을 지을 때면 가끔은 '내가 너무 세뱃돈만 생각하나.' 싶은 생각도 들기도 하네요. 그래도 속마음은 그런 게 아니에요!

할 세뱃돈만 생각하나? 그런 생각이 들 때도 있었다니 참 솔직하구나. 많은 사람들은 그런 생각을 했어도 안 한 것처럼 말하지 않는다. 솔직한 솔이가 더 귀엽다. 할아버지는 어릴 때 돈 욕심에 다른 집에 먼저 세배하고 들은 꾸중이 좀은 억울했다는 생각을 가졌었다. 그땐 솔이 만큼 솔직하지 못했던 어린이였나 보다. 돈 때문에 즐겁기도 하고 부모님께 새해 인사하는 것도 즐거운 일이다. 그런 두 가지 마음을 함께 갖고 있지만 대부분 부모님에게 새해 인사하는 가치를 더 앞에 둔단다. 솔이가 말한 그런 속내는 누구나 갖고 있다.

이바구 9

보건체조하면 여학생 얼굴이

국민학교(초등학교) 때 보건체조라는 것이 있었다. 전 교생이 운동장에 모여 음악과 구령에 맞추어 체조를 하는 것이다. 열두어 가지 다른 모습의 동작이었던 것으로 기억한다. 중간쯤에 양팔을 앞으로 올려 몸통 뒤로 돌리는 모습의 동작이 있었다. 허리를 돌려 뒤로 돌리는 동작이었기 때문에 왼쪽 오른쪽 반복하게 된다. 나는 어느 날인가부터 이 보건체조 시간이 기다려졌다. 보건체조 동작 가운데 특히 이 팔을 올려 뒤로 돌리는 동작이 올 때를 아주 고대하면서 기다렸다. 이 동작을 하고 나면 하루의 일과가 기분 좋게 풀려 갔다. 행복감에 젖어 하루를 보냈으니 그럴 수밖에 없었다.

나는 한 여학생을 짝사랑했다. 보건체조를 하는 아침 시간에 그 여학생의 위치는 내가 선 자리에서 한 세 번째쯤 대각선으로 앞에 서 있었다. 그러니 내가 팔을 올리기만 하고 허리를 뒤로 돌리지 않는다면 그 여학생의 얼굴을 마주 볼 수가 있었다. 그 여학생은 보건체조 시간에 해맑은 표정으로 열심히 허리를 돌려 나와 눈이 마주치게 되었다.

나는 내가 즐겁고 행복한 것만큼 당연히 그 여학생도 즐거워야 한다고 생각했다. 학교를 졸업할 때까지 3년 동안 이 행복감을 간직했지만 그 여학생에게 말 한마디도 못했다.

선재 할아버지도 수줍음이 많으셨네요. ^^ 저도 수줍음이 많은데… 물론 좋아하는 애도 없지만요. 할아버지께서 그 체조 시간만을 기다리셨다고 하셨는데 운동장에서 하는 거니까 비나 눈이 오면 굉장히 슬프셨겠네요. ㅎㅎ

할 수줍음이 많다는 것이 유전했나 보다. ㅋㅋ 맞아, 비가 오거나 눈이 오는 날은 할아버지가 슬픈 날이다. 그 여학생을 볼 수가 없었으니까. 선재는 친구가 없었니. 너는 예뻐서 남자 친구들이 가슴을 앓고 있을지 누가 알겠나. 내 경험으로 봐선 그런 남자 친구가 있었을 거다. 나중에 커서 동창회라도 하면 한번 알아봐라. 재미있는 추억담이 있을 거다.

하늬 그 여학생에게 한마디도 하지 못한 건 참 안타깝지만 글을 읽다 보니 할아버지의 초등학교 시절은 참 재밌었을 것 같아요. 그 여학생도 할아버지가 매일 쳐다보시고 행복하셨으니까 할아버지에게 어느 정도 호감은 있었을 것 같아요. 할아버지는 어릴 적에도 정말 행복하고 재미있게 사셨군요!

할 그 여학생이 하늬 말대로 그렇게 생각했는지 알 수가 없다. 하지만 할아버지 혼자 그 여학생 얼굴을 한번 보는 것만으로도 하루가 즐거웠단다. 너도 할아버지가 안타깝게 생각되니? 학교를 졸업하고 지금까지 한번도 소식을 듣진 못했단다. 하지만 나 혼자 재미있는 추억으로 마음에 오래 남는 장면이다. 그 여학생도 이제 할머니가 되었을 거다. 하늬 같은 손녀도 있고. 그 할머니도 할아버지처럼 자기 손녀에게 그런 기억을 이야기 삼아 들려주었으면 좋겠다.

솔 저도 초등학교 때 운동할 때면 그 누구보다 적극적으로 했던 것 같아요. 그 모습에 열광해 주던 여학생들 덕분에 그런 건지… 근데 그게 비단 저한테만 해 주던 게 아니란 걸 알았을 때는 실망 많이 했습니다.

할 솔이는 초등학교 때 축구를 아주 열심히 해서 선수로 뽑혀 다른 초등학교팀과 시합도 하곤 했었다. 할아버지가 응원을 간 적도 기억난다. 열심히 뛰고 또 뛰는 솔이를 보고 아주 흐뭇했단다. 그런데 솔이도 할아버지처럼… ㅎㅎ 여학생이 열렬히 응원하는데 힘을 냈었구나. 솔이만 응원해 주는 줄 알았다니. 내 손자다운 생각이다.

이바구 10

내가 학교를 가야 시작종을 친다

나는 국민학교(초등학교) 6년 동안 학교에서 멀지 않은 집에서 살았다. 학교까지 10분 정도면 닿을 수 있는 거리였다. 나는 매일 일정한 시간에 일어나서 학교엘 갔었다. 내가 교실에 들어가 자리에 앉아 숨을 돌리고 나면 언제나 시작종이 땡땡 하고 쳤다. 나는 생각했다.

'내가 학교엘 와야 비로소 종을 치는구나.'

그런데 어느 날 나는 그만 지각을 했다. 내가 와 있는데도 불구하고 종을 치지 않았다.

'이상하다. 내가 왔으니 당연히 종을 쳐야 하는데….'

내가 등교하기 이전에 벌써 종을 친 것을 나는 알지 못했다. 한참 동안 나는 내가 학교에도 안 왔는데 종을 친다는 것이 너무 이상했다. 6학년쯤 되어서야 종은 치는 시간이 정해져 있고 내가 오든 오지 않든 치는 것이란 것을 크게 깨달았다. 웃기지.

선재 할아버지께선 6학년 때 종이 일정한 시각에 친다는 것을 아셨다고요? 정말 신기해요. ^^ 그래도 6학년 때 아셨으니 다행이네요. ^^ 만약 할아버지께서 6년 동안 지각 한 번 안 하셨다면, 학교를 한번도 지각을 안 했다면 계속해서 모르고 사셨겠네요. ㅎㅎ

할 맞다. 그렇게 쉽고 누구나 아는 일을 할아버지는 6학년이나 되어서야 비로소 알았으니 네 말대로 신기한 일이다. 선재 말대로 6학년 때라도 알았으니 망정이지. 그래도 그때 한번 지각했을 뿐 개근을 해서 개근상을 탔단다. 개근상보다 그것을 알았다는 것이 나한테는 더 큰 상이다. ㅋㅋ

하늬 할아버지는 정말 상상력이 풍부하신 것 같아요. 그런데 할아버지가 오든 오지 않든 종은 정해진 시간에 친다는 사실을 아시고는 어떤 느낌이 들으셨나요? 할아버지는 정말 당연한 사소한 사실들을 되게 늦게 깨달으셨네요. 신기하기도 하고 조금 바보 같기도 하세요. ㅋㅋ

할 요즈음 그런 친구가 있다면 좀 바보 취급받을 것 같다. 알 수 없지, 그때도 바보 취급을 했지만 할아버지가 알아차리지 못하고 지냈는지도 모르겠구나. 여하튼 그때라도 알았으니 다행이다. 내가 처음 그런 사실을 알았을 땐 퍽 당혹스러웠단다. '내가 와야 종을 치는데…' 얼마 동안은 그런 생각을 지울 수가 없었단다. ㅎㅎ

솔 저는 4학년 때 이 집으로 이사 오고 나서부터 매일매일이 전쟁이었습니다. 버스 한 번, 지하철 한 번 타고 해야 하는데 그 시간대가 출근 시간이라 정말 사람들 사이에 꽉 껴서 갔었네요. MP3를 끼고 갔는데 항상 다른 사람 가방끈에 걸려서 이어폰을 잃어버린 게 한두 번이 아니었네요. 그래도 그렇게 치열하게 가서 그런지 지각은 안 했었습니다.

할 그랬었구나. 할아버지는 학교와 집이 가까워서 그런 고생은 하지 않았다. 하지만 중학교에 들어가서 학교와 집 사이의 거리가 약 4km 정도 되어 매일 걸어다니느라 고생을 했단다. 그땐 버스가 없었다. 먼 거리지만 걸어서 가는데 아침 등교 시간이면 학생들로 긴 줄을 잇곤 했었다. 고등학교 때도 그랬고 대학교는 거리가 아주 더 멀었단다. 그래서인지 할아버지는 지금도 잘 걷는단다.

이바구 11

붓글씨를 써서 상을 탔는데

나는 어릴 때 아버님의 친구분한테 붓글씨를 배웠다. 그 덕분인지 학교 대표로 나가 붓글씨를 겨루어 상을 타게 되었다. 그때만 해도 상을 타는 사람이 많지 않아서 교장 선생님이 조회 시간에 전 교생 앞에 나를 불러내어 다시 상을 주었다. 나는 내 이름이 호명되는 것을 알고도 나가지 않았다. 부끄러워서 나가지 못했다. 할 수 없이 담임 선생님이 교장 선생님으로부터 나의 상을 대신 받았다.

하루의 공부를 마감하는 종례 시간이 되었다. 담임 선생님은 또다시 나를 호명했다. 상을 전하기 위해서였다. 나는 무엇이 그렇게도 부끄러웠던지 책상을 끌어안고 버티면서 앞에 나가지 못했다. 이런 행동을 딱하게 생각하신 담임 선생님은 우리 집을 방문해서 부모님께 상을 전했다. 나는 이런 숫기 없는 아이였다.

선재 와! 상을 탈 정도로 붓글씨를 잘 쓰셨어요? 신기하네요. ^^ 그런데 쑥스러워서 상을 받으러 나가지도 못했다고 하셨는데 지금 저희 학교에서 그러면 선생님께서 엄청 혼내실 것 같아요. ^^ 하지만 이해가 조금은 가요. 저도 부끄러움을 많이 타거든요.

할 이해가 된다니 반갑다. 너도 부끄럼이 많구나. 사실 생각하면 부끄러울 것도 아닌데 뭣 때문에 그렇게 부끄러워했는지 모르겠다. 상을 타면 자랑스러울 텐데. ㅋㅋㅋ 그땐 정말 상 타기가 쉽지 않았던 시기다. 할아버지 셀프 자랑.

하늬 상상이 안 가요. 지금의 할아버지는 이렇게 소심하지 않고 되게 사람들 만나는 거 좋아하는 쾌활한 분이신 것 같은데. 사람 성격은 크면서 변할 수 있구나 하는 생각이 들었어요. 저도 지금은 조금 소심한 편이지만 크면서 할아버지처럼 활동적이고 사람들과 말도 거리낌없이 잘 하는 사람이 되고 싶어요.

할 하늬 말이 맞다. 사람의 성격은 자라면서 조금씩 변화한단다. 하늬 말대로 지금은 사람들을 좋아하고 만나도 즐겁게 보낸다. 하지만 그땐 소심하고 부끄럼 많고 사람 앞에 잘 나서지도 못했단다. 속으로는 나서고 싶기도 했단다. 용기가 없어서 그랬나 싶다.

솔 부끄럽게도 저는 상을 탄 적이 없어서 그런 기분을 느껴 보질 못했네요. 그래도 오케스트라를 할 때나 무엇 때문에 무대에 설 때는 긴장되더라도 자부심이 그걸 덮었던 것 같습니다. '아, 내가 이런 것도 하다니….' 하는 생각에.

할 상을 안 탔다고 부끄러울 것은 없다. '아, 내가 이런 일도 하다니….'란 솔이의 느낌은 할아버지도 이해가 간다. 선생님으로부터 칭찬을 받으면 솔이처럼 그런 느낌을 받았단다. 꾸중 듣는 것보다 칭찬받는 것이 엄청 다르다. 어릴 때 무조건 칭찬받고 싶어서 하는 행동들이 많았다. 그 칭찬을 자꾸 받다 보니 정말 잘하게 된 것도 있단다.

이바구 12

남아서 교실 지켜라

학예회를 열심히 준비했다. 담임 선생님이 음악가였기 때문에 우리 반은 학급 전체가 나가는 합창을 연습했다. 일과를 마치고 난 우리들은 선생님이 지도하시는 대로 열심히 노래를 합창했다. 여럿이 하는 것이라 내 목소리가 시원치 않아도 묻혀 버리기 때문에 내가 잘 부르는 것으로 착각을 하면서 열심히 연습을 했다. 나는 집에 가서 누이동생에게 자랑을 했다. 우리 반 전체가 나간다는 말은 쏙 빼고 자랑을 했다. 그도 그럴 것이 내가 합창단의 맨 앞줄에 서게 되었기 때문에 관중들에게 쉽게 뜨일 자리라서 자랑을 했다.

학예회 날 아침 선생님은 우리들을 모아 놓고 오늘 부모님들도 오시니깐 열심히 그리고 잘 하라는 당부 말씀을 하셨다. 나는 내 여동생이 그의 친구들과 함께 맨 앞줄에 서서 노래를 잘(?) 부르고 있을 나를 쳐다볼 것이란 상상에 휩싸여 조금은 흥분했다. "이근후!" 담임 선생님이 나를 부르셨다. "이근후는 교실에 남아서 교실을 지킨다. 외부 사람들도 많이 드나드는 날이니 교실을 잘 지켜야 한다." 나는 아찔했다. 교실을 지킨다는 것은 학예회 합창에 참가하지 말라는 말씀이다.

풀이 죽어서 집에 돌아온 나를 보고 동생이 말했다. "애들이 오빠 어디 있느냐고 해서 창피해서 죽을 뻔했어." 나는 그 이후로 노래를 잃었다.

선생님도 조금 나쁘시네요. 연습을 열심히 하셨는데 노래 좀 못 부른다고 학예회에 참여하지 말라니… 지금은 별로 이해가 안 돼요! 그리고 이 일 때문에 할아버지께서 노래를 잃으셨다니 많이 속상하셨을 것 같아요.

할 정말 속상했단다. 모임이 있어서 친구들과 어울릴 때도 노래 한 곡 못 부르는 신세가 되었으니. ㅋㅋㅋ 누가 부르지 못하게 한 것은 아니지만 그때 그 기억 때문에 스스로 노래하는 것을 잊고 말았단다. 한번은 회식에서 술을 마시고 취해서 집에 왔단다. 등촌동 살 때인데 집에 돌아와 동네 사람들이 모두 잠든 시간에 할아버지는 계속해서 대중가요를 불렀단다. 어떻게 알았는지. 그때 온 가족이 놀라 잠을 깼단다. 선재 아빠도 할아버지가 노래 부르는 것이 신기해서 친구들에게 "우리 아빠 노래했단다."라고 자랑하고 다녔단다.(아빠가 기억할는지 모르겠다) 지금 생각하면 참 웃긴 이야기다.

하니 이 글 읽고 되게 웃었어요. ㅋㅋ 할아버지가 그 반에서 제일 노래를 못하셨나 봐요. 선생님이 할아버지께 교실을 지키라고 말씀하신 걸 보면요. 그래도 자신이 못한다고 생각하고 풀죽어 있는 것보다는 그렇게 자랑스러워하시고 주변 사람들한테 자랑도 하시고 하는 게 훨씬 좋은 것 같아요. 그런데 정말 저 때는 마음이 많이 상하셨겠어요. 잔뜩 기대를 했는데.

할 정말 속상했단다. 나중에 대학교 다니면서 그 선생님에게 왜 그러셨느냐고 물어본 적이 있단다. 선생님 말씀으로는 나를 많이 사랑했기 때문에 그랬단다. 그땐 음악을 전공하면 가난하게 산다고 생각하셔서 당신이 사랑하는 제자라 그런 가난을 주고 싶지 않으셨단다. 그 덕분에 내가 의과대학을 졸업할 수 있었는지 모르겠다. 원래부터 노래를 못하진 않았단다. 내가 중학교에 진학하자 선생님은 중학교 음악 선생님으로, 고등학교에 진학하자 고등학교 음악 선생님으로 오셨다. 대학교를 가자 대구교육대학교 교수로 가셨다. 내가 대학교 예과 시절 그 선생님은 결혼을 하셨는데 나보고 축시를 쓰라 하셔서 결혼식에서 내가 축시를 지어 읽었다. 내가 중학교에 입학했을 때 선생님께서 만년필(Shefer 14K)과 잉크를 선물해 주셨다. 그때 그런 만년필을 쓴 사람은 나밖에 없었다. ㅋㅋㅋ 우쭐했다. 그런 것을 보면 선생님이 나를 확실히 사랑하신 게 맞다.

솔 에고, 그래도 학생한테 교실을 지키라는 건 좀 아니었던 것 같습니다. 다 같이 합창하는 무대에서 한 명만 쏙 빠진다니. 그래서 그런지 할아버지가 노래하시는 모습을 단 한번도 본 적이 없네요.

할 그래 정말 너희들 앞에서 노래 부른 기억이 없구나. 언젠가 우리 식구 모두 홍대 앞에 있는 노래방에 간 적이 있다. 그때 너희들도 모두 즐겁게 노래하고 함께 즐겼는데 나는 그저 노래 감상(?)하면서 즐겁게 보낸 기억이 있다. 노래방에 가면 노래를 불러야지 노래 감상을 하다니 참 어이없는 행동이다. 생각하면 할아버지의 그런 어릴 때 기억 때문에 노래와 친하지 못했단다. 음치학교가 있다는데 할아버지가 한번 다녀 볼까 싶기도 하지만 다른 재미로 살기로 했다. ㅋㅋㅋ

이바구 13

그믐날에 자면 눈썹이 센다

아주 어릴 때 어른들이 말씀하셨다. 그믐날 밤에 잠을 자면 눈썹이 센다고. 잠이 그물그물 오면서도 억지로 잠을 참았던 기억이 있다. 눈썹이 센다는 것은 늙는다는 말인데 누구나 그믐을 지나 새해를 맞으면 한 살씩 더 늙게 된다는 이치를 말씀하셨을 텐데 막연히 센다는 눈썹이 두려웠다. 늙은 자신의 얼굴이 상상되어 두려웠다. 하긴 그믐에 새해 차례를 지내기 위해 온 식구들이 음식을 만드는데 잠만 잔다면 곱게 보였을 이치가 없겠다.

어른들은 이 말이 허구라는 것을 모두 알았을 텐데도 유독 어린이들에게 겁을 주었다. 나는 그래도 잠을 못 이겨 여우잠을 잤다. 잠을 자고 나서는 일 년 내내 거울을 보면서 내 눈썹이 세었는가를 확인하곤 했다.

선재 눈썹이 세었다는 것 눈썹에 뭐 묻혀서 센 것처럼 보이게 한다는 이야기가 있었어요. 요즘은 별로 없지만요. 근데 저는 잠을 안 자는 것이 훨씬 좋은데. ㅎㅎ 그때 어른들도 재미있어요. ^^ 그것이 허구인지 알면서 놀리는 것이요. ㅎㅎ 저도 나중에 어린 동생들에게 써먹어 봐야겠어요. ^^

할 동생이 있어야 놀려 먹지. 엄마 보고 동생 하나 낳아 달라고 하렴. 놀려 먹게. 너는 그래도 어른들이 놀린다는 사실을 알고 있었구나. 할아버지는 정말 눈썹이 세는 줄 알았단다.

하늬 역시 할아버지는 정말 장난꾸러기세요. 그게 거짓이라는 걸 알았음에도 불구하고 어린아이들에게 그렇게 장난을 치시다니… 할아버지는 어릴 적에 어른들이 많이 놀리셨을 것 같아요. 그렇게 순진하고 그걸 다 믿으시니. ㅋㅋ 저도 할아버지가 어린아이였을 때의 그 어린 할아버지를 한번 놀려 보고 싶네요.

할 내가 놀린 것이 아니라 어른들로부터 내가 놀림을 받았단다. 너도 날 놀리고 싶다니 할아버지는 하늬 말대로 정말 바보 같다. 할아버지한테 지금도 바보 같은 구석이 있단다. 때로는 바보 같은 상상을 높여 줘서 즐거울 때도 있단다.

솔 저는 오히려 어릴 때 '아가' 같다는 얘기를 그렇게 싫어해서 그런지 빨리 크고 싶었습니다. 근데 스무 살 넘어가고 나니까 군대 때문에 그런지 규제가 풀려서 그런지 한 살 한 살 먹어 가는 게 두렵네요.

할 벌써 나이 드는 것이 두렵다니 확실히 어린이는 아니구나. 할아버지한테 솔이는 어린이처럼 느껴지는데. 할아버지도 어릴 때 빨리 어른이 되었으면 하고 생각했단다. 언젠가 할아버지가 솔이에게 물은 적이 있다. 대학 입학 축하해 주면서 물었다. "너는 어린이인가 어른인가."라고 물었더니 너의 대답이 참 마음에 들었단다. "할아버지 저는 어른이에요. 그런데 할아버지에겐 영원한 어린이입니다." 할아버지는 어릴 때 어른이 되면 무엇이든 마음대로 하고 모든 것이 다 이루어지는 줄 알았단다. 솔이는 어릴 때 유난히 예뻤다. 마치 여자아이처럼. 그래서 아가 같다는 말이 더욱 싫어했는지 모르겠다. 솔이야 네가 벌써 어른이구나.

이바구 14

떼굴떼굴…

학교에도 들어가기 훨씬 전의 기억이다. 엄마 품에 안겨 잠드는 것은 더없이 평온하고 행복한 시간이다. 잠들기 전에 나는 언제나 어머니의 이바구를 들었다. 지금까지 기억되는 이바구 한 자루.

"어떤 농부가 있었단다. 이 농부는 수박을 심었는데 아주 풍년이 들어 수박을 많이 거두었단다. 하루는 이 수박을 시장에 나가 팔려고 지게 가득히 담아 등에 지고 시장엘 나갔는데 시장 가는 길이 고갯길이었단다. 스무 고개도 더 넘는 꼬불꼬불한 길이었는데 마지막 고개 등성이에 올랐을 때는 아주 힘이 들어서 지게를 받혀 놓고 쉴 양으로 나무 그늘에 지게를 세웠단다. 아차 이를 어쩌지?"

"왜?"

"이 농부가 그만 지겟작대기를 건드려 지게가 넘어져 버렸단다."

"그래서?"

"넘어진 지게에서 수박이 그만…."

"지게가 넘어져?"

"잠깐 쉬려고 받쳐 둔 지겟작대기를 발로 찼으니 그만…."

"지게가 넘어진 거야?"

"그럼, 지게가 넘어지니 그 속에 담겨져 있던 수박이 그만…."

안타까운 표정을 짓는 어머니를 보면서 나도 안타까웠다. 그 농부가 불쌍했다. 일 년 농사를 헛 짓게 되었으니 불쌍하지 않을 수가 있겠나.

"수박이 어디 갔는데?"

"글쎄, 그 수박이 그만 떼굴떼굴 고개 아래로 굴러가 버렸단다."

"그래서?"

"그래서 또 떼굴떼굴 굴러갔지…."

"그래서?"

"그래서 그 수박이 고개 아래로 떼굴떼굴 굴러갔단다…."

"그래서?"

"그래서 그 농부가 지은 수박이 떼굴떼굴 고개 아래로 굴러갔단다…."

이 끝없는 녹음기 소리 같은 이바구를 들으면서 나는 잠이 들었다.

"떼굴떼굴…."

선재 이바구가 이야기란 뜻인가요? 저도 어릴 때 아빠께서 맨날 같은 얘기를 해 주시는 데도 재미있게 들었어요. ^^ 왜 그 이야기를 좋아했는지는 모르겠지만요. 할아버지께서도 이 이야기를 유독 좋아하시는 이유가 있으실 텐데 궁금해요!

할 선재야, 네 아빠가 그런 이야기를 해 줬다니 신기하구나. 할아버지가 선재 아빠한테 맨날 들려줬던 이야기다. 할아버지는 왕할머니한테서 이 이야기를 수도 없이 듣고 자랐는데 네 아빠한테서 똑같은 이야기를 들었다니 신기하지 않니? 지금 생각하면 내용도 없는 이야기인데 그렇게 재미있었던 기억으로 남았다니. 흐뭇하구나. 그냥 엄마가 해 주는 이야기니깐 무조건 재미있었다.

하늬 저도 어릴 적에 엄마 아빠에게 들었는지는 모르겠지만 이 이야기를 들은 적이 있어요. 그때는 그저 재미있게 들었었는데 할아버지의 글을 통해서 다시 들으니까 그 이야기를 듣는 할아버지의 모습이 상상이 가면서 이 이야기가 되게 아름답게 느껴졌어요. 안타까운 이야기이긴 하지만 할아버지가 있어서 아름답게 느껴지는 것 같아요. ㅎㅎ

할 할아버지로 인해서 아름다운 이야기로 들렸다. ㅎㅎ 정말 신기하다. 선재도 아빠한테 들었다는데 너도 아마 아빠한테 들었을 것이다.

솔 어? 이 이야기 어릴 때 할머니가 저 재워 주실 때 했던 이야기 같은데… 긴장을 유지하게 얘기해 주시다가 떼구르르… 떼구르르… 그러다가 잠든 것 같네요. 결국 이이야기 끝을 아직도 못 들었습니다. 오랜만에 보니까 새록새록하네요.

할 솔이야, 너희 엄마가 어렸을 때 할머니가 들려줬던 이야기다. 그런데 솔이가 어릴 때 할아버지와 한집에 살았던 적이 있었단다. 삼청동 기억나니? 할머니한테 들었다면 아마도 네 엄마 키우면서 했던 이야기의 재탕일 것이다. 놀라운 것은 너희들이 모두 이 이야기를 기억하고 있다니 신기하고 놀랍다.

이바구 15

죽으면 땅속에서 숨이 답답해서…

나는 국민학교(초등학교) 4학년 때 할머니가 돌아가셨다. 상여를 따라가면서 나는 줄곧 생각했다. 죽으면 땅속에 묻혀야 할 텐데 그러면 숨은 어떻게 쉬지? 지금 생각하면 바보 같은 생각이지만 그땐 며칠을 두고 궁리했다. 뾰족한 답이 나오질 않았다.

나를 사랑해 주시던 할머님이 저 산소의 땅속에 묻혀 얼마나 답답하실까. 내가 도와드릴 방법은 없을까? 그런 생각을 미처 거두기도 전에 상여는 산소에 도착하여 묘를 만들었다. 슬프다기보다는 그런 걱정 때문에 나는 내내 우울했다.

선재 저는 지금까지도 궁금한 게 사람이 죽으면 어떻게 되나에요. 가끔 뉴스에 유명인이 죽었다는 이야기를 들으면 그 사람들은 죽자마자 어떻게 될까? 라는 생각이 들어요. 그리고 만약 계속 그곳에서 살아도 이 세상에선 없어진 것이니까 그런 것을 생각하면 슬퍼져요. ㅜㅜ

할 그래 슬프지. 할아버지도 그런 느낌이란다. 선재야 한결이 오빠가 초등학교에 들어가면서 학교에 가기 싫다고 한 적이 있단다. 왜 그러냐고 물어봤더니 학교에 가면 나이를 먹고 나이를 먹으면 죽게 되니 죽는 것이 싫다고 했단다. 그 어린 나이에 그런 것을 생각했다니 놀랍다. 유명인이 죽으면 선재처럼 슬픈 느낌이 들지만 사랑하는 가족 누군가가 죽으면 정말 슬프단다.

하늬 정말 바보 같은 생각이네요. ㅋㅋ 하지만 할머니를 생각하는 마음이 되게 소중하게 느껴져요. 그걸 또 며칠씩이나 궁리하시다니. 이해는 가지 않지만 정말 신기하네요.

할 하늬한테는 할아버지가 계속 바보로 찍히는구나. 할아버지가 바보가 아니라 하늬가 똑똑한 거다. 할아버지 세대와 너희들 세대가 그렇게 다르구나. 나는 할머니가 살아 계실 때 귀여움을 많이 받았단다. 그래서 할머니 생각이 많이 난다.

솔 저는 아직 그런 경험은 없지만 가족들이 이렇게 다 같이 살고 있기 때문에 어느 누가 부재하면 그게 굉장히 크게 올 것 같다는 생각이 듭니다. 다 부모님 같은데 항상 웃고 안부 묻고 하던 분들이 한 분이라도 안 계신다면… 그런 생각이 들면 괜히 겁이 나고 슬프기도 합니다.

할 그래 그런 생각을 하면 겁도 나고 슬픈 일이다. 하지만 사람들은 누구나 나이 들고 늙으면 이 세상을 하직하게 된단다. 할아버지도 왕할머니가 돌아가셨을 때 어른이었는데도 불구하고 이제 나는 고아가 되었구나 하고 엄청 슬펐단다. 왕할아버지는 내가 고등학교 2학년 때 돌아가셨는데 그땐 정말 막막한 느낌이었다. 6.25동란 중이라 경황이 없었을 때다.

이바구 16

배꼽

어릴 때 놀이라고는 변변치 못하던 시절. 동네 친구들과 어울려 강가에 가는 것이 유일한 낙이었다. 그런데 나는 이 유일한 낙도 마음놓고 즐겨 보지 못했다. 부모님은 내가 외동아들이란 이유 하나로 물가에는 가지 못하게 했다. 몰래 친구들과 어울려 물가에 다녀온 날은 벌을 서야 했다. 친구와 어울리자니 부모님을 속여야 하고 부모님의 말씀을 듣자니 친구들과 멀어져야 하고… 나는 이러지도 저러지도 못하고 어정쩡하게 보냈다. 물가에서 친구들과도 재미있게 놀고 부모님의 걱정도 덜어 드릴 방법을 나름대로 생각했다. 친구들과 함께 물가에는 가지만 물속에는 들어가지 않는다. 이것이 나의 타협점이었다.

신나게 물장구를 치면서 노는 친구들을 보면서 나는 땡볕에 앉아 있어야 했다. 이런 일들이 좀 익숙해지자 나는 물속으로 들어갔다. 너무 시원하고 기분이 좋았다. 그런데 아무리 친구들이 깊이 들어오라고 해도 나는 들어가지 못했다. 나대로 정한 경계선이 바로 배꼽 깊이였다. 배꼽을 기준으로 그보다 더 깊은 곳은 들어가지 않았다. 그 정도에서 빠지면 나는 땅으로 기어 나와도 살 수는 있다고 생각했다. 지금도 버릇이 되어 배꼽보다 깊은 곳은 들어가지 못한다. 물론 헤엄을 칠 줄 모르고….

누가 나에게 왜 산에 올라가느냐고 물었을 때 헤엄을 칠 줄 몰라서 올라간다고 했더니 이런 뜻은 모르고 우습다고 웃었다.

선재 ㅎㅎ 배꼽 아래까지 내려가지 말라고 하신 것을 보면 할아버지를 굉장히 아끼셨나 봐요. ^^ 그런데 가지 말라고 진짜 안 가셨네요. ^^ 저라면 들어가서 몰래 놀았을 것 같은데요. ^^ 그런데 그것 때문에 수영을 못하셨다니….

할 배꼽 아래까지 내려가지 말라는 것은 할아버지 스스로가 정한 경계선이다. 왕할머니는 아예 물가에 가지 못하게 하셨단다. 이유는 위험하다고. 생각하면 위험하지 않는 곳이 어디 있겠냐. 위험한 일을 피할 줄 아는 것을 배워야 한단다. 선재야, 너는 수영도 할 줄 아니 부모님께 고맙다고 말씀드려라. 그런데 학교 등교는 항상 엄마가 차로 태워 줬으니 혼자 버스 타는 것은 서툴겠다. 혼자 타 봐야 하는데….

하늬 그래도 나름 기준을 정하시고 엄마를 위해 그 기준을 절대 어기지 않는 모습, 어릴 때지만 정말 멋있는 것 같아요. 그런데 지금도 정말 배꼽보다 깊은 곳은 못 들어가요? 습관이란 게 정말 무섭네요. 신기하기도 하고.

할 그래 지금도 배꼽 아래로는 못 들어간단다. 하늬 아빠와 삼촌 그리고 고모들이 어렸을 때 변산반도에 있는 이화대학 캠프에 간 적이 있었다. 그때 할아버지는 배꼽 깊이만큼 들어가서 앉아 있었는데 너희 아빠랑 삼촌 고모들은 그 깊은 곳까지 할아버지가 들어가 있는 것을 신기하게 바라보았단다. 어른이 되면서 할아버지가 헤엄을 치지 못한다는 사실을 알고 실소했단다.

솔 그런 경계점들이 오히려 자신에 대해 당당해질 수 있게 하는 것 같습니다. 저도 친구들과 어울릴 때면 '이건 아니다' 싶은 일들이 가끔 일어나기도 하는데 그때마다 나름의 선을 긋고 그 속에서만 행동하다 보면 스스로 죄책감도 줄어들고 위험도 줄어드는 것 같습니다. 사람들이 보기엔 외동으로 자라서 자기 멋대로 하는 것처럼 보이기도 하는 것 같지만요.

할 요즈음 엄마들은 자녀를 하나만 낳는 가정이 많다. 그래서 외동아들 외동딸들이 많다. 너도 외동아들이다. 그러나 할아버지 때는 외동아들이 드물었다. 대개 5남매 정도는 평균이다. 왕할머니 시절에는 형제가 12명 정도 되었단다. '이건 아니다' 솔이 스스로 정한 기준이지만 참 훌륭한 기준이다. 그런 기준을 스스로 잘 지키는 사람은 성공한 인생을 살 가능성이 높다. 솔이도 성공한 인생을 확실하게 살 것이다.

이바구 17

울면 엄마가 죽는다

국민학교(초등학교)를 들어가기 전의 기억이다. 이가 아파서 치과를 간 적이 있다. 옛날 대구의 무영당 앞에 치과가 있었는데 단골로 갔었다. 치과 선생님은 소독 냄새가 나는 가운을 입고 마스크를 해서 나에겐 두려움의 대상이었다. 덜덜덜 소리를 내면서 이를 갈 때는 너무 괴로웠다. 아아! 입을 벌리고 그런 신음 소리를 내면 어머니는 곁에서 이렇게 말씀하셨다. "네가 울면 엄마가 일찍 죽는단다." 그런 말로 나의 신음 소리를 차단했다. 나는 정말 엄마가 돌아가시면 큰일이라고 생각했다. 너무 무섭고 고통스러웠지만 눈물과 울음소리를 억지로 참았다.

나는 그 후로 이가 아파도 아프다는 소리를 하지 못했다. 그런 소리를 하면 어머니가 치과엘 데려갈 것이고 치과에 가면 소독 냄새와 마스크, 그리고 덜덜 이빨을 가는 기계 앞에서 내가 울지 않을 재간이 없었기 때문이다. 만에 하나 내가 신음 소리를 내면서 운다면 엄마가 돌아가실 테니깐 그보다는 이빨 아픈 것을 참고 지내는 것이 나에겐 훨씬 편했다. "네가 울면 엄마가 일찍 죽는다." 이런 소리를 피하는 길은 치과에 가지 않는 길밖에 없었는데 나는 그 덕분으로 지금 틀니를 하고 있다.

선재 정말 이 이야기가 사실이라면 아기들 키우는 엄마는 다 죽으셨겠네요. ㅎㅎ 어릴 때 그런 이야기를 들으면 진짜 무서워서 울지도 못했을 것 같아요. 그래도 참으시면 나중에 치료할 때 더 아플 텐데….

할 선재 말이 맞다. 애들 키우는 엄마는 모두 죽었을 테니까. 그 말을 믿고 참은 할아버지가 내가 생각해도 참 미련하구나. 그래서 어른이 되어 이가 형편이 없어져 버렸단다. 선재 숙모 있지. 하늬 엄마. 치과의사잖아. 할아버지 이빨을 보고 엄청 야단쳤단다. 위생 상태가 엉망이라서 틀니를 하게 되었다고 야단맞았다. ㅋㅋ 어릴 때는 엄마한테 야단맞고 어른이 되어서는 며느리한테 야단맞고. 그런데 선재야, 요즈음 치과 기계는 할아버지 때보다 훨씬 좋아서 덜덜 갈아도 하나도 아프지 않더라. 혹시 이가 아프면 지체하지 말고 숙모한테 치료받아라. 아프면 울어도 된다. 절대로 엄마가 죽지 않는다. ㅋㅋ

하늬 누구나 치과를 무서워하고 가기 싫어하는 것 같아요. 저도 아무리 엄마가 치과 의사여도 치과 가기 싫고 되게 무서워요. 저도 특히 그 소리가 정말 싫고요. 그런데 할아버지는 정말 어른들 말씀을 잘 들으셨던 것 같아요. 지금도 할머니 말씀 잘 들으세요!

할 ㅋㅋ 할머니 말 잘 들으라고? 왕할머니는 돌아가셨는데 어느 할머니 말 잘 들으라는 거니. 너도 치과가 무섭구나. 할아버지 때보단 지금은 기계가 좋아서 하나도 아프지 않단다. 겁낼 것 하나도 없다. 엄마가 사랑하는 딸인데 설마 아프게 할라구. 나 같으면 매일 치과에 가겠다. ㅋㅋ

솔 그래도 아픔을 웃음으로 승화시키는 할아버지가 되셨잖아요. 하하. 저는 큰 숙모가 치과를 하셨던 터라 어릴 때부터 부담 없이 갔던 것 같습니다. 물론 두렵기야 했지만 숙모의 그 능숙함과 아무렇지 않다는 듯이 저를 대하는 그 행동들이 두려움을 덮어 주곤 했죠. 숙모 감사합니다.

할 웃음으로 승화시켰다? 그땐 승화고 뭐고 알지 못하고 단지 엄마가 죽으면 안 된다는 일념이었다. 엄마가 돌아가시면 나는 고아가 되잖아. 그게 무서웠다. 내가 참을 수 있는 데까진 참아야 한다고 생각했다. 그래서 그런지 할아버지는 일상에서도 좀 미련하게 보일 정도로 무모하게 참는 버릇이 좀 있단다.

이바구 18

축구화

월드컵 축구 경기가 얼마 남지 않았다. 한국은 16강을 목표로 목을 매고 있다. 생각하면 실력에 비해서 무리한 욕구이긴 한데 모두들 난리다. 차제에 16강에 오르면 더욱 좋고 오르지 못한다고 해서 목을 맬 이치는 아니다. 오히려 이런 잔치를 통해 우리들의 생활이나 문화를 세계 사람들에게 올바로 알리는 문화적인 감각을 가졌으면 한다. 월드컵 열기를 어릴 때 생각으로 돌아가 본다. 우리들이 어릴 때는 물자가 풍부하지 못해 맨발이거나 게다(나무로 된 신)를 신고 다녔다. 고무신이나 운동화를 신은 일은 훨씬 후의 일이다.

국민학교(초등학교) 4학년 때 일이다. 외삼촌께서 나에게 축구화 한 켤레를 선물로 주셨다. 모두들 게다나 고무신을 신고 다니던 시절 축구화는 정말 꿈같은 신이었다. 축구화를 신은 김에 축구부에 들었다. 그런데 축구를 가르치는 선생님은 나를 호명하고 나에게 골문 뒤에서 다른 사람들이 축구하는 것을 견학하도록 했다. 나도 축구공을 신나게 차 보고 싶었지만 선생님의 엄명이라 골문 뒤에서 다른 친구들이 공을 차는 모습을 구경만 했다. 내 축구화는 당연히 벗어서 주장에게 빌려 주었다. 내 축구화지만 나는 학교에 등하교할 때만 신어 보고 정작 축구를 할 때는 한번도 신어 보지 못했다.

나도 공을 차도록 허용해 주면 맨발로라도 차고 싶었다. 나는 후보 선수밖에 안 되는 것일까? 그래도 축구부에 부원으로 참여할 수 있다는 것만도 즐거운 일이 아닌가. 그런 생각으로 마음을 달래면서 축구화가 다 달토록 한번도 축구화를 신고 축구를 해 보지 못했다. 나중에 안 일이지만 어머니가 축구부 선생님께 특청을 드려 나를 견학하도록 주선을 한 것이다. 축구를 하면 다친다는 이유 하나로. 그런 치마폭에서 자랐다.

선재 ㅎㅎ 축구화는 있는데 축구를 못하시다니… 그것이 정말 슬플 것 같아요. 할아버지는 많이 축구를 하고 싶으셨을 것 같아요. 그래도 등하교할 때라도 신고 다니실 수 있었잖아요… 그땐 아예 고무신만 신고 다녔다는데.

할 슬프다기보다 속상한 일이다. 그때는 맨발로 다니는 아이들도 많았다. 축구 시합에 나가는 선수들도 축구화를 신지 못했던 시절이다. 왕할머니가 항상 그런 식으로 운동을 제한했기 때문에 할아버지는 정말 운동이라고 제대로 하는 것이 하나도 없단다. 그래서 시작한 것이 등산이다. 선재 말이 맞다. 등하교 때 신고 다닌 것만도 어깨를 펴고 다녔어야 하는데 할아버지는 오로지 축구 시합에 나가고 싶어서 늘 속상했다.

하늬 할아버지께서는 조금 속상하셨겠지만 왕할아버지 왕할머니께서 할아버지를 그만큼 소중히 여기시고 사랑하셨나 봐요. 그리고 어릴 적에 운동화가 그렇게 귀한 거였다니, 정말 놀라워요. 저는 되게 할아버지가 친근한데 이럴 때는 또 할아버지가 정말 연세가 많으시구나 하고 다시 새삼 느껴져요.

할 운동화가 그렇게 귀했느냐고? 운동화는 잘 사는 집 아이들만 신고 다닌다. 지금 같은 운동화가 아니다. 무늬만 운동화다. 요즈음 너희들한테 신고 다니라면 아마도 아무도 신지 않을 것이다. 그냥 운동화도 아니고 명품만 찾는 너희 세대에선 꿈에도 생각 못할 일이다. 시골에 가면 맨발로 다니는 아이들이 참 많았다. 하늬가 네팔 시골에 갔을 때 초등학교 어린이들이 맨발로 다니는 것을 보았을 것이다. 할아버지 시대는 네팔 아이들처럼 그랬었다. 하늬야 시골 할머니들은 시장에 갈 때 고무신을 머리에 이고 가는 사람도 있었단다. ㅋㅋㅋ 고무신을 신기 아까워서 그랬단다. 할아버지가 시골에서 직접 목격한 광경이다.

솔 그래서인지 할아버지는 제가 축구할 때 직접 보러 와 주시곤 하셨던 거군요. 초등학교 때만 해도 사람도 적고 제가 축구에 관심이 많다 보니 지역대회에 학교 대표로 매번 갔었는데… 결국 저희가 최고 학년일 때는 대회가 사라져서 뛰지 못했지만 그때 친구들과 학교 시작 전 새벽에 모여서 같이 운동하고 점심시간이나 방과 후에 항상 모여서 팀워크를 맞추고 연습을 하며 즐거웠던 기억은 아직까지 생생합니다.

할 그런 사연도 있었지만 손자가 축구 선수로 뛴다니 마치 내가 뛰는 것처럼 흐뭇했다. 한결이 형도 필리핀에 유학하면서 제일 즐거웠던 것이 축구 선수로 뛰면서 중국도 가고 다른 도시로 시합 다닌 것이 머리에 많이 남는다고 하더라. 그때 할아버지가 한결이 허벅지를 만져 봤더니 쇳덩이처럼 단단해서 "와우!" 감탄했다. 지금 생각하면 너희들이 자라면서 운동을 즐기는 모습을 보면 항상 즐겁단다. 운동은 건강의 원천이다.

이바구 19

첫 키스

국민학교(초등학교) 5학년 때의 일이다. 친구가 내 코를 만져 보더니 "너 자위행위하지." 나는 깜짝 놀랐다. 본격적인 자위행위는 아니었지만 혼자 바짓가랑이에 손을 넣는 버릇이 생기기 시작한 때였다. 얼굴이 화끈하게 달아올랐다. 속내를 들켰을 때 그 무안감이 내 얼굴을 붉히게 만들었다. 그런데 한번도 들키지 않았던 내 속내가 하나 있다. 첫 키스다. 이 입맞춤은 실제로 해 본 것이 아니라 늘 마음속에 두고 있었던 나만의 공상이다. 그때만 해도 마을의 공동 수도에서 물을 길어 가는 집들이 많았다.

옆집 누나가 항상 이 공동 수도에서 물을 길어 가는데 얼굴을 쳐다보면 그렇게도 푸근할 수가 없었다. 물동이를 이고 두 손으로 물동이 손잡이를 잡고 걸어가는 모습은 나에겐 천사였다. 물동이가 흔들려 출렁이는 수돗물 방울인지 누나의 땀방울인지는 모르겠으나 얼굴에는 언제나 물기가 촉촉했다. 물동이를 이고 가는 저 누나와 입맞춤을 해 보고 싶다는 충동이 일어났다. 한번도 실제 상황에서는 해 보지 못했지만 어린 시절 나의 성적 공상은 언제나 그 누나에게 내가 하는 키스였다.

그런데 언제나 걱정이 하나 있었다. 둘이서 키스를 하자면 입을 맞추어야 하는데 코가 앞으로 돌출되어 있으니 이를 어쩐담. 코 때문에 입맞춤이 잘 안 될 것 같은 걱정을 늘 했다. 공상이었지만 즐거웠다.

선재 코가 앞으로 나와 있어서. ㅎㅎ 그런 걱정을 5학년 때 하시다니. 할아버지 이야기를 들으면 약간 재미있고 이해가 잘 안 되는 이야기들이 많은데 이것 역시 왜 5학년 때 그런 걱정을 했는지 잘 모르겠어요. ^^

할 선재야, 너는 그런 공상을 해 본 적이 없니? 이해가 안 되는 이야기들이 많다고 했는데 할아버지 생각엔 시대가 다르고 경험이 서로 다르기 때문이라고 생각된다. 요즈음은 초등학교 때부터 성교육을 시키지만 할아버지 때는 대학교 다닐 때까지 그런 교육은 없었단다. 그러니 공상을 혼자 하면서 혼자 흥분하고 혼자 부끄러워했단다. 코 때문에 너는 걱정을 안 하니?

하늬 공상인데도 그런 걱정을 하시다니. 할아버지는 정말 알다가도 모르겠어요. ㅋㅋ 저도 막 제가 커서 성공하고 그러는 공상을 가끔 해요. 그냥 터무니없는 공상이지만 기분은 되게 좋아져요. 그런데 할아버지께서 그런 공상을 하셨다니. 놀라운데요?

할 알다가도 모르겠다? ㅋㅋ 하늬가 놀랍다니 할아버지의 공상이 지나쳤나 그런 생각도 든다. 하늬가 초등학교 저학년일 때 광명보육원 봉사를 함께 간 일이 있다. 마침 가을이라 밤송이를 함께 주웠다. 그때 할아버지가 할머니와 장난하면서 어깨를 잡았더니 하늬가 말했다. "할아버지 그렇게 하면 성추행이에요." 나는 그때 깜짝 놀랐단다. "할아버지와 할머니는 부부니깐 그렇게 해도 돼."라고 설명했지만 하늬는 계속 의아해했단다. 학교에서 성추행 등 문제가 많으니 그런 교육을 많이 하는구나 생각했다. 너도 어른이 되면 알겠지만 부부는 그런저런 표현으로 다정하게 지낸단다.

솔 전, 어릴 때 엄마 회사 따라다니면서 거기 왔던 아이들이랑 뽀뽀하곤 했던 기억이 있네요. 어릴 땐 지금이랑 달라 나름 귀엽게 생겼던 터라 끌려 다녔는데. ㅎㅎ

할 헉! 네가 뽀뽀한 것이 아니라 뽀뽀당했구나. 짐작이 간다. 솔이는 어릴 때 꼭 여자 같은 느낌을 주는 외모였다. 예뻤다. 한번은 네가 남자 화장실에서 어른한테 혼난 적이 있었다. 여자는 여자 화장실을 사용해야 한다고 꾸중을 한 것이다. 네가 퍽 억울했을 것 같다. 미장원에 가서 머리를 자르고 왔는데 꼭 여자처럼 단발머리로 깎고 와서 할머니랑 다시 미장원을 찾아 남자 머리 모양으로 바꾼 적도 있다. 그러니 네가 예쁘다고 그 애가 뽀뽀를 했을 가능성이 크다. 할아버지는 중학교 들어가서 그런 일을 당한 적이 있었다. 할아버지도 남자이지만 어릴 때는 너처럼 그랬다. 당시에는 6학년 선배도 있어서 그 선배들이 종종 그런 짓들을 한다. 그때 내 생각은 아저씨처럼 느껴졌었다. 담임 선생님께 바로 일러 바쳐 다음부터는 모면할 수 있었단다.

속마음으로는 급장이 하고 싶었기 때문에
나는 선생님의 그 말씀을 듣고 여간 당황하지 않았다.
마치 내가 급장이 하고 싶은 마음을
꿰뚫어 보시는 것 같아 움찔했다.

너는 오늘부터 급장이다

이바구 20

닭 모이는 먹지 않겠다

국민학교(초등학교) 4학년 때 해방이 되었다. 지금까지 적이라고만 배워 왔던 미군들이 진주해 왔다. 그들은 모양도 이상하게 생겼지만 하는 행동들도 우리들 눈엔 이상하게 보였다. 그런데 우리들은 미군이 주둔해 있는 부대를 호기심을 갖고 구경하러 갔다. 보초를 서고 있는 사람은 흑인일 때도 있고 백인일 때도 있었다. 흑인은 좀 더 무서웠다. 우리들이 배운 바로는 흑인들은 식인종이라서 사람을 잡아먹는다고 알고 있었기 때문에 더욱 무서웠다.

이런 보초들에게 일장기(일본 국기)를 주면 껌이나 초콜릿 같은 맛있는 과자를 준다고 했다. 나도 집에 있던 일장기를 가지고 친구들과 함께 미군부대를 찾았다. 한 병사가 우리들을 보더니 껌을 한 통 뜯어 우리들을 향해 던졌다. 마치 닭 모이를 주듯이. 친구들은 우르르 몰려가 껌을 하나씩 주웠다. 한 친구가 나에게 말했다.

"너는 왜 안 주워?" 껌이 맛있다고 주워 보라고 했다. 나는 가슴에 울컥하는 느낌을 받았다. 닭 모이는 절대로 줍지 않을 것이라고 다짐하면서 그 맛있다는 껌을 줍지 않았다. 그 이후로 나는 껌을 씹지 않았다.

선재 제가 이런 경험을 해 본 것이 아니고 글로만 봤는데도 정말 화가 나요. 제가 저번에 〈국제시장〉이라는 영화를 본 적이 있는데요, 거기에 나온 외국 군인이 초콜릿을 줄 테니 춤을 춰 보라는 장면이 있었는데 정말 화가 나면서 '설마 저렇게까지 하겠어?' 라고 했는데 정말 그랬다니 충격이에요. 그런데 그 사건 때문에 아직까지 껌을 씹지 않으시다니. 그때 정말 많이 충격이었나요.

하늬 가슴 아픈 사연이네요. 근데 저는 초등학교 4학년이라면 아무런 생각 없이 다른 친구들과 마찬가지로 껌을 주워 먹을 것 같아요. 할아버지께서는 일찍부터 생각이 많고 조금은 어른스러우셨나 봐요. 저는 초등학생 때는 정말 아무 생각이 없었는데. ㅋㅋ

솔 역시 저는 할아버지 손자가 맞네요. 저도 그렇게 떨어져 있거나 그런 식으로 물건을 집어야 하는 경우에는 절대 줍지 않거나 움직이지 않습니다. 뭣 하나 싶기도 하고 내가 그런 취급을 받으며 먹어야 하나 생각이 듭니다. 그래서 그런지 이런 모습을 본 친구들은 제가 부자인 줄 압니다. 매일 먹으니까 안 먹는 줄 아는….

할 사람들에게는 작은 일이나 큰일이나 자기 자신에게 충격적인 사건들이 있단다. 이런 경험을 어릴 때 할수록 더 오래 남는 것이란다. 그래서 우리나라 속담에 세 살 버릇이 여든까지 간다는 말이 있다. 너희들도 할아버지와 같은 경험은 아니겠지만 크던 작던 충격적인 기억이 있을 것이다. 할아버지는 그런 기억 때문에 지금까지 껌을 씹지 않는 것인데 그런 것을 보면 할아버지에게도 너무 집착하는 병이 있나 보다. 껌은 씹어도 살고 안 씹어도 살 수 있는 것인데 여기에 매달려 지금까지 껌을 거부하고 있다니… 좀 그렇다. 충격적인 사건은 기억하지만 그게 일생토록 내 행동에 영향을 주는 것은 바람직하지 않다.

이바구 21

지금 용서해 주면

어릴 때 나는 벌을 자주 섰다. 내 딴에는 말을 잘 듣고 자랐다고 생각하는데 벌을 자주 선 것을 보면 꼭 그런 것만도 아닌 듯싶다. 벌을 서는 일은 유쾌한 일이 아니다. 퍽 고통스럽고 손님이라도 오셔서 내가 벌선 모습을 보이게 되면 창피하기도 하고 억울하기도 하고 그랬다. 언젠가 고모님이 오셔서 엄마를 나무랐다. 친정 조카를 벌세운 것이 못마땅해서도 그랬겠지만 고모님들에게 비친 나의 모습은 아주 말 잘 듣고 착한 어린이었기 때문에 내가 벌을 선다는 것은 납득하기가 어려웠을 것이다.

고모님이 말씀하셨다. "엄마한테 잘못했어요, 다시 안 그러겠습니다 하고 빌고 나가 놀아라." 이 말은 나를 벌선 고통으로부터 구제해 주려는 말씀이다. 그런데도 나는 더욱 화가 났다. 좀 전에 용서를 해 주었더라면 그렇게 하겠는데 지금은 너무 늦었어… 공연히 심통이 좀 났다는 증거다. 고모님을 보니 심통을 더 부리게 된 것이다.

잘못했다는 한마디만 하고 나가서 놀라는 분부인데 거절할 이유가 하나도 없다. 그런데도 나는 벌선 자세 그대로 고집을 피웠다고 한다. 고모님이 안타까워서 물었단다. "왜 다시 안 그런다고 빌지 않았니?" 라고. 나는 기억이 없다만 커서 고모님으로부터 들은 이야기는 이렇다. "다시 안 그런다고 빌고 나서 또 그러면 그땐 어떻게 하느냐고."

그래서 죽어도 빌지 않더란다. 어른들이 지켜보기 안타까워서 내가 빈 요량을 하고 나가 놀라고 사정을 했다. 그러면 나는 정말 못 이긴 체하고 마지못해 나가 놀았다. 나한테도 그런 고집이 있었나 싶다.

선재 저도 어릴 때 엄마가 혼내시면 다신 안 그러겠다고 하면서도 또 그러면 어떡하지 하면서 걱정을 많이 했었는데 할아버지도 비슷하셨네요. ㅋㅋ 그래도 저는 빨리 놀고 싶어서 다신 안 한다고 하고 빠져나간 적이 많이 있었는데 다음에 또 잘못해서 더 혼났어요. 그때부터 저는 '다음부턴 안 그러도록 노력하겠다.'라고 둘러대고 있어요. ㅋㅋ

하늬 그 고집이 지금의 제 아빠한테 그대로 전해졌군요! ㅋㅋ 저도 할머니께 들은 바로는 제가 유치원 다닐 때 선재랑 놀다가 처음으로 싸워서 벌을 섰는데 선재는 바로 사과를 했는데 전 절대로 잘못했다는 소리를 입 밖에 내지 않았다고 해요. 할머니께 된통 혼나고 나서야 사과를 했고, 그 이후로는 점차 나아졌다고 해요. 워낙 어릴 때라 제 기억에는 없지만요. 저에게도 알게 모르게 그런 고집이 있었나 봐요!

할 내 글을 읽고 하늬가 아빠와 똑같다고 했는데 아빠는 할아버지 아들이니까 그렇단다. ㅋㅋ 내가 고집을 피운 것을 되돌아보면 미래에 올 수도 있고 안 올 수도 있는 것을 가지고 고집을 피웠다니 좀 그렇다. 미래라는 것은 우리가 예측하기 어려운 상황들도 많고 그런데 어릴 때, 그때 생각으로는 다음 잘못을 하면 똑같은 잘못인데 변명할 여지가 없다고 생각했었나 보다. 그래서 피운 고집인데, 할아버지는 대학을 졸업하고 사회인이 되면서부터 그런 생각이 차츰 바뀌었단다. 선재 생각과 비슷하게 말이다. 사람들에게는 상황에 유연하게 대처하는 것이 참 필요하단다.

솔 저도 그런 고집을 피웠었는데 그 내용이 좀 다릅니다. 저는 제가 할 말을 지키지 못할 것 같아서가 아니라 '내가 뭘 그렇게 잘못했나.' 하는 이기적인 마음 때문에 잘못을 인정하지 않았던 것 같습니다. 그런데 항상 엄마 아빠는 제 위에 있었어요. 적당히 용서해 주지 않고 잘못을 인정하기 전까진 제가 있다는 것도 잊은 것처럼 행동했으니까요. 그래서 그 기억 때문에 제가 잘못했던 것에 대해 사과를 해야 할 때는 빠르게 했던 것 같아요.

이바구 22

너는 오늘부터 급장이다

해방이 되었다. 국민학교(초등학교) 4학년 때의 일이다. 새로 담임을 맡으신 선생님이 교실에 들어오셔서 한 사람 한 사람씩 이름을 부르면서 출석을 불렀다. 첫 시간인데 선생님은 학생들의 얼굴과 이름을 익히기 위해서인지 이름을 부르시곤 한참 동안 얼굴을 쳐다보셨다.

"이근후!" "네." 일어서서 선생님에게 경례를 했다. "이근후 오늘부터 급장이다." 아무런 설명도 없이 그런 말씀을 하셨기 때문에 나는 어리둥절했다. 사실 4년 동안 다니면서 급장을 한번도 해 보지 못했을 뿐만 아니라 속마음으로는 급장이 하고 싶었기 때문에 나는 선생님의 그 말씀을 듣고 여간 당황하지 않았다. 마치 내가 급장이 하고 싶은 마음을 꿰뚫어 보시는 것 같아 움찔했다.

내가 급장으로 발탁된 사연은 길다. 국민학교 1학년 때다. 강당에서 개천절(일본의 개국기념일로 천황의 사진을 모시고 식을 아주 엄숙히 거행한다) 날이었다. 내 곁에 선 친구가 아주 장난꾸러기였다. 분필을 가지고 내 앞에 선 학생의 등에 장난 글씨를 쓰곤 했다. 이때 담임 선생님이 오셨다. 내 친구는 선생님이 오시는 것을 알고 분필을 떨어트렸는데 공교롭게도 그 분필이 내 발끝에 머물렀다. 현장에 오신 담임 선생님은 무조건 그 일을 내가 저지른 것으로 오해를 하시고 나를 교무실로 끌고 가서 모진 매를 때리고 벌을 세워 두었다. 평생 그토록 맞아 본 기억은 없다. 선생님은 아마도 경건해야 할 개천절 식에서 무엄하게도 장난을 치고 천황을 모독했다는 등의 비약된 생각을 하셨던 모양이다. 그때 이후 나는 수신 과목(윤리 또는 도덕 과목)이 늘

낙제점을 맞았다. 꼬리에는 '불손선인' 즉 문제 조선인이란 낙인이 찍혔다. 나는 그때 일본과 조선을 구분도 못하던 어린 시절인데 선생님은 내가 문제 집안의 문제 자녀쯤으로 오인을 하신 것이다.

해방이 되어 새로운 세상이 열렸으니 담임 선생님은 나를 급장으로 기꺼이 임명하신 것이다. 그런 사정도 내가 고등학교를 다니면서 담임하셨던 선생님으로부터 들은 이야기다. 이런 벼락출세를 시작으로 내가 대학교를 마칠 때까지 학급을 대표하는 인연이 되었다.

선재 정말 신기해요! 해방이 되기 전에는 문제 학생으로 대하다가 해방이 된 후에는 급장으로! 정말 벼락출세인 것 같아요. ㅋㅋ 그런데 개천절 식에 장난을 쳤다는 이유로 윤리 과목이 낙제점을 받으셨는데, 해방 후에는 윤리 과목이 좋은 점수를 받으셨어요?

하늬 희한한 이유로 회장이 되셨네요. 그때 할아버지께서 회장이 되지 않으셨다면 초등학생 때의 수줍음과 소심함을 고치기 힘들었을지도 몰라요. 저도 최근에 처음으로 회장이 되었는데 하면 할수록 괜히 했다는 생각이 들고 친구들 앞에 서는 게 두려워서 매 순간이 힘들었는데 돌이켜 생각해 보면 배운 점이 훨씬 많아서 회장이 되길 잘한 것 같아요.

솔 정말 하고 싶었던 것은 우연처럼 찾아오는 것 같아요. 기다리고 원할 때는 오지 않다가도 '이제 안 되나 보다.' 할 때 정말 상상치도 못하게 이뤄지곤 하네요. 대학교뿐만 아니라 지금까지도 그게 쭈욱 이어지신 것 같아요.

할 좀 부끄러운 고백이지만 그때는 급장을 굉장히 하고 싶었단다. 그런데 일제강점기 4년 동안은 한번도 해 보지 못했던 급장이다.

이바구 23

사과 반쪽

나는 남매로 자랐다. 여동생은 나보다 두 살 아래다. 어머니는 먹을 것이 있으면 나를 먼저 주시긴 해도 양은 동생과 똑같이 나누어 주셨다. 나는 속마음으로 오빠니깐 동생보다는 좀 더 많이 먹어야 한다고 생각했다. 하루는 어머니가 사과를 깎아 주셨다. 사과 한 개를 깎아 반씩 나누어 주셨다. "내가 오빤데…." 나는 심통이 좀 났다. 어머니에게 투정을 했다. 반쪽 먹기를 거부했다. 먹기 싫다는 말이 아니라 동생보다는 사과의 몫이 좀 커야 한다는 항변이었다. 어머니는 나에게 주셨던 반쪽 사과를 가지고 가서 칼로 또 반 토막을 내었다. 그 반 토막을 나에게 주셨다. 원래의 크기도 불만스러운데 불만족스런 사과 크기를 또 반쪽으로 잘라 주시니 나의 심통은 더 했다. 심통을 내는 횟수 만큼 사과의 크기는 줄어들었다. "반쪽 사과라도 먹을걸…." 그런 후회는 사과의 크기가 엄지손가락만 하게 줄어들었을 때였다. 그런 일이 있은 다음부터는 투정을 하지 않았다. 참았다.

선재 저는 외동이어서 뭔가를 나눠 본 적이 없는데 제 친구들 중 동생이 있는 애들은 언제나 집에 가면 싸우고 있고 또 좀 있다가 금방 풀어지고 그랬어요. 그런데 저는 그런 모습마저 부럽다고 생각했어요. 물론 뭐든 반으로 나눠야 하긴 하지만 그런 것도 다 좋을 것 같다고 생각했어요. 하지만 정작 동생이 있으면 이 생각이 어떻게 변할진 모르지만요. ㅋㅋ 하지만 동생이 있는 친구들은 모두 다 제가 부럽다고 해요.

하늬 저도 오빠가 있는데 전 오히려 과자가 하나 있으면 나눠서 오빠보다 큰 조각을 먹었던 기억이 나요. ㅋㅋ 제가 더 큰 조각을 먹겠다고 떼를 써서 오빠가 마지못해 줬을 거예요. 그래도 요즘에는 오빠랑 저랑 거의 동등해졌는데 딱 한 가지만은 항상 달라요. 세뱃돈이요. ㅠㅠ 항상 저희 오빠가 돈을 저의 2배 정도 받아요.

할 오빠가 세뱃돈을 두 배로 받다니 세뱃돈 주는 사람이 남녀차별을 했구나. 내 생각에는 남녀라서 차별한 것이 아니라 오빠와 하늬의 연령 차가 많이 나서 그런 게 아닌가 싶다. 왕할머니는 할아버지와 할아버지 여동생에게 무엇이든 똑같이 대우를 했는데 왕고모의 회고를 들어 보면 왕할머니는 나만 위했다고 지금도 불평을 한다. 느끼는 사람의 마음이 더 정확할 것 같다.

솔 저는 할머니 할아버지한테 투정부릴 때면 오히려 하나 더 사서 주셔서 그런지 아직까지 투정이 남아 있는 것 같습니다. 알게 모르게 그게 당연시되는 것 같아 반성하다가도 또 불쑥불쑥 원할 때 원하는 걸 얻지 못하면 투정이 나오곤 합니다. 그래도 어릴 때 기억이 굉장히 풍족합니다. 감사합니다!

이바구
24

나는 작문을 지으러 왔다

해방이 되자 젊은 담임 선생님이 부임을 했다. 우리나라 말로 수업도 받고 한국말을 한다고 해서 벌도 서지 않았다. 한국말을 한다고 벌금을 내지도 않았다. 해방이 되고 나니 이런 것들이 달라졌다. 초기에는 많은 혼돈이 있었다. 내선일체라고 해서 우리들도 일본 사람이라고 교육을 받았는데 해방이 되니깐 일본과 우리나라가 다르다는 것을 그때야 알았다. 이럴 즈음 담임 선생님은 우리들을 데리고 달성공원으로 야외 수업을 갔다. 아마도 가을이라고 생각된다. 국어 시간을 할애해서 야외로 나온 것이다. 제목은 자유롭게 작문을 지어서 제출하라는 것이었다. 나는 이 한두 달 사이에 일어난 엄청난 변화에 대해서 여러 가지 공상들을 했다. 그래도 쉽게 풀리지 않은 채 공상은 공상의 꼬리를 물고 내 머리를 꽉 채웠다. 단군이란 말도 처음 들어 보았고 이승만이라는 이름도 처음 들어 보았다. 조선이란 나라를 일본이 강제로 합병했다는 사실도 그때 처음 알았다. 이런 홍분은 달성공원에 앉아 있는 내내 나를 사로잡았다.

"자, 작문을 다 지은 사람은 선생님한테 가지고 오너라." 학교로 돌아갈 차비를 하시는 담임 선생님의 목소리를 듣고 나는 그때서야 비로소 작문을 짓는 것조차 잊어버리고 공상 속에서 헤매고 있었던 것을 알았다. 내 노트에는 글자 한 자 적혀 있지 않았다. 나는 당황했지만 어떻게 해 볼 시간적 여유가 없었다. 나는 노트에 이렇게 적고 선생님에게 제출했다. "나는 오늘 작문을 지으러 달성공원에 왔다." 지금도 어디서 원고 청탁을 받으면 그때 생각이 떠올라 혼자 웃곤 한다.

선재 저도 공상을 할 때가 많은데 막 혼자 상상을 하고 있다 보면 정말 옆에서 누가 불러도 모를 만큼 집중을 하게 돼요. 만약 제가 그런 상황에 있었다면 저는 제가 상상한 내용을 조금이라도 써서 낼 것 같아요. 선생님이 혼내실 수도 있지만… 할아버지께선 예전에 되게 순수하시고 엉뚱하셨던 것 같아요. '나는 오늘 작문을 지으러 달성공원에 왔다.'라는 글을 보고 선생님은 할아버지처럼 웃으셨을 것 같아요. ㅎㅎ

하늬 선생님께서 혼을 내시진 않으셨나요? ㅋㅋ 제가 그 선생님이었다면 성의가 없다고 하면서 혼쭐을 냈을 거예요. 그리고 제가 할아버지였다면 무언가 내용이 있는 글을 써 보려고 했을 텐데 할아버지는 정말 솔직하게 쓰신 거네요. 지금도 원고를 빨리 넘겨야 하는데 글을 다 못쓰면 "나는 오늘 원고 마감을 하러 사무실에 왔다." 하고 써 보시는 건 어떨까요? 물론 혼은 나겠지만….

솔 글을 쓰는 게 중요한 게 아니라 작문하기까지의 과정이 중요한 게 아닐까요? 주어진 과제로 인해 어린 나이에 하기 힘든 생각을 하셨으니 더 값진 걸 얻으신 것 같아요. 저도 평소엔 가만히 있다가도 주어진 게 있을 때 그리고 제출 시간이 다가올 때 머릿속에 마구 떠오르는 그 생각에 잠겼던 기억이 있네요. 물론 결과물은 처참했지만….

할 할아버지는 지금 '나는 죽을 때까지 재미있게 살고 싶다(2013)'와 '백 살까지 유쾌하게 사는 법(2019)'이라는 두 책이 베스트 셀러가 되었다. 할아버지가 원래 글 솜씨가 있는 게 아니고 자꾸 쓰다 보니 그렇게 됐다. 어릴 때 그런 상상이나 공상이 지금 생각하면 글 쓰는데 많은 도움이 된 것 같다. 상상은 경계가 없지만 상상 끝에는 언제든 현실로 돌아와야 한다. 상상은 현실이 아니니까 즐거운 것이다. 그게 즐겁긴 하지만 현실이 아니기에 우리는 상상에서 다시 현실로 돌아와야 하는 것이다.

이바구 25

장롱 안에 숨어서…

국민학교(초등학교) 5학년 때 이야기다. 해방이 되고 일 년이 지났다. 혼란한 틈이라서 그런지 깡패들이 있었다. 우리 동네에 호득이란 깡패가 있었다. 그 동생과 내가 친구였었는데 그는 그의 형만큼 힘도 세지 못하면서 친구들을 괴롭혔다. 우리 반 친구들 가운데는 그보다 힘이 센 친구도 있었지만 그의 형 호득이가 무서워서 아무도 그 동생에게 달려들지 못했다. 나는 힘도 없으려니와 그럴만한 용기도 가지지 못했다. 그럴 즈음 축구화를 외삼촌이 사 주셔서 신고 다녔다. 모두들 맨발이거나 게다라는 나무 신을 신고 다닐 때 축구화는 단연 인기였다.

호득이의 동생이 나를 괴롭혔다. 늘 괴롭혔기 때문에 분은 쌓여도 힘이 모자라 어떻게 해볼 도리가 없었다. 그런데 나에게 축구화가 생겼으니 그 친구가 형 호득이의 후광을 믿듯이 나는 축구화의 후광을 믿었다. 하루는 싸움이 붙었다. 평소 같으면 내가 일찌감치 꼬리를 내렸을 텐데 그날은 목을 꼿꼿하게 세우고 일전을 불사할 태세를 갖추었다. 호득이의 동생은 나를 아주 놀리듯이 말했다. "아쭈, 이 자석이 축구화 신었다고 겁도 없어…" 나는 그 말이 떨어지기도 전에 축구화로 냅다 가랑이 사이에 있는 급소를 찼다. 억 소리와 함께 호득이의 동생이 쓰러져서 나뒹굴었다. 곁에서 보고 있던 친구들이 모두 겁에 질렸다. 내가 한 짓에 겁이 질린 것이 아니라 호득이가 오면 내가 맞아 죽을 것이라는 공포였다. 나도 위기를 절감하고 냅다 도망을 쳤다. 집으로 돌아와 축구화를 안고 장롱 속으로 숨었다. 아니나 다를까 호득이를 앞세워 우리 집으로 쳐들어온 것이다. 내가 집으로 돌아온 것을 모르시는 부모님들은 호득이에게 아직 돌아오지 않았다고 말하는 소리를 장롱 속에서 들었다. 간이 콩알만해졌다. 어수선하던 분위기가 가라앉고 나서야 나는 장롱 속에서 나왔다.

나는 축구화를 들고 한 시간 동안 벌을 섰다. 싸움을 했다는 이유다. 부모님은 싸움을 하면 쌍방이 나쁘다고 가르쳤다. 다음 날부터 학교엘 가면 친구들이 수근거렸다. "축구화로 호득이 동생을 찼는데 억 하고…." 이 무용담 때문에 나는 호득이 동생으로부터 자유롭게 되었다.

선재 할아버지! 여기 나온 호득이는 제가 좋아하는 '도라에몽'이라는 만화에 나오는 퉁퉁이 같아요. 할아버지께선 진구를 닮은 것 같고요. 퉁퉁이라는 애는 호득이와 비슷하게 깡패처럼 힘이 세지만 그렇게 나쁜 애는 아니고 진구는 정말 할아버지와 닮아서 약간 순수하고 어리바리하기도 해요. ㅋㅋ 정말 이 글을 보자마자 이 생각이 들었어요. 다음번에 꼭 한번 찾아보세요!

하늬 잘 차셨어요! 그 이후로는 괴롭힘을 당하지 않을 수 있었으니까요. 제가 부모님이었다면 잘했다고 칭찬해 줄 거예요. 피하기만 할 수는 없으니까요. 그래도 그 이후에 호득이라는 깡패한테 맞지 않은 건 천만다행이네요. 호득이 동생이 그 일로 단단히 겁먹었나 봐요.

솔 정말 영화에서 보던 일이네요. 보통 같으면 다음 날이던 그다음 날이던 계속 찍히셨을 텐데. 원래 학교 다닐 때 싸움 같은 일이 벌어지면 정말 별일도 아닌데 괜히 크게 부풀려지곤 했죠. 저희 중학교 일들을 가만히 들어 보면 무슨 무협지 나오는 주인공인 양 부풀려져 있더군요. 근데 그때는 그게 진짠 줄 알고 벌벌 떨었었죠.

할 할아버지 생애 남과 싸운 첫 번째 경험이다. 싸움이란 내가 남을 때릴 수도 있지만 남으로부터 맞기도 해야 하는 것이 싸움이다. 나는 그때 시달림을 너무 많이 받아서 폭발적으로 그런 행동을 했던 것 같다.

이바구 26

마라톤

해방이 되어 어수선하던 시기에 서윤복이라는 선수가 미국 보스턴 마라톤 대회에 나가서 당시로는 세계신기록으로 우승을 했다. 암울했던 시기에 이런 세계적 거사는 많은 국민들에게 희망을 안겨 주었을 것이다. 나도 그땐 그런 거창한 이유에서가 아니라 동네 골목에서 모이는 친구들을 따라 마라톤을 열심히 했다. 맨발로 뛰어 돌아오는 골목길은 늘 정해져 있었다. 가장 짧은 길, 그리고 중간쯤 되는 길, 그리곤 아주 먼 길이 있었는데 먼 길은 어린 달음박질로도 족히 한 시간은 걸리는 거리였다. 서윤복 선수의 우승 소식이 전해지고부터는 누가 시킨 것도 아닌데 골목에 모이는 쪼무라기들은 늘 어울려 마라톤을 했다. 나도 그 틈에 끼어 열심히는 뛰었지만 등수와는 늘 거리가 멀었다.

한데 중간 코스의 도로변에 우리 반 여학생이 살고 있었다. 나는 처져서 뛰어가다가도 그 여학생 집 앞을 지나칠 때는 온 힘을 다해 뛰어 앞줄에 서곤 했다. 혹시라도 그 여학생이 내다보고 내가 뒤쳐져 가는 꼴을 보면 체면이 말이 아니잖나. 그래서 아마 죽을힘을 다 내어 뛰곤 했는데 언제나 그 고비를 넘기고 나면 힘이 다해 꼴찌로 처지곤 했다. 다른 친구들은 내가 꼴찌인 것을 위로해 주었지만 나는 내심 즐거웠다. 혹시 마주칠지도 모를 그 여학생의 눈빛을 상상하면서 정말 열심히 뛰었다. 한번도 마주치지 못해 야속했다.

선재 열심히 그 구간에서만 1등을 해서 여학생에게 잘 보이려고 했다는 것이 재미있어요. ㅎㅎ 할아버지께선 진짜 어릴 때 순수하신 것 같아요. 그런데 만약 뒤쳐지고 있을 때 산책 나간 여학생이랑 마주치면… 정말 부끄러울 것 같아요. 제 생각에는 집에 있던 여학생이 한번쯤은 할아버지의 1등 하는 모습을 보지 않았을까요?

하늬 저도 운동에는 재능도 없고 관심도 없어서 키가 큰 편인데도 불구하고 달리기를 잘 못해요. 이걸 잘 모르는 친구들이 너는 키가 크고 다리가 기니까 달리기를 잘할 거라고 하면서 팀 대표로 뛰게 하고는 나중에 후회를 해요. 그나저나 할아버지께서는 어릴 적부터 이성에 대한 관심이 참 많으셨네요.

솔 할아버지 이야기를 듣다 보면 할아버지께서 보고 느끼신 것들이 저랑 비슷해서 놀랍네요. 저도 힘들고 지쳐서 포기하고 싶다가도 그러한 상상을 하면서 힘을 내곤 했는데… 그런 상상력 덕분에 즐겁게 살아갈 수 있는 것 같아요. 결국 현실이 된 건 없지만.

할 할아버지 경험과 비슷하다니까 반갑다. 생각해 보면 할아버지 세대와 너희 세대가 사회 환경도 다르고 생각도 많이 다를 텐데 그런 생각이 너한테도 있다니 반갑다. 생각하면 사람들은 누구나 다른 사람들이 나를 인정해 주고 곱게 봐주기를 바라는 마음은 다들 있을 것이다.

이바구 27

헐렁한 옷

핫바지 하면 좀은 세련되지 못했거나 촌스럽다는 뉘앙스로도 들리는 단어다. 내 기억으로는 나는 국민학교(초등학교) 내내 핫바지 같은 옷만 입고 다녔었던 기억이 난다. 핫바지라기보단 헐렁한 옷이라고 표현하는 것이 옳은 표현일 것이다. 우리 집이 그렇게 옷을 사 입지 못할 만큼 가난하지도 않았는데 어머니는 나에게 항상 헐렁한 옷만 입혔다. 나는 이 헐렁한 옷을 입기를 아주 싫어했다. 고모님들이 오시면 늘 우리 어머니를 나무랐다. 아들 하나인데(그 당시엔 외아들이 드물었다) 왜 옷을 핫바지 같은 것만 입히느냐고 나무랐다. 그도 그럴 것이 고모님들은 단 하나인 친정 조카인 나를 자기 자녀보다도 더 끔찍이 위하는 처지에 나를 핫바지만 입혀두었으니 나무랄 만하다.

그래도 어머니는 굽히지 않고 나를 핫바지 모양의 느슨한 옷만 입혔다. 학교를 졸업할 임시가 되니 그 옷이 몸에 딱 맞았다. 다 낡아 버린 옷이지만 몸에 딱 맞는 옷을 입어 본다는 것은 여간 만족스러운 일이 아니었다. 어머님은 내가 커서 그런 부분에 대해 불평을 드렸더니 애들은 금방 자라기 때문에 헐렁한 옷을 입혀야 한다는 것이었다. 말씀만 그렇지 그때의 형편들이 누구 할 것 없이 어려웠던 시기 때문이었을 것이다. 지금 길에 나가서 예쁘게 차려 입은 어린이들을 보면 참 귀엽다.

선재 핫바지라는 말이 짧은 바지를 말하는 건 줄 알았는데 헐렁한 바지를 말하는 거였다니 신기해요. 그런데 엄마께서 헐렁한 옷을 입히는 것은 마치 큰 교복을 입히는 느낌인 것 같아요. 저도 처음 중학교에 입학할 때 치마도 허리가 좀 크고 길이도 길어서 싫었는데 엄마께서 계속 그걸로 입자고 하셨거든요. 겉옷도 마찬가지로 어깨도 크고 정말 불편했었어요. 그런데 중학교를 올라가니까 정말 금방 크고 또 금방 찌더라고요. 모든 애들이 다요. 그래서 지금은 치마도 편하게 딱 맞고 겉옷은 심지어 작아지고 있어요. ㅎㅎ 엄마 말 안 들었으면 교복 다시 사야 했을 수도 있어요. ㅋㅋ

하니 지금 제 옷장을 보면 헐렁한 옷이 한 벌도 없어요. 겨울용 옷마저도 딱 달라붙는 게 대부분이에요. 그런데 교복은 지금 저에게 매우 커요. 3년 내내 입을 옷이니까 키도 크고 살도 찔 것을 대비해서 1학년 때 일부러 큰 사이즈를 샀거든요. 하지만 요즘 키도 쑥쑥 크진 않고 체중도 거의 변화가 없어서 불편하기만 해요. 좀 더 작은 사이즈를 샀으면 어땠을까 하는 미련이 남아요.

솔 그래서인지 어렸을 때부터 지금까지 할아버지나 이모가 저한테 옷을 정말 많이 사 주셨죠. 이모는 아예 제가 꼬마 인형인 것처럼 이 옷 저 옷 입혀 보곤 즐거워했는데… 심지어 여자처럼 원피스를 입고 화장도 했었죠. 옷 색깔도 흔히 남자아이들이 입는 색이 아니라 노란색, 분홍색… 그 덕분에 이쁜 옷 많이 입어 보고 자라서 눈만 높아졌네요. 이제 어떻게 감당을 해야 할지….

할 옷에 대한 너희들의 기억을 보니 나하고는 많이 다르구나. 나는 왕할머니가 선택해 준 옷만 입을 수 있었는데 당시에는 외동아들이 아주 드물 때였다. 왕할머니는 내가 외동아들 모습을 보일까 봐 그렇게 키우셨나 보다. 나는 그때 역차별을 당했다는 생각을 오래했단다. 당시 외아들이란, 자기만 알고 자기를 왕자나 공주처럼 대해 주기를 바라는 사람이라고 상징됐었기 때문이다. 그러니 왕할머니는 이런 소리를 듣지 않게 하기 위해 나에게 옷을 그렇게 입혔던 것 같다. 지금은 이해를 하지만 당시에는 굉장히 서운했다.

이바구 28

이 나무는 아빠가 심은 것이란다

국민학교(초등학교)를 마치고 중학교 입학시험을 치기 위해 대봉동에 있는 경북중학교엘 갔다. 옷소매에 세줄을 달고 다니는 학생들이 부럽기도 했지만 나에겐 특별한 기억이 하나 있다. 아버지의 손에 이끌려 수험장엘 갔다. 아버지는 나에게 학교 입구에 늘어선 버드나무를 가리키면서 당신이 학생 때 심은 것이라고 했다. 그러니 너도 시험을 잘 쳐서 합격하기 바란다는 요지의 말씀을 해 주셨다. 그때도 이미 고목이 된 버드나무를 보면서 나는 꼭 이 학교에 들어가 아버님이 다니시던 교실에서 공부를 해야겠다고 마음을 먹었다.

중학교를 다니면서는 그때 처음으로 칠성동에 종합운동장이 건설되었는데 운동장 둑에 플라타너스를 심는 행사에 우리 학교가 동원이 되어 나도 몇 그루를 심었다. 나도 자녀를 낳아 아버지가 나에게 일러 주셨듯이 내 아들을 운동장에 데리고 가서 이렇게 말했다. "이 플라타너스는 아빠가 중학교 다닐 때 심은 것이란다." 내가 중학교 교정에 심어져 있던 버드나무를 설명 들으면서 느꼈었던 감격을 내 아들은 없나 보다. "그래요?" 하는 정도의 반응만 보일 뿐 내가 왜 자기를 이 운동장에 데리고 왔는지 이해를 못한다는 표정이었다. 세대가 다르다는 것을 실감했는데 요즈음 학생들의 말을 들으면 1학년 다르고 2학년이 달라 서로 말이 안 통한다니 사회의 흐름의 속도를 실감하게 한다.

선재 아빠가 만약 "이 나무를 내가 심은 거란다."라고 얘기를 하시면 저도 "그래요?"라고 하면서 시큰둥할 것 같아요. 오히려 학교 다닐 때 있었던 무서운 이야기(괴담) 같은 게 더 관심이 갔을 것 같아요. 저희 아빠랑 저랑은 얘기할 때 말이 안 통한다기보다는 관심사가 좀 다른 것 같아요. 그래도 가끔 아빠 옛날이야기를 해 주시면 재미있기도 해요. 특히 옛날에 유행했던 유행어도 얘기해 주셨는데 '옥떨메'라는 게 가장 인상 깊었어요. 옥상에서 떨어진 메주라고…. ㅎㅎ

하늬 ㅋㅋㅋ 역시 저희 아빠예요. 저희 아빠는 그런 거에 감격도 못 느끼고 아마 관심조차 없었을 거예요. 세대 차이 때문이기도 하겠지만 아마 성격 차이 아닐까요? 부모와 자식 사이라도 성격이나 관심사가 똑같을 수는 없으니까요. 그리고 저희 아빠가(그럴 일은 없겠지만) 저를 어딘가로 데리고 가셔서 "이 나무는 아빠가 어릴 적에 심은 거란다."라고 하셔도 별로 느끼는 게 없을 것 같아요.

할 내가 이 나무에 대한 글을 처음 발표했을 때 아빠(하늬의)는 자기가 쓴 다른 에세이에 이런 기억이 전혀 없다고 했단다. 할아버지는 그때 참 신기하게 생각을 했다. 똑같은 일을 나는 기억하는데 아빠는 기억하지 못한다니… 생각해 보면 내 기억도 옳은 것이고 아빠의 기억도 옳은 것이다. 한 사건을 두고도 이렇게 기억이 다른 것을 보면 무엇이 진실이다, 가짜다 하는 것은 참 어려운 문제인 것 같다. 서로 어떻게 느꼈는가, 그게 중요한 포인트 같다.

솔 그래도 가족들한테 그런 감성을 꾸준히 심어 주셔서 그런지 저는 또래에 비해 감성적인 부분이 많이 있는 것 같아요. 이건 아빠를 닮은 것 같기도 하고… 그래도 그 덕분에 여행 가거나 어떤 것을 볼 때 느끼는 게 매번 달라서 스스로도 신기하곤 합니다. 오히려 제가 주변 사람들이 무감각해진다고 느껴져서 슬플 때도 있고요. 요즘은 그런 사람들 속에 섞여 살아가다 보니 저 또한 삭막해져 가는 것 같네요.

이바구 29

라디오 방송을 듣고

1945년 8월 15일, 나는 부모님과 함께 마루에 앉아 특별방송을 들었다. 일본 천황이 미국에게 무조건 항복하는 특별방송이 정오에 있었다. 부모님은 내가 처음 보는 태극기를 달아 놓고 눈물을 흘리셨다. 나도 눈물을 흘렸다. 부모님이 흘린 눈물은 조국을 찾았다는 기쁨의 눈물이고 나는 부모님이 눈물을 흘리는 것을 보고 따라 눈물을 흘렸다.

또 하나 부모님과는 전혀 상반된 눈물의 이유다. 나는 조국(?)이 망한 것을 눈물로 흘렸다. 얼마나 철저한 식민교육을 받았으면 그런 어린 나이에 그런 반응을 했을까. 나는 완전히 일본이 조국인 줄 알았다. 이런 나의 식민지적 성장을 보고 부모님은 얼마나 속이 상했을까 싶다.

1945년 8월 15일은 정말로 나를 어리둥절하게 만든 날이었다. 부모님도 부모님이지만 거리에는 태극기를 든 사람들의 물결로 넘쳐났다. 조국이 망했다는데 왜 사람들은 즐거워할까. 이 생각을 바로 세우기까지는 시간이 많이 걸렸다.

선재 보면 정말 신기한 것 같아요. 할아버지 어릴 때의 얘기를 저는 수업 시간에 배우고 있는 게 많아요. 그래도 할아버지가 이런 이야기를 해 주시니까 수업하거나 글을 볼 때 더 확 와닿는 부분이 생기게 되는 것 같아요. 그냥 수업을 들었을 때는 '아, 그냥 그런 일이 있었구나.'라고 생각하는데 할아버지가 얘기를 해 주시면 더 잘 들어오고 아는 척하고 싶어져요. ㅋㅋ

할 너희들한테는 할아버지가 하는 이야기가 역사책에서 나올 법한 이야기로 들릴 것이다. 그만큼 세대 간의 차이가 있다는 것이다. 선재가 배우는 역사책 속의 이야기들은 할아버지가 겪은 경험들이란다. 선재야 할아버지를 잘 보렴. 할아버지를 잘 보면 역사가 읽혀진단다. 그래서 역사는 재밌는 학문인 것이란다.

하늬 신기하네요. 그 당시엔 할아버지는 너무 어리셨고, 학교에서 계속 세뇌당하듯 교육을 받아 왔으니 그렇게 생각하셨을 수도 있었을 것 같아요. 할아버지의 부모님께서도 속이 무척 상하셨겠지만 모든 진실을 뒤늦게 깨닫게 된 지금의 할아버지께서도 속이 많이 상하고 죄책감마저도 드실 것 같아요. 그나저나 그 당시에 라디오가 있었다니, 참 신기하네요!

솔 어린 나이에는 바로 앞의 것만 보고 판단하기 일쑤입니다. 아니 굳이 어린 나이가 아니라 내 나이가 되도 그렇습니다. 어떤 일의 깊이와 이면을 생각하지 않고 그저 자신이 보고 싶은 그대로를 진실이라고 착각한 채 세상을 바라보고 판단합니다. 그러다 보니 할아버지가 어렸을 때 보는 모습은 지극히 순수한 그 자체인 것 같아요. 그만큼 어릴 때부터의 교육이 얼마나 중요한지 새삼 깨닫게 됩니다.

이바구 30

일본말 잊어버리기

4년 동안 열심히 배운 일본말을 해방이 되자 빨리 잊어버리란 교육을 받았다. 교과서 가운데 '일본말 잊기'라는 교재도 있었다. 일제강점기엔 조선말을 사용하면 벌금을 내고 배급도 주지 않았다. 참 악랄했다. 그런 목적도 모르고 나는 열심히 일본말을 익혔다. 할머니나 고모님들이 외출을 할 때면 꼭 나와 함께했다. 내가 일본말을 해야 배급을 탈 수 있었기 때문이다. 고모님은 배급을 못 타도 내가 일본말을 하면 배급도 탈 수 있었다. 이러던 일본말을 하루아침에 잊으라고 한다.

잊어버리기가 쉽지 않았다. 그럼에도 불구하고 조선말은 배워 보니 참 신기했다. 내가 몰래몰래 친구끼리 사용하던 그 말이 바로 조선말이었기 때문이다. 이제부터는 벌금을 내지 않아도 조선말을 마음놓고 할 수가 있었다. 나는 그게 또 너무 신기했다.

선재 일본말 잊기라는 교재는 무슨 내용이 적혀 있는 거예요? 수업 시간에 일본말을 잊는 것을 배운다니… 정말 신기해요! 무언가를 배우는 것이 아니라 잊는 것을 배운다면(?) 저희도 '수학 잊기'나 '과학 잊기' 같은 것이 생겼으면 정말 행복하고 공부할 맛이 날 것 같아요. ㅋㅋㅋ 나는 수학이나 과학은 정말로 잊고 싶어요.

하늬 무언가를 외우는 것보다 외웠던 것을 잊어버리는 게 훨씬 더 힘든 일인 것 같아요. 더군다나 그 기억이 힘들었던 기억이거나 습관이 되어서 몸에 배인 거라면 더 잊기 힘들 거고요. 제가 그 당시 초등학생이었다면 잊어버려야 할 이유도 알지 못하고 잊어버리기도 힘들어서 오히려 조선말에 회의감을 가졌을 수도 있을 것 같아요. 글을 읽으면 읽을수록 일본은 우리나라에게 나쁜 짓을 천천히 계획적으로 행한 것 같아서 화가 나요.

솔 어린 나이에 하나의 언어만을 고집하는 것도 힘든데 평생 겪어 보기 힘든 상황 속에서 두 가지 언어를 사용하고 그것도 상반되게 배우다 보니 혼란이 올 수도 있을 텐데 그것을 마냥 신기하다고 여기는 것이 신기합니다.

할 나에게는 정말로 황당한 경험이다. 한순간을 사이에 두고 이전에는 한국말을 하면 벌을 서고 이후에는 일본말을 하면 벌을 서고… 그래서 참 황당했단다. 배운 것을 갑자기 잊어버리라고 하니… 그게 잊혀져야 잊는 것인데. 그래도 교과서도 있고, 잊으려고 참 애를 많이 썼단다. 일본 식민지 교육을 4년 동안 받았지만 지금도 일본을 가면 일상적인 말을 이해도 하고 할 수도 있단다. 참 혼돈스러운 경험이었다.

이바구 31

도시락 두 개

해방이 되니 내 머리만 복잡한 것이 아니라 사회 전체가 복잡하게 돌아갔다. 담임 선생님이 새로 오셨는데 열정이 넘쳐흘렀다. 도시락을 두 개씩 오라고 했다. 점심때 하나 먹고 저녁때 남아서 공부하자니 자연 저녁도 도시락으로 해결했다.

통행금지 시간이란 것이 있어서 일정 시간에는 집 밖을 나올 수가 없었다. 이를 어기면 모두 붙잡아 유치장에 넣었다. 그래서 우리들은 아무리 늦어도 9시 반이면 공부를 끝내야 했다. 조선말 배우랴, 일본말 잊기 배우랴, 원자탄 배우랴 눈코 뜰 시간이 없었다. 우리 반만 유별나게 그랬다. 모두 4학급이었는데 일제고사를 맞아 시험을 쳤더니 반 평균이 우리 반이 꼴찌를 했다. 의욕만 앞선다고 이루어지는 일이 아니었다.

선재

도시락을 두 개나 싸면서까지 공부를 했는데 반 평균 꼴찌라니. 정말 속상할 것 같아요. 정말 공부의 양과 시험 성적이 반대인 경우가 많은 것 같아요. 특히 수학은 중학교 들어와서 열심히 공부해도 만족할 만한 성적이 나오지 못해서 속상할 때가 많았어요. ㅜㅜ 오히려 공부를 안 한 것들이 더 잘 나올 때도 많았고요.

하늬

일본말 잊기라는 과목에서 무엇을 배웠을지 궁금해요. 그나저나 초등학생들이 저렇게 밤늦게까지 공부를 하다니 의욕만큼은 정말 대단하네요. 고등학생들도 밤늦게까지 공부하는 게 절대 쉬운 일이 아닌데 말이에요. 근데 담임 선생님께서는 해방 후에 새로 오신 건가요?

선재

일단 효율을 생각하기보다 혼란스러운 상황이다 보니 혼란스러운 체계로 아이들을 가르친 것 같아 안타깝네요. 그 속에서 얼마나 많은 아이들이 좌절하고 공부에 흥미를 잃었을까 생각됩니다. 그러나 한편으론 그런 힘든 상황을 겪어 나간 세대이다 보니 지금의 세대보다는 정신적인 부분이 강한 것 같습니다.

할

지나 놓고 보니 공부도 집중력이 있어야 한다. 아무리 공부하는 시간을 많이 가진다고 해도 집중력이 없이 수업을 받는다면 도움이 되지 않을 것이다. 한 시간을 해도 집중할 수 있는 능력이 중요하다. 집중하고 쉬고를 반복적으로 할 수 있다면 공부든 일이든 성과가 아주 클 것이다. 집중력은 그만큼 중요한 것이란다.

이바구 32

내 잘못이니 날 때려라

일제고사 성적이 반 평균 꼴찌를 먹고 나니 황당했다. 다른 학급보다 도시락을 두 개나 싸 가지고 공부를 열심히 했는데 왜 꼴찌인가. 담임 선생님은 나를 호명하시더니 나가서 매를 해 오라신다. 당연히 나는 매를 맞을 짓을 했다고 생각했다. 그래도 맞으면 아플 것 같아 좀 가느다란 대나무를 구해 왔다. 의외로 선생님은 그 매로 당신을 때리라고 한다. 나는 깜짝 놀랐다. 스승의 그림자도 밟지 않는다는데 나를 보고 내가 선생님을 때리라니 청천벽력이었다.

선생님의 설명은 당신이 잘못 가르쳤기 때문에 꼴찌를 한 것이니 제자로부터 매를 당연히 맞아야 한다고 했다. 나는 눈물을 흘리면서 다음 시험에는 꼭 좋은 성적을 내겠다고 말씀드리면서 용서를 구했다. 선생님은 매를 달라고 하시더니 당신의 종아리를 스스로 50여 대를 사정없이 때리셨다. 그러는 동안 나는 내내 울고 서 있었다. 어린 마음에 충격이었다.

선재 오히려 그냥 맞는 게 낫지 선생님을 때리라고 하는 것은 정말 무서운 것 같아요. 제 생각에는 학생들에게 무섭게 해서 정신을 차리게 하려고 그러신 것 같아요. 제가 만약 그런 상황이라면 할아버지와 같이 못 때렸을 것 같아요.

하늬 본인에게 책임이 있다고 인정하고 학생들에게 그 책임을 떠넘기지 않는 건 옳은 생각인 것 같아요. 그렇지만 할아버지처럼 큰 충격을 받은 학생들도 있을 수 있으니까 그 행동은 너무 극단적인 것 같아요. 그런데 왜 그 선생님께서는 많은 학생들 중에서 왜 하필 할아버지를 호명하셨을까요?

솔 잘못을 한 사람이 혼난다는 것이 일반적인 것인데 그것도 어린 나이에 스승님의 결단에 큰 충격을 받았을 것 같습니다. 지금의 내가 겪어도 익숙하지 않기도 하고 심리적으로 죄책감이 많이 들었을 것 같습니다.

할 사람들은 어떤 일을 두고 자기 탓이라고 생각하는 사람도 있고 남의 탓이라고 하는 사람들도 많단다. 생각해 보면 딱히 누구의 탓이라고 하기가 어려운 정도이다. 그것은 결과에 영향을 주는 일들이 많기 때문에 그렇다. 담임 선생님이 자기가 잘못 가르친 탓에 일제 고사에 반 평균이 꼴찌했다는 탓을 스스로에게 돌린 것은 맞을지 모르나 그렇다고 해서 자신의 다리를 50여 대나 때린다는 것은 자학적인 행동이다. 정신건강에 여의치 못한 행동이다.

이바구 33

개 잡는 모습

나는 학교에서 집까지 불과 10분 거리에 살았다. 그렇게 가까운 거리에 살면서 하교 시간에는 겁이 났다. 겁이 난 이유는 그 짧은 10분 동안 목격하게 되는 개 잡는 광경 때문이다. 제2차 세계대전이 막바지에 접어들면서 내가 살던 대구에는 소개 명령이 내렸다. 미군의 폭격에 대비해서 농촌으로 피난을 가라는 소개 명령이다. 소개 명령이 내린 도시는 꼭 유령 같은 도시로 변했다. 빈집들이 많고 또 도로를 넓히느라 철거하다만 집들이 많이 있었다. 개를 잡는 이유는 폭격을 받게 되면 개들이 충격으로 광견병을 옮길 수 있다는 이유다. 개는 그냥 잡지 않고 몽둥이로 때려잡았다. 이런 개 잡는 모습을 하루에도 여러 번 목격해야 하는 충격이다. 지금도 나는 개고기를 먹지 못한다. 개고기를 보면 이때 충격이 되살아나기 때문이다.

선재 저도 인터넷이나 TV에서 개 잡는 이야기가 나오면 정말 끔찍하다고 생각이 드는데 그 장면을 직접 본다면 정말 충격일 것 같아요. 또 그런 이야기를 들으면 저희 집 강아지들이 생각나고 그래서 개고기가 꺼려지는 것 같아요. 똑같은 고기인데도 소고기는 먹으면서 개고기는 정말 먹기 힘든 것 같아요. 만약 제가 소를 키우는 아이었다면 소고기가 꺼려졌을 거라는 생각도 들어요.

하늬 저는 워낙 어릴 적부터 개를 무서워해서 개고기를 먹으면 왠지 살아 있는 개들이 저에게 해코지를 할까 봐 무서워서 먹지 못했던 기억이 나요. 물론 지금은 그걸 믿지 않지만요. 그런데 왜 멀쩡한 개들을 하필이면 몽둥이로 때려잡는 걸까요. ㅠㅠ 그 시대에는 사람들뿐만 아니라 개들도 참 힘들었을 것 같아요.

솔 어릴 때부터 비정상적인 상황 속에서 정신적으로 해로울 여러 가지 것들을 목격하시다 보니 마음속에 트라우마들이 여럿 자리잡은 것 같지만 그 덕분에 그것을 해결하려고 열심히 치열하게 사시는 원동력이 된 것 같습니다.

할 내가 목격한 일들을 지금의 동물 애호가들이 목격했다면 어떤 심정일까. 생각하기조차 끔찍하다. 그러나 신문이나 방송을 통해 보면 아직도 개를 그런 방식으로 잡는다고 하니 정말 끔찍한 일이다. 언제까지 반복해야 될 일인지 모르겠구나.

이바구 34

10월 1일 폭동사건

1946년 10월 내가 국민학교(초등학교) 5학년, 해방 된 지 1년 만에 겪은 끔찍한 경험이 있다. 개 잡는 이야기를 하고 나니 연달아 떠오른 연상이다. 해방의 감격을 어수선한 이념 갈등으로 나날을 지새웠다. 이념이 무엇인지도 모르지만 밤에 몰래 벽보 같은 것을 붙이고 다니는 사람이 있는가 하면 학교 선생님 가운데 어떤 선생님은 경찰관에게 잡혀 가는 것도 목격을 했다. 그러다 10월 1일 하굣길에 사람들이 어떤 사람 하나를 끌고 다니면서 몽둥이로 개 패듯 때려서 죽이는 모습을 목격했다. 그날 하굣길에 두셋 장면을 목격했다. 때리는 장면도 보고 죽은 사람을 가마니로 덮어 길가에 팽개쳐 둔 모습도 보았다. 참 무서웠다. 사람을 개 패듯 몽둥이로 때려죽이다니… 지금까지 지워지지 않는 충격이다. 6.25 하면 그런 기억의 연속선상에서 겪은 또 다른 충격이었다. 사춘기를 그런 혼돈 속에서 보냈다.

선재 이런 이야기를 들으면 정말 사람들이 무섭다고 생각이 들어요. 저도 영화를 보다가 저항하는 사람들을 때리고 죽이는 장면을 보면 정말 사람이 무섭다는 것을 느껴요. 만약 제가 어릴 때 그런 장면을 봤다면 커서도 계속 생각나서 정말 괴로울 것 같아요.

하늬 옛날에 저 초등학교 다닐 적에 온 가족이 마당에 모여서 바비큐를 해 먹으며 나누었던 이야기들이 생각나네요. 한번은 누군가가 할아버지께 4가지 중 가장 무서운 게 무엇인지 여쭤 봤는데 할아버지께서는 전쟁이 가장 무섭다고 대답하셨어요. 그때는 어차피 앞으로 전쟁 날 일이 없을 텐데 왜 무섭다고 하셨는지 이해가 가지 않았는데 이제는 조금 알 것 같아요. 확실히 전쟁은 많은 사람들의 몸과 마음에 큰 상처를 입히는 일인 것 같아서 일어나지 않았으면 좋겠어요.

솔 어린 시절 개를 패는 것을 목격한 것도 적잖은 충격일 텐데 사람까지… 무슨 기분일지 상상이 가질 않습니다. 정말 힘든 시절을 보내면서도 그것을 어떻게 안고 살아오셨을지 가늠이 되질 않습니다.

할 해방 직후부터 생긴 이념 논쟁은 사람들을 좌익과 우익으로 극명하게 갈라놓았단다. 이 갈려진 두 세력은 날이면 날마다 충돌했고 할아버지는 그런 충돌을 매일매일 목격하고 자란 세대란다. 요즘 남북관계나 우리나라를 둘러싼 세계 열강들의 움직임을 보면서 굉장히 불안한 생각이 든다. 잘 풀려야 될 텐데… 하는 소망이지만 할아버지는 옛날 기억 때문에 불안이 더 크단다.

이바구 35

풀 한 포기

제2차 세계대전 말기에는 일본이 최후 발악을 하던 시기다. 4학년 때다. 나는 학교에서 공부한 기억이 없다. 주로 노력봉사에 동원되거나 전쟁 준비로 수류탄 던지기 아니면 대창으로 미국, 영국, 중국 허수아비 찌르기 그리고 공습에 대비한 방공훈련 등으로 하루를 보냈다.

그런데 매일 풀을 뜯어 오라는 숙제가 있다. 풀을 모아 퇴비를 만든다. 이 숙제를 하자면 인근 들판이나 산으로 나가야 하는데 우리 집이 대구 시내에 있어서 그 숙제를 하기가 어려웠다. 부모님이 이 숙제를 위해 집에 있는 가마니를 풀어 주었다. 나는 학교 가기를 거부했다. 선생님이 풀을 베어 오라고 하셨는데 가마니를 주니 아니라고 한 것이다.

퇴비를 만드는 데는 가마니도 한 역할을 한다면서 나를 설득했지만 나는 풀을 갖고 갈 것을 고집했다. 마침 등교하던 친구 하나가 풀 한 포기를 달랑 갖고 가는 것을 부모님이 가마니와 바꾸자고 해서 그 학생에게 가마니를 주었다. 나는 풀 한 포기를 들고 등교를 했다. 그날 하교 시간에 내 친구는 퇴비 모음에 공이 크다고 상을 받았다. 나는 계속 이상하다고 생각을 했다. 풀을 갖고 오라고 해 놓고 가마니를 가져온 내 친구에게 상을 주는 것이 의아했다.

선재 ㅋㅋㅋ 역시 엄마 말을 들어야 되는 것 같아요. 언제나 엄마랑 의견이 엇갈릴 때 제 고집대로 하면 나중에 후회하게 되는 것 같아요. 특히 집에서 옷 입고 나갈 때 후회하는 경우가 많은 것 같아요. 따뜻하게 입고 나오면 덥고 시원하게 입고 나오면 춥고… ㅋㅋ 그러면서도 언제나 엄마 말을 안 듣게 되는 것 같아요. ㅋㅋㅋ

하늬 저도 조금 의아하네요. 실제로는 풀이 아니라 가마니처럼 좀 더 값이 나가고 크고 양이 많은 것을 원했던 걸까요? 그럼 애초에 풀이 아니라 가마니를 가져오라고 하는 게 나았을 텐데 말이에요. 그리고 제가 할아버지였다면 의아하기도 하지만 내심 억울했을 것 같아요. 원래 그 가마니의 주인은 난데… 하고요.

솔 이해가 됩니다. 할아버지의 그 시기는 원래 정해진 것만이 정답이라고 생각하는 시기가 아닐까 생각합니다. 그것이 자연스러운 건데 주변에 이해되지 않는 상황들이 겹치다 보면 의심이 늘어나고 자신의 행동에 의아함이 생길 것입니다. 그때 자신을 잘 조절할 수 있나, 없냐에 따라 향후 미래의 자신이 정해진다고 생각합니다.

할 맞는 소리다. 되돌아보면 할아버지는 모범생 중에 모범생이었나 보다. 풀이라 하면 풀인 것이지 가마니가 아니지 않나. 어른들은 퇴비를 목적으로 풀을 가져오라고 한 것이니까 가마니 역시 퇴비로 쓸 수 있기 때문에 풀보다는 가마니를 가져오란 뜻이었을 것이다. 그러나 나는 풀이라고 들은 것이지 가마니라고 듣지 않았기에 그런 고집을 피운 것이란다. 그런 깊은 내막보다는 들리는 표면적인 이야기에 더 집중했던 것 같다.

이바구 36

소변이 누고 싶어서

대구에서 박람회가 열렸다. 박람회는 구경거리가 많아서 참 홍미롭다. 단체로 관람을 갔었는데 선생님이 나를 보고 우리 학급 중 맨 앞에 서서 관람 학생을 이끌어 가라고 하셨다. 줄을 따라 열심히 구경을 했다. 소변이 마려웠지만 선생님의 말씀을 지키느라 참았다. 참아도 생리 현상은 이길 수가 없었다. 자리를 잘 지키라고 하신 선생님의 말씀에도 불구하고 소변을 보기 위해 달음박질을 했다. 왜냐하면 곧 쌀 것 같은 위급함 때문이었다. 내가 뛰는 것을 보고 놀란 내 친구들은 나를 따라 뛰어왔다. 그 뒤를 따라 모든 학생들이 뛰어왔다. 나는 더욱 당황했지만 친구들은 영문도 모르고 내 뒤를 따라 뛰어왔다. 내가 시원하게 소변을 보는 동안 그들도 나처럼 소변을 시원하게 보았다. 외국인이 한국 사람을 보고 들쥐 같다는 표현을 한 적이 있다. 들쥐 한 마리가 행동하면 그 행동을 따라 한다는 습관을 빗댄 말일 것이다.

선재 정말 한 무리의 들쥐 같았겠어요. ㅎㅎ 정말 다들 귀여운 것 같아요. 화장실에 헐레벌떡 들어가는 할아버지와 할아버지를 따르는 여러 학생들. ㅋㅋㅋ 그럼 할아버지께서 들쥐 대장이시네요. ㅋㅋㅋ 외국인들이 우리나라 사람들을 들쥐로 생각하는 것은 처음 알았는데 정말 공감이 많이 돼요.

하늬 ㅋㅋㅋ 재밌네요. 어릴 적 아이들, 즉 이 글에서 할아버지의 반 친구들은 참 말을 잘 들었나 봐요. 할아버지께서도 선생님의 말씀을 어기지 않으려고 아이들에게 말도 못하고 뛰어가신 걸 보니 참 착하셨던 것 같고요. 할아버지를 좇아서 뛰어간 것까지는 이해가 가지만 똑같이 소변을 보는 것은… ㅋㅋ 전혀 예상치 못했어요.

솔 원래 어떠한 상황이 오든 우리나라 사람들은 타인의 눈치를 살핀 후 움직인다고 배웠습니다. 그 말이 맞는 것 같아요. 자신의 현재 행동이 옳은지 그른지 확신이 없기 때문에 앞선 자를 따라가기 마련인가 봅니다.

할 그때 그 시절에는 그랬단다. 내가 소변이 누고 싶으니 다녀올 때까지는 내 친구한테 앞장선 역할을 위임할 수도 있었지만 그 말을 하지 못하고 그런 행동을 했다니… 지금 생각해도 참 융통성이 없었나 보다. 융통성이 없다는 말은 선생님이 시킨 역할을 지키기 위해서 그랬으니 나무랄 바는 아니지만 그런 유연함이 없었다니. ㅋㅋ 살아오면서 할아버지는 융통성이 점차 넓혀진 것에 대해서 참 좋은 일이라고 생각했단다.

이바구 37

석궁

어릴 때 집에서 토끼 두 마리를 키웠다. 아버지와 함께 토끼장을 만들고 나는 학교 다녀와서 아카시 풀잎을 따러 열심히 인근 야산을 다녔다. 새끼 두 마리가 내가 준 아카시 잎을 먹고 자라는 것이 너무 신기하고 예뻤다. 작은 입을 오물거리면서 잎을 먹는 모습은 정말 신기했다. 이런 예쁜 토끼가 하룻밤에 도둑고양이에게 물려 갔다. 뒷마당에서 고양이가 먹다 남은 토끼의 시체를 보고 나는 분노를 금할 수가 없었다. 도둑고양이가 미웠다. 도둑고양이를 잡아 분을 풀어야겠다고 생각했다. 그래서 만든 것이 석궁이다.

석궁은 내 골목 친구가 만들어 갖고 노는 것을 본 적이 있기 때문에 석궁을 만들어 쏜다면 고양이를 잡을 수 있을 것 같았다. 밤에 빈 토끼장 앞에서 잠복해서 기다렸다. 나는 석궁을 쏘았다. 고양이는 어디를 맞았는지 비명을 지르면서 도망을 갔다. 고양이가 죽었는지 살았는지 모르겠다. 다시는 토끼장 앞에 나타나지 않았다.

선재 제가 초등학생 때 매일 밥 주고 돌봐주던 길고양이들이 있었는데 어느 날 밤에 고양이들이 들개한테 물려서 죽었다는 소식을 들었어요. 그때 정말 슬프고 충격적이었어요. 그리고 어릴 때 할아버지처럼 들개가 너무 싫고 잡히면 가만 안 두겠다고 생각했는데 석궁을 만들 생각까지는 못했어요. ㅋㅋㅋ

하늬 고양이 애호가인 저로서는 토끼보다 그 고양이가 더 불쌍하네요. 고양이 입장에서는 살기 위해서 토끼를 잡아먹었지만 할아버지께서는 복수를 하려고 쏘신 거니까요. 그래도 공감은 많이 되어요. 저도 비슷한 경험이 있었거든요. 저는 이제까지 키워 본 애완동물은 금붕어와 미꾸라지 각각 한 마리씩뿐이에요. 그런데 그 금붕어와 미꾸라지가 거의 동시에 죽었어요. 그래서 펑펑 울었던 기억이 나요. 그때가 아마 초등학교 2학년쯤이었던 것 같아요. 저는 금붕어와 미꾸라지가 죽은 원인을 잘 몰랐는데도 그렇게 슬펐는데, 할아버지께서는 정말 분하고 말로 다 할 수 없을 정도로 속이 상하셨을 것 같아요.

솔 헉… 토끼의 복수를 석궁으로? 도둑고양이에게 물려가 죽은 건 맞나요? 아님 할아버지의 추측인가요. 석궁에 맞은 고양이가 바로 그 고양이인지 증거는요? 애꿎은 고양이 한 마리에게 복수하신 건 아니겠죠? 움직이는 고양이를 야밤에 석궁으로 명중시키다니… 할아버지 올림픽 금메달입니다.

할 내가 고양이에게 석궁으로 복수를 한 뜻은 내가 아끼면서 키운 토끼를 잡아먹었기 때문에 그랬던 것이란다. 내가 만일 고양이를 더 사랑해서 키우고 있었다면 그 소중함도 알기에 그렇게 행동하지는 않았을 것이란다. 누구나 자기가 키우는 애완동물이 가장 소중하고 사랑스럽기 때문에 그들을 누군가가 해친다면 할아버지와 같은 마음이 들지 않았을까 하는 생각을 해 본다.

이바구 38

간호사 누나

제2차 세계대전이 막바지에 이르렀을 때 우리들 골목 친구들은 떼를 지어 놀았다. 학교 다녀오면 모여서 전쟁놀이를 하거나 빈집에 들어가 온갖 이야기를 나누면서 지냈다. 어른들의 손길이 미처 미치지 못한 부분이다.

하루는 무리의 대장격인 중학생 형이 나에게 명령을 했다. 우리 동네 병원에 가서 간호사 누나를 데리고 오라는 것이었다. 데리고 오면 자기가 먼저 뽀뽀를 하고 나에게도 뽀뽀를 시켜 준다고 했다. 나는 싫다고 했다. 그랬더니 나를 집단 따돌림을 시키겠다고 위협을 했다. 예나 지금이나 왕따를 당한다고 하는 것은 곧 죽음이다.

동네 병원의 간호사 누나는 내가 잘 알고 있는 누나다. 내가 아파서 자주 간 이유도 있지만 어머니가 자주 편찮으셔서 왕진을 청하러 내가 단골로 심부름을 갔기 때문에 선생님과 간호사 누나들을 모두 잘 알고 있었다. 내가 병원으로 가고 있는데 다른 중학교 형이 따라왔다. 형의 말로는 내가 하려고 하는 짓이 나쁜 짓이라고 했다. 그래서 나는 되돌아가 간호사 누나가 왕진을 가고 없다고 거짓말을 했다. 대장 형은 몹시 아쉬워했다.

선재 그래도 되돌아가서 다행이에요. 좀 다른 경우지만 저도 초등학생 때 애들이 다 같이 학교 지하에 가자고 한 적이 있었어요. 제가 겁도 많고 선생님이 가지 말라고 했기 때문에 안 간다고 했는데 애들이 제가 가면 같이 동아리 활동을 하겠다고 해서 솔깃해서 넘어갔었어요. ㅋㅋㅋ

하녀 정말 다행이에요! 만약, 정말 만약에라도 할아버지께서 간호사를 데리고 갔다면 할아버지께서는 두고두고 후회하셨을 거예요. 그런데 그 당시에는 골목 친구들이라는 개념이 있었다는 게 참 신기해요. 빈집이 많았다는 것도 그렇고요. 저는 사실 바로 옆집에 누가 사는지조차도 잘 알지 못하고, 알더라도 인사를 할 정도로 친한 사이가 아니에요. 또 무엇보다도 모여서 놀 친구들이 없어요. 다들 초등학생 때부터 학교가 끝나면 학원엘 가고, 학원이 끝나면 시간이 늦어지니까요. 요즘은 초등학생 1학년 때부터 국영수 학원을 다니기 시작한다고 들었어요. 이러한 일들이 점점 심해지면 안 될 텐데 걱정이에요.

솔 나쁜 일인 줄 알면서도 나에게 닥칠 위험 때문에 모른 척한 일도 있는데, 누군가 옆에서 나쁜 일이라고 한마디 해 주었다면 거절할 용기가 생길 거 같아요. 누군가의 명령이긴 하지만 결국 행동의 선택은 내가 하는 것이니까요. 세상에, 주변에 조금 더 용기 있는 사람들이 많아졌으면, 내가 누군가에게 용기를 줄 수 있는 사람이 되었으면 해요.

할 그때는 골목 친구들이 많았단다. 요즘처럼 학원도 없었고 학교 다녀오면 골목 친구들과 어울려 노는 일이 참 즐거웠다. 요즘 TV를 보면 성범죄가 사회적으로 큰 화제가 되고 있는데 그때 그 시절 할아버지의 일화를 생각하면 그게 바로 성범죄로 이어질 수 있는 행동들이다. 그때 착하게 말려 준 형이 지금 생각해도 너무 고맙다.

담임 선생님은 편지를
그 여선생님께 전해 주라는 부탁이었다.
나는 그 편지를 아주 소중하게 가지고 갔다.

나는 성실하게 심부름만 했는데
두 쪽 모두에게서 야단을 맞았다.

제3부

심부름으로 연애편지 전하다

이바구 39

학예회(연극)

1년에 한 번 학부모님을 모시고 여는 우리들의 재롱이 학예회다. 국민학교(초등학교) 5학년 때의 기억이다. 해방된 지도 1년이다. 우리 반에서는 담임 선생님이 만드신 연극으로 학예회를 나갔다. 나도 뽑혀 연극을 하게 되었는데 나는 여학생 역할을 맡았다. 담임 선생님이 옆 반 여자 친구의 세라복을 빌려 주었다. 나는 누군지 모르는 여학생을 머릿속에 그리면서 열심히 연극 연습을 했다. 공상이 많았던 나는 세라복을 입고 이 세라복의 주인공과 결혼을 하는 상상을 많이 했다. 연극 연습을 하는 동안 너무 행복했다.

정작 학예회 날 무대에 올라서니 대사를 전부 까먹었다. 실제 대사와 내가 공상하는 장면의 대사가 서로 범벅이 되어 무슨 말을 하고 있는지 혼란에 빠졌다. 그런 실수를 하고 있다는 것을 알았을 때는 이미 내 말문이 막혀 버렸을 때였다. 담임 선생님이 무대 뒤에서 대사를 읽어 주셔서 겨우 연극을 마칠 수 있었다. 끝나고 선생님이 물었다. 아까 무대 위에서 대사에도 없는 말을 했는데 그게 무슨 말이냐고 물으셨다. 아마도 그 낯 모르는 여학생에게 독백한 것이 아닐까 싶어 참 부끄러웠다. 아직도 그 세라복의 냄새가 잊혀지지 않는다.

선재 저는 유치원 때 연극을 한 적이 있었는데 그때 저는 성냥팔이 소녀 역할을 했었어요. 생각해 보면 그때 제가 주인공이 돼서 그런지 정말 열심히 연습했던 것 같아요. 대사도 정말 잘 외우고 연극 연습하는 시간이 가장 재미있고 좋았었는데 만약 지금 주인공이 됐다고 하면 오히려 귀찮아하고 쑥스러워할 것 같아요. 그런데 할아버지께서 세라복을 입고 여학생 역할을 했다는 것이 상상이 되질 않아요. ㅋㅋㅋ

하늬 그렇게 상상력이 풍부하셨기에 지금 할아버지께서 좋은 글을 쓰실 수 있는 것 같아요. 저도 어릴 적에는 상상력과 창의력이 참 풍부하다는 말을 많이 들었어요. 제 기억에도 그때는 엉뚱한 상상도 많이 했었고 무슨 일을 하든지 호기심도 많았어요. 그런데 점점 학년이 올라가고 학교에서 정한 규칙을 아무 생각 없이 따르다 보니 지금은 상상력이나 호기심이 일상에서 쓸모없는 게 되어 버린 것만 같아서 참 슬퍼요. 그런 걸 생각하면 다시 어린 시절로 되돌아가고 싶어요.

할 하늬도 상상과 창의력이 많았다니 할아버지 닮았나? ㅋㅋ 사실 너희들이 지금 받고 있는 교육은 그런 상상력과 창의력을 높이는 교육이라기보다 틀에 박혀 규격화시키는 그런 교육인 것 같아서 안타깝다. 할아버지의 어릴 때 상상들이 지금에 와서 글을 쓰는데 도움이 된 것 같다는 하늬의 말이 맞는 것 같다.

솔 학예회에서 연극을 한 적은 없지만 노래와 춤을 연습한 적이 있어요. 사람들 앞에 나서는 것을 즐기지 않는 편이라 합창에서나 무대에 오르는 것이어서 큰 실수를 한 기억은 없어요. 단지 합창이면서도 나 혼자 옆 파트의 음계를 따라 부르다 움찔한 적은 있어요. 누군가에게 들키지는 않았지만 무대를 내려오면서 얼굴이 빨개졌었지요.

이바구 40

선생님이 미웠어요

옆방 여학생 반을 담임한 선생님은 여선생이었다. 여선생이 많지 않았던 당시에 우리들의 선망의 대상이었다. 자주 선생님을 찾아 놀러 가곤 했다. 그 여선생님은 나를 퍽 귀여워해 주셨다. 그런데 하루는 화장실에 갔더니 벽에 그 여선생님에 관한 낙서가 있었다. 'ㅇㅇㅇ 선생님 연애 박사' 라고. 그래서 나는 이 낙서를 보고 아주 언짢았다. 선생님이 그런 말을 듣는 것이 싫었다. 얼마를 지나자 'ㅇㅇㅇ 선생님 결혼한데요. 알나리깔나리' 라는 낙서가 있었다. 나는 조금 분노했다. 점점 심해져 가는 낙서의 내용에 분했지만 선생님은 밉지 않았다. 그런데 결혼한다는 낙서를 보고부터는 선생님이 미워지기 시작했다. 그런데 얼마 지나지 않아 실제로 선생님은 결혼을 했다. 다른 학생들은 모두 축하 인사를 드렸는데 나는 삐쳤다. 선생님이 나에게 인사를 건네도 나는 외면을 했다. 가슴이 찢어지는 것 같은 아픔을 경험했다.

선재 저희는 여자중학교라 남자가 등장하면 난리가 나요. 특히 남자 교생 선생님이 오시면 그날 모든 애들이 교무실로 올라가서 선생님을 구경해요. 그러다 잘생긴 선생님이 계시면 난리가 나죠. ㅋㅋㅋ 그래서 그런지 할아버지의 마음이 이해가 되어요. ㅎㅎㅎ

하늬 이런 게 사람들이 연애를 하는 연예인을 바라볼 때의 심정일까요? 저는 아직까진 그런 경험이 없어서 사실 이해는 잘 안 돼요. 한 연예인의 스캔들이 터지면 그 연예인의 팬들은 보통 축하를 해 주지 않고 심한 경우에는 안티 팬이 되기도 하더라고요. 어차피 그 연예인과 본인이 연애나 결혼을 할 리는 없는데 왜 다른 사람과 연애를 하는 걸 싫어할까 하고 의문이 들었어요. 할아버지의 경우도 그런 경우인 것 같아요. 나와 이어지지 않을 거라는 건 알아도 다른 사람에게 뺏기기는 싫은 심리인가 봐요. 그래도 할아버지께서 그 선생님을 외면하셨다면 그 선생님도 신경이 쓰이시고 마음이 아프셨을 것 같아요. 그렇지만 그 선생님 입장에서는 그런 할아버지가 고맙기도 하고 귀엽기도 했을 것 같네요.

할 하늬야, 너도 그런 경험이 있다니 신기하구나. 할아버지는 요즘 유명 가수나 연예인이 공연을 한다면 청소년들이 열광하는 이유를 이해하지 못했었던 때가 있었는데 하늬의 답글을 읽고 보니 왜 청소년들이 열광하는지 조금은 이해가 된다. 정말 나와 결혼할 것도 아닌데. 다른 사람과 결혼했다는 것이 그렇게도 서운했다니 어릴 때의 이야기지만 지금 생각해도 웃겼다.

솔 할아버지나 부모님 말씀을 들어 보면 예전엔 선생님을 짝사랑하는 일이 많았던 거 같은데, 아직 전 선생님에 대한 짝사랑은 없네요. 학교 선생님은 그냥 수업에 들어왔다 나가는 사람처럼 개인적 관심이 가기엔 뭔가 심심한 사이. 오히려 나란 사람에게 관심을 더 가져 주고 마음으로 다가온 과외 선생님에게 의지가 됐어요. 그래도 짝사랑이 아니라 행복을 빌어 주는, 내가 조금씩 개길 수 있는 편한 사이죠.

이바구 41

삼총사

나와 친구 두 사람을 나 혼자 그렇게 불렀다. 우리 셋이 항상 어울려 다닌 것은 아닌데 삼총사라고 부른 데는 그만한 이유가 있다. 친구 A는 집이 가난하지만 공부를 항상 1등을 하고 운동도 만능선수다. 친구 B는 집안이 너무 가난하여 자그마한 방에서 일곱 식구가 늘 함께 살았다. 굶는 것이 일상이다. 공부도 잘 못하여 맨날 선생님으로부터 매를 맞았다.

A는 나의 공부 경쟁 상대였다. 아무리 내가 열심히 해도 그를 따라가지 못했다. 그래서 1등은 정해진 사람이 하는구나(하늘이 ㅋㅋㅋ)라고 생각했다. B는 내가 어른이 되어도 이 친구는 내가 책임을 지고 먹여 살려야겠구나 하고 책임감을 느꼈다. 이 두 가지 얼토당토않은 생각을 하면서 삼총사라고 불렀다.

A는 중학교만 마치고 시장에서 장사를 하면서 잘 살았다. B는 자수성가하여 경제적으로 넉넉한 삶을 살았다. 어른이 되어 동창들이 만났다. A 앞에만 서면 나는 작아진다. 중학교만 마친 그의 앞에 선 교수인 내가 작아진다. 내가 작아질 뿐만 아니라 A는 1등처럼 행동한다. B는 나보다 경제적으로 훨씬 부유했지만 그는 내 앞에 서면 작아진다. 어릴 때 내 생각을 실천하듯 음식값은 항상 내가 내었다. 국민학교(초등학교) 때의 삼총사 서열이 지금도 유효하다.

선재 제 친구들은 제가 갖지 못한 것을 가지고 있는 것 같아요. 활발한 성격이나 그림 실력, 글쓰기 실력 등등 제가 정말로 가지고 싶은 것을 친구들이 가지고 있어서 어떨 땐 샘이 나기도 했어요. 그래도 요즘은 오히려 그 친구들에게 그림을 그려 달라고 하는 등 도움을 더 많이 받고 있어요. ㅋㅋ

하늬 신기하네요. 저는 오히려 지금의 삶으로 서열이 정해질 줄 알았어요. 그때의 서열이 지금도 유효할 정도로 매우 친하셨던 게 아닐까요? 저도 나중에 학교를 졸업하고 한참 뒤에 지금의 친구들과 만나면 어떨지 정말 궁금해요. 저는 저 본인도 그렇지만 다른 친구들도 크면 어떻게 될지 상상조차 되지 않거든요. 빨리 어른이 되어서 지금 친구들과 동창회를 해 보고 싶어요!

솔 저도 많은 사람보다는 한두 명과 어울려서 다니는 경우가 많았는데 정말 공감됩니다. 나쁜 뜻에서 서열이 정해지는 게 아니라 성격이나 환경에 따라 차이가 있는 것 같아요. 오히려 서로가 갖고 있지 않은 부분들 때문에 더 잘 어울리지 않았나 생각됩니다.

할 참 신기한 일이다. 동창회를 나가 보면 초등학교 동창생들과 만나면 초등학교 수준으로, 중고등학교 동창들과 만나면 중고등학교 수준으로, 대학교 동창회를 만나면 대학교 수준으로 되돌아간다. 지금의 수준이 아니라 과거의 수준으로 돌아가는 것이 참 신기하다. 재미있기도 하다.

이바구 42

권투 시합

해방이 되고 처음으로 권투 시합이란 것을 보았다. 전에는 이런 경기를 본 적이 없었다. 우리들은 누가 시킨 것도 아닌데 우리들끼리 완장을 만들어 차고 순찰대를 만들었다. 우리 학교에서 권투 시합이 열렸기 때문이다. 순찰대를 만든 이유는 관람객들이 교실에 들어가 유리를 빼어 간다든지 걸상을 훔쳐 가기도 했기 때문이다. 화장실을 어지럽히는 것은 물론 교정에 있는 나무들을 모두 짓밟아 버린다. 그만큼 무질서가 극을 달했던 시기이기 때문이다. 순찰(?)을 돌다 관중의 환호성이 터지면 나도 링 위를 쳐다보았다. 두 사람의 선수가 격렬하게 때리는 것을 보고 나도 흥분했다. 한 선수가 링 위에 벌렁 나자빠지면 나도 모를 쾌감이 온몸을 감쌌다. 나도 환성을 질렀다.

내가 어른이 되어서까지 권투 시합은 빼놓지 않고 보았다. 현장에서 볼 수 없다면 TV로라도 꼭 보았다. 할머니가 그랬다. "사람을 때리는 것이 뭐가 그렇게 재미있느냐고 그럴 때 보면 꼭 야만인 같다."

헤비급 세계챔피언이었던 무하마드 알리(케이셔스 클레이)는 링을 떠나면서 이런 말을 했다. "나는 이제 누구를 때려야 할 이유도 없고 누구로부터 맞아야 할 이유도 없다."고 나는 그의 이야기에 동의하면서 권투 시합 보기를 접었다. 지금은 우연히(?) 채널을 틀어 경기가 나오면 못 이긴 체 그냥 보는 수준이다.

선재 저는 원래 운동경기를 좋아하지 않아서 TV에서 경기가 나와도 보지 않아요. 그런데 학교 숙제 때문에 야구를 보러 간 적이 있었는데 TV에서는 재미없던 경기가 굉장히 재미있게 느껴져서 신기했었어요. 아직도 TV에 나오면 보진 않지만요. ㅋㅋㅋ

하늬 저도 레슬링이나 권투 경기 등 격렬한 스포츠는 별로 즐겨 보지 않아요. 딱히 좋아하지도 않고요. 그렇지만 권투 경기와 싸움은 엄연히 다른 개념이잖아요. 그래서 권투 경기를 보면 안 될 이유는 없다고 생각해요. 그 선수들은 그 일이 자신의 직업이고, 그 경기를 위해서 매일 노력하는데 권투 경기는 잔인하게 사람을 때리는 것이라고 단정지어 버리면 그 선수들의 노력을 무시하는 게 되어 버리잖아요. 그런데 할아버지께서 권투 경기를 좋아하셨다니 되게 예상 밖의 일이긴 해요. 스포츠에 아예 관심이 없으실 줄 알았어요.

솔 남자들은 특히 성향 때문에 그런 건지 격투기에 열광하잖아요. 저도 예전엔 축구 같은 운동에만 관심이 있었는데 시간이 지나면서 격투기가 대중화가 되고 직접 체험까지 해 보니까 그 매력에 푹 빠졌습니다.

할 할아버지는 왕할머니 때문에 직접 운동할 수는 없었단다. 내가 외동아들이라는 이유로 운동을 하면 위험하다고 생각한 왕할머니가 학교를 찾아가 체육 시간에는 나를 견학을 시키라고 부탁했었다고 들었단다. 그래서 나는 체육 시간만 되면 열외로 앉아서 다른 친구들이 운동하는 모습을 그냥 보고만 있었다. 나도 우리반 학생처럼 운동을 하고 싶었는데 담임 선생님이 견학하라고 하시니까 어쩔 수 없이 견학을 하다 보니 지금도 마땅히 할 줄 아는 운동이 하나도 없다. 지금 새로 태어나서 선택하라고 하면 나는 운동을 택하고 싶다.

이바구 43

원족

소풍을 그때는 원족(遠足)이라고 했다. 소풍(消風)이라고도 했다. 도시락을 싸서 교외로 나갔다. 지금은 시내가 되었지만 그때의 금호 강변은 교외였다. 학부모가 따라가는 경우도 있었지만 대부분 따라오지 않았다. 나는 도시락을 하나 들고 혼자 원족을 갔다. 그런데 금호강에 도착해서 보니 아버지가 자전거를 타고 오셨다. 반가웠다. 강에 들어가 새우도 잡고 자라도 잡으면서 놀았다. 점심시간이 되었다. 주변에 매점도 없었고 간식을 파는 상인들도 없었다. 삼삼오오 짝을 지어 도시락을 나누어 먹는 즐거운 시간이 되었다. 미처 도시락 준비를 하지 못한 아버님은 내 도시락을 갈라 먹자고 하셨다. 나는 안 된다고 그랬다. 나 혼자 먹기에도 작은 도시락이었다. 아버님이 한 번 더 도시락을 나누어 먹자고 제의했지만 나는 거절하고 나 혼자 먹었다. 며칠 전 아버지가 비 오는 먼 길을 심부름시키던 일이 떠올랐다.

선재 저는 초등학교 저학년 때 이후로 제대로 된 소풍은 가 본 적이 없는 것 같아요. 그래도 학교 여러 행사 때는 도시락을 싸서 가는데 어릴 때 할아버지는 굉장히 단호하셨네요. ㅋㅋㅋ 할아버지의 아버지가 너무 불쌍하세요. ㅋㅋㅋ

하늬 할아버지는 은근 뒤끝이 있으신 것 같아요. ㅋㅋㅋ 그런데 어떻게 생각하면 되게 귀여운 것 같아요. 심부름시켰던 일을 먹을 것으로 복수하시다니. 이 글을 읽으니 저도 부모님한테 그런 적은 없었는지 반성이 많이 되네요. 할아버지의 아버지께서 약간 삐치셨을 수도 있었을 것 같아요. 동시에 본인이 무엇을 잘못했는지 의아하기도 하셨을 거고요.

솔 지나고 나면 '그때 왜 그랬을까.' 할 만한 이야기네요. 알게 모르게 그런 사소한 게 계속 마음 한구석에 남아서 그때를 떠올리면 후회되고 그런 것 같아요.

할 정말 지나 놓고 보면 솔이 생각하고 같단다. 그땐 왜 그랬는지 지금 생각해도 마땅한 답이 안 나온다. 그래서 그런지 지금도 할머니와 함께 외식을 하면 작은 다툼을 한다. 그 이유는 음식을 각자 몫으로 주문을 하자는 내 이야기와 하나를 시켜서 둘이 나눠 먹자고 하는 할머니와의 의견 차이 때문이다. 글을 읽고 보니 이 다툼도 소풍과 연관이 있구나.

이바구 44

컨닝을 했다

5학년 때의 기억이다. 해방이 되어 선생님들이 아주 의욕적으로 우리들을 가르치셨다. 미처 이해하지 못하고 수용해야 하는 부분들이 많았다. 한번은 시험을 치는데 옆자리에 앉은 친구의 답안지를 훔쳐보았다. 염록체와 염색체를 구분하지 못했다. 발음이 비슷하니 헷갈렸다. 내가 친구의 답안지를 훔쳐보고 있다가 선생님과 눈이 딱 마주쳤다. 가슴이 콩닥콩닥 새가슴이었다.

시험을 마치자 선생님은 나를 부르셨다. 오늘 우리 집을 가정방문하신다는 말씀이다. 내가 지은 죄가 있어서 필시 컨닝한 것을 부모님에게 일러바칠 것이라고 짐작했다. 무거운 발걸음으로 집에 왔더니 담임 선생님이 사랑방에서 아버님과 차를 나누고 계셨다. 언제 날벼락이 떨어질지 조마조마했다. 담임 선생님을 배웅하는 아버님의 표정이 아주 밝았다. 이상하다고 움츠려 있었는데 아버님은 컨닝에 대해 한번도 언급하지 않았다.

대학교 졸업할 때까지 몇 번을 더 컨닝했다. 그럴 때마다 엽록소와 염색체가 생각났다. 컨닝을 할 때마다 늘 죄의식이 있었다. 대학교 다닐 때는 내 옆자리에 여학생이 앉았다. 6년 동안 참 친하게 지냈다. 어쩌다 나는 답안을 쓰고 그 친구가 못 쓰고 있으면 안쓰러웠다. 그래서 내 답안지를 보여 주었다. 그녀는 내 답안지를 유심히 모두 읽긴 하지만 절대로 베껴 쓰지를 않았다. 그는 기독교 신자로서 컨닝을 하면 안 된다고 나에게 말했다. 컨닝을 제어한 경험으로 초등학교 때의 경험과 대학교 때의 경험이 나의 초자아를 지탱시켜 주는 잣대가 되었다.

선재 할아버지께서도 컨닝을 하셨다니 신기해요. 저는 초등학생 때 시험을 보다가 옆이 보여서 슬쩍 컨닝을 한번 한 적이 있었는데 그 문제를 틀려서 (ㅋㅋ) 오히려 속이 시원하고 그다음부터 절대 베끼지 말아야겠다고 생각하는 계기가 된 것 같아요. 그런데 그 여자 분은 정말 올바르신 것 같아요. 만약 저라면 조금은 흔들릴 것 같은데….

할 답글을 읽으니 지난 일이지만 할아버지가 한 행동이 더 부끄럽게 느껴지는구나. 초등학교 이후 자주 그런 컨닝을 한 일은 없지만 컨닝을 하고 나면 늘 마음 한편이 찜찜했단다. 내가 결정적으로 컨닝 같은 부정행위는 해서는 안 된다고 결심한 것이 내 짝꿍이었던 여학생의 바른 행동 때문이었단다. 지난 5월에 할머니와 함께 미국 시애틀에 살고 있는 그 여학생의 집에서 일주일 동안 대접을 잘 받고 왔다. 그때도 지금도 정말 고마운 친구다.

하늬 왜 그 선생님께서는 할아버지의 컨닝을 눈감아 주셨을까요? 할아버지께서 스스로 죄책감을 느끼고 계신 걸 잘 알고 계셔서 그러셨지 않았을까 싶어요. 보통 그런 일이 있으면 그 선생님께 감사하고 죄송한 마음에라도 다시는 컨닝을 하지 않을 것 같은데… 할아버지께서는 몇 번씩이나 더 컨닝을 하셨다니. ㅋㅋ 정말 재밌게 사시는 것 같아요! 설마 그 여학생의 말을 듣고도 컨닝을 계속하셨던 건 아니시겠죠? ㅋㅋ

솔 저도 어릴 때 알게 모르게 크고 작은 실수를 할 때마다 혼날까 봐 조마조마했었는데 그럴 때마다 알면서도 모른 척 넘어가 주시는 분들이 계셔 주셔서 그랬는지 스스로 죄의식을 느끼고 다시는 그런 짓을 안 하게 됐습니다. 그렇다고 너무 묵인하면 역효과가 날 테지만요.

이바구 45

나비 키우기

초등학교 상급반에 오르면서 나는 엉뚱한 공상을 많이 했다. 봄이 되면 싹이 튼다는 사실도 궁금했다. 아마도 날씨가 따뜻해지니까 그럴 것이라고 짐작했다. 나는 시험관을 사다가 땅에 묻고 알코올램프로 물을 끓여 땅을 덥히고 씨앗을 뿌렸다. 그래도 싹은 돋아나지 않았다. 우리 집에 자투리땅이 있어서 넓은 닭장을 만들어 닭을 10여 마리 키우고 있었다. 나는 천정에 어망을 씌우고 산에 가서 나비를 100여 마리 잡아 왔다. 닭장에 풀어 두었다. 나비 모이로 설탕물을 주었다.

아침저녁으로 나는 닭장에 들어가 살았다. 나비를 키워 산란을 하면 나비가 수백 마리가 될 것이라는 공상을 하면서 살았다. 100여 마리를 잡아 닭장에 넣었는데 날이 갈수록 개체수가 늘기는커녕 눈에 뜨이게 줄어들었다. 이상하다는 생각이 들었다. 며칠을 고민 끝에 발견한 진실은 이렇다. 닭들이 모두 나비를 잡아먹었다.

선재 저는 어릴 때 친구들이랑 씨를 주워다가 모래에(ㅋㅋㅋ) 심고 열심히 물을 가져다가 뿌렸었어요. 또 이끼를 채집해서 키운다고 물을 뿌리기도 했었어요. 그런데 자라질 않아서 속상해했었는데 지금 생각해 보니까 정말 귀여웠던 것 같아요. 할아버지도 저랑 비슷하게 호기심이 많으셨었던 것 같아요.

하늬 저희 아빠가 할아버지의 그런 면을 닮아서 지금의 과학자가 되지 않았나 싶어요. 산에서 나비가 100마리나 잡힌다는 사실도 놀랍고 닭이 나비를 잡아먹을 수 있다는 사실도 처음 알아서 놀라워요. 그런데 어떻게 날지 못하는 닭이 나비를 잡아먹었을까요? 나비가 앉아 있을 때 공격을 했을까요? 신기하네요. 그런 생물에 대한 관심이 할아버지께서 의사의 길을 걷게끔 이끌지 않았을까 싶어요.

솔 누가 보면 너무 공상이 심하다고 생각할 수도 있겠지만 이런 기발한 상상력이 지금처럼 과학을 발전시키고 획기적인 발견을 할 수 있던 원동력이 되지 않았나 생각이 듭니다. 초등학생의 눈으로 자연이 돌아가는 과정을 파악하고(정확히는 아니겠지만) 작은 인공자연을 만들어 보려고 했다는 사실이 굉장히 흥미롭고 멋져 보여요. 할아버지는 어릴 때부터 이과적인 호기심과 문과적인 감성이 두루 갖춰져 있었군요.

할 하늬야 내가 어릴 때 엄마, 아빠와 함평 나비축제에 간 적이 있단다. 기억나는지는 모르겠지만 나비가 알에서부터 성충이 될 때까지의 과정을 자연스럽게 볼 수 있도록 전시해 놓은 것도 있고 온 들판이 나비로 가득 차 있었단다. 함평 축제에서 나비의 종류가 그렇게 많은지 처음 알게 되었단다. 어릴 때 내가 나비를 키운 목적은 잡으러 다니기보다 자연적으로 알을 낳고 알에서부터 유충이 되고 유충에서 성충이 되는 과정도 궁금했고 또 훨씬 많은 나비를 키울 수 있을 거라 생각했기 때문이란다. 나도 닭이 나비를 먹이로 여긴다는 것을 그때 알았단다.

이바구 46

지도를 그리면서

국민학교(초등학교) 저학년 때 오줌도 싸 보고 똥도 싸 본 경험이 생생하다. 오줌 싼 이야기부터 하면, 사실 이런 이야기를 끄집어내는 것이 좀은 주책이다. 꿈에 꿈을 꾸면서 시원한 소변을 경험했다. 생리적인 현상은 언제나 시원함을 동반한다. 이런 쾌감도 잠깐 자다가 눈을 떠 보니 요가 촉촉하게 젖어 있었다. 그대로 잠을 자기에는 불편했다. 그래서 머리를 굴렸다. 요를 뒤집어 깔고 다시 잠을 청했다. 아침에 일어나 나는 요를 개켜 이불장 안에 넣고는 부모님의 눈치를 살피면서 아침을 먹고 학교에 갔다. 수업을 받는 내내 오줌 싼 기억 때문에 공부를 할 수가 없었다. 학교에 다녀오니 내 요가 빨랫줄에 걸려 있었다. 부모님은 아무 말씀도 하지 않았다. 어린 마음에 부모님이 매를 들고 나를 때려 주었으면 하고 생각했지만 부모님은 내내 아는 체를 하지 않았다.

똥 싼 이야기 한 자루. 국민학교 2학년 때 노력봉사로 보리밟기에 동원이 되었다. 달성공원 밖은 인가는 없고 보리밭만 있었던 곳이다. 그곳으로 열을 지어 가고 있었는데 대변이 보고 싶었다. 그래도 미련하게 참고 갔다. 더 이상 참기 힘들었는데 자루 하나가 쑥 빠졌다. 여학생들도 있었는데 나는 우거지상이 되었다. 선생님이 어디 아픈가를 물었다. "쌌어요."라고 기어 들어가는 목소리로 대답을 했다. 선생님은 나를 보고 혼자 학교에 되돌아가서 교실을 지키고 있으라고 했다. 나는 학교에 돌아와 훌렁 벗고 씻었다. 다행히 전 교생이 보리밟기 행사에 나갔기 때문에 아무도 보는 사람이 없이 나 혼자 훌렁 벗고 씻을 수가 있었다. 나는 졸업할 때까지 이 비밀이 탄로날까 봐 마음이 조마조마했다. 똥 싼 것이 부끄럽다기보다 들킬까 봐 더 부끄러웠다.

선재 저도 어릴 때 이불에 오줌을 싼 적이 있었어요. 그리고 깨어나서 엄마 아빠한테 들킬까 무서웠는데 사실대로 얘기했더니 오히려 그냥 넘어갔어요. 그런데 할아버지께서도 어릴 땐 저랑 비슷한 아이였다는 것이 신기해요. 이야기를 들으면 들을수록 귀여운 부분이 많이 있는 것 같아요. 엉뚱하기도 하고요. ㅋㅋㅋ

하늬 저도 어릴 적 그런 실수를 한 적이 꽤 있어요. 그렇지만 단 한번도 저희 부모님께서는 그 이유로 저를 혼내시지는 않았어요. 할아버지와 다른 점이 있다면 전 제가 그런 실수를 했으면 바로 부모님께 말씀드렸어요. 근데 제 생각에는 제가 부모라면 실수를 한 아이한테는 혼을 내지 않아도 그 사실을 숨기려 한 아이한테는 혼을 낼 것 같아요. 그것도 일종의 거짓말이니까요. 그런데 어린아이가 요를 뒤집어 깔고 다시 잘 생각을 하다니 신기하네요. ㅋㅋ 초등학교 2학년이 화장실에서 다른 사람의 도움 없이 혼자서 씻고 그걸 처리한 것도 대단하구요.

솔 유치원 때인가 바지에 오줌을 싸서 옷을 갈아입었던 기억은 있는데 아직 똥은… ㅋㅋㅋ 할아버지, 이렇게 온 세상에 공개하니 마음 한구석 시원하시겠어요. 훌렁 벗고 씻기는 했는데 그다음은? 한 자루 거머쥔 팬티의 행방이 궁금해지네요. 설마 다시 입으신 건 아니겠죠?

할 어릴 때 오줌 싸고 똥 싸는 일은 누구나 경험하는 일이지만 그것을 세상에 드러내서 자랑하는 일이란 것은 아니라고 생각했단다. 그런데 지금 와서 이런 것을 이야기하려는 걸 보니 나이가 들어 부끄러움이 많이 사라진 것 같단다. 하늬 말대로 내가 요를 뒤집어 놓고 오줌을 안 싼 채로 머리를 굴린 것은 정직하지 못한 일이다.

이바구 47

냄비에 끓여 마신 커피

내가 처음 커피를 마셔 본 경험이 생각난다. 1945년 해방이 되어 모든 것이 생소하게 변화하는 가운데 특히 미군들이 들어와 우리들에게 영향을 준 것이 많다. 커피도 물론 그 이전부터 있어 왔겠지만 나는 해방이 되면서 처음 알았다. 친구들끼리 모여 미군으로부터 레이션 박스(비상 전투식량) 하나를 얻었는데 모두 영어로 적혀 있어서 무엇인지 알 수가 없었다. 친구 몇이서 레이션 박스를 열었다. 영어는 모르지만 뜯어 보면 과자도 있고 고기도 있었다. 그중에 봉지에 든 것들이 있었는데 지금 생각하면 커피와 밀크, 설탕 등이었을 거다. 한데 이를 어떻게 먹는지는 몰랐지만 아마 물에 타서 먹는 것이 아닐까 궁리를 하고 큰 냄비에 커피와 밀크, 설탕을 모조리 넣어 끓였다. 한 냄비 잔뜩 끓여 넷이서 나누어 마셨다. 설탕 덕분에 달큰하기도 하고 커피의 독특한 쓴맛도 있고 그런 희한한 맛을 보면서 냄비에 끓인 커피 전부를 벌컥벌컥 마셨다. 이상한 흥분이 몰려오면서 가슴도 뛰고 가만히 앉아 있을 수도 없는 묘한 행동을 겪었다. 안절부절못하면서 그게 바로 냄비에 끓여 마신 그 묘약 때문이라고 생각했다. 병원에 갔었던 기억이 있다. 이런 흥분이 가라앉기까진 여러 날이 지나서야 안정이 된 경험을 가졌다.

선재 저는 엄마가 어릴 때부터 커피를 못 마시게 해서 커피를 마시면 큰일나는 줄 알았어요. ㅋㅋㅋ 그래서 몰래 한 모금 두 모금밖에 안 먹어 봤어요. 그런데 중학생이 돼서 학원에서 오래 있을 때 너무 졸려서 캔 커피를 하나 사서 마셔 봤는데 맛있기만 하고 잠이 안 깨서 졸렸던 기억이 나요.

하늬 전 어릴 때 어른들이 즐겨 마시는 커피에 대한 환상 비슷한 게 있었는지 커피를 그렇게 마셔 보고 싶더라고요. 그래서 초등학생 때 한 입 마셔 봤는데 써서 그런지 '어른들은 대체 이 맛을 왜 좋아하는 거지?' 하고 의아했었던 기억이 나네요. 저는 처음 마셨을 때 굉장히 별로였는데, 할아버지와 친구분들께서는 커피를 처음 먹었는데도 벌컥벌컥 마셨다니 신기해요. 그나저나 커피를 냄비에다 탈탈 털어서 끓여 마셨다니 참 기발한 것 같아요! ㅋㅋ

솔 처음인데 커피를 끓여 마시는 생각을 하신 게 신기합니다. 원래 어릴 때는 커피가 성장에 안 좋은 영향을 미친다고 해서 제가 어릴 때도 못 먹게 했던 기억이 있어요. 그래도 가끔 몰래 마실 기회가 있어서 마시면 정말 달콤했었는데. 그런 추억들 때문에 다양한 맛의 커피가 발달한 요즘에도 꾸준히 믹스 커피를 찾게 되는 것 같아요.

할 요즘 할아버지는 카페에 가면 카푸치노만 마신단다. 이유는 커피 종류가 너무 많아서 일일이 어떤 커피를 마셔야겠다고 선택하기가 어려워서 카푸치노만 마신다. 카푸치노는 이름도 좀 요상하지만 그 위에 계피가루를 얹어 주기 때문에 계피맛으로 마신다. 나는 커피를 마실 때마다 초등학교 때 냄비에 끓여 마시고 병원에 갔었던 기억이 계속 떠올라 나 혼자 웃으면서 커피를 마신단다. 그땐 커피가 무엇인지도 어떻게 마시는지도 몰랐기 때문에 그랬단다. 지금 생각하면 신통한 것도 있다. 그걸 어떻게 끓여 마시는 것이라고 연상을 했을까.

이바구 48

비 맞으면 두드러기

나는 어릴 때 두드러기가 많이 났다. 온몸에 벌건 반점이 돋아나면서 아주 가렵고 괴로웠다. 돌이켜 보면 두드러기가 나는 데는 두 가지 이유 때문이었다. 하나는 간고등어를 먹으면 영락없이 돋아난다. 간고등어는 고등어에 소금으로 간을 한 그런 생선으로 내가 어릴 때는 유통수단이 여의치 못해 상한 고기들이 많았다. 간고등어를 대구에서 팔다 남은 고등어는 안동 지방 등 내륙으로 간다. 그래서 유명해진 간고등어인데 그 간고등어조차도 가난한 집에서는 사 먹지 못했다. 내가 경험한 두드러기는 간고등어에 의해 일어난 일종의 식중독 현상이다. 두 번째로는 비를 맞으면 두드러기가 났다. 이 두 사건을 놓고 정신과 의사가 되어 되돌아 검토해 본 이유는 이렇다.

한동안 유행어로 '아드매치'란 조어가 유행했다. 아(아니꼽고), 더(더럽고), 치(치사하다)란 의미의 함축된 응축 단어다. 그래서 두드러기가 났다고들 표현했다. 심리적 이유로 발생한 정신신체의학적 표현이다. 간고등어에 대한 나의 두드러기는 물질에 의한 중독 현상으로 생각했다. 어른이 되어 서울로 옮겨 살 때 수산시장에 가서 고등어를 사다가 반찬으로 먹어 보았지만 두드러기는 일어나지 않았다. 고등어의 신선도가 높아졌기 때문일 것이다. 비를 맞으면 두드러기가 났는데 어른이 되어서는 폭우를 맞아도 두드러기는 나지 않았다. 곰곰이 생각해 보면 비 오는 날 아버지가 먼 길을 심부름시키면 꼭 두드러기가 났다. 가기 싫은 길이고 더해서 비가 오니 그 싫은 마음이 두드러기로 나타난 것이다. 정신신체의학적 이유다.

선재 저는 지금까지 딱 두 번 두드러기 때문에 병원에 갔었어요. 첫 번째는 계란을 먹고 두드러기가 나서 갔었고, 두 번째는 엄마가 두드러긴 줄 알고 병원에 데려갔는데 알고 봤더니 보일러를 너무 오랫동안 틀어 놔서 땀띠가 난 거였데요. ㅋㅋㅋ 최근에 두드러기가 난 적은 없어요.

하늬 신선하지 않은 음식을 먹으면 두드러기가 날 수 있다는 건 알고 있었는데 심리적으로 두드러기가 나기도 한다는 건 처음 알았어요. 얼마나 심부름 가기 싫었으면 몸도 그렇게 거부반응을 보였을까요. ㅋㅋ 저는 몸에는 두드러기가 난 기억이 없는데 얼굴에는 여드름이 여전히 많이 있어요. 근데 잠을 적게 자거나 밥을 조금 먹어서 몸 상태가 좋지 않을 때 여드름이 더 많이 나더라고요. 기분이 좋지 않을 때도 피부가 까칠하고요. 확실히 심리적인 것과 신체적인 것은 다 연결되어 있어서 서로 영향을 많이 미치는 것 같아요.

솔 하기 싫은 일을 억지로 하려 하면 몸이 거부반응을 일으키더라고요! 저 역시 억지로 일을 하면 감기몸살이 온다든지 어지럽던지 그런 일들이 자주 일어나서 공감됩니다.

할 정신의학 안에는 심신의학이라는 것이 있단다. 이것은 마음의 상태에 따라 신체가 연관된 증상을 일으킨다는 학설인데, 정말 신기한 반응들이다. 요즘은 비를 맞아도 두드러기가 나지 않는 게 이상하다는 생각이 들지만 아마도 나에게 심부름시키는 사람이 없어서 그런 건지도 모르겠다. 마음과 몸이 둘이 아니라 하나라는 의미란다.

이바구 49

미군들이 준 원조 물자

해방이 되자 미군들이 많은 물자들을 원조해 주었다. 학용품은 물론 처음 보는 식용품까지 보는 것마다 신기했다. 하루는 선생님이 나와 친구 몇을 호명하셨다. 원조 물자를 나누는 것을 돕고 나눈 물자를 해당 교실에 갖다 주는 역할이다. 나는 여학생 반에 원조 물자를 갖다 주는 것을 담당했다. 여학생들은 환호성을 질렀다. 그 소리가 마치 나를 보고 지르는 착각을 가지면서 얼굴이 아주 홍당무가 된 경험이 있다. 집에 돌아와 보니 어머니 친구들이 한방 모여 있었다. 친구 분 한 분이 나에게 말했다. "엄마한테 동생 하나 더 낳아 달라고 하렴." 나는 얼른 원조 물자가 생각났다. '학용품, 장난감, 식용품 등 없는 것이 없는 원조품인데 아기 낳는 원료는 왜 원조해 주지 않을까.' 라는 뚱단지 같은 생각을 했다. 그런 내용으로 답을 했더니 어머니 친구들이 배꼽을 잡고 웃었다. 나는 왜 웃으시는지 가늠하지 못했다. '원료만 있으면 동생이 하나 더 있을 텐데….' 초등학교 4학년 때 이야기다.

선재 할아버지는 정말 엉뚱하셨네요. ㅋㅋㅋ 원조 물품을 받으면 동생이 생길 거라고 기대하는 게 너무 귀여우신 거 같아요. 그런데 궁금한 게 있어요! 원조 물자에는 자세하게 어떤 것들이 있었어요? 혹시 옷이나 신발 같은 종류도 있었어요?

하늬 어떻게 그런 생각을 했을까요. ㅎㅎ 역시 어린아이들은 참 기발하고 순진무구해요. 어린아이 입장에서 원조 물자는 정말 뭐든 다 있는 것처럼 느껴졌나 봐요. 그리고 여학생 반에 원조 물자를 갖다 주셨다니, 운이 참 좋으셨네요. 친구들이 참 부러워했겠어요. ㅋㅋ 저도 그렇게 엉뚱하고 마냥 순수했던 어린 시절이 있었는데 참 그리워요.

솔 할아버지의 그 시절 순수함과 호기심은 지금보다 더 보수적이었던 그 시절에 부모님에게 부정적이지 않은 부담감이었을 수 있겠네요. 성교육을 어떻게 해야 하나 하는 고민을 많이 하셨을 것 같습니다.

할 당시 원조 물자는 내가 태어나서 생전 처음 보는 물건들이 많았단다. 그리고 물건마다 냄새를 맡아 보면 서양 냄새가 났는데 그 냄새가 참 독특했단다. 원조 물자의 종류는 옷도 있고 신발도 있고 없는 것이 없었단다. 지금도 그때 동생을 만드는 원조 물자는 왜 없는가라고 했던 나를 되돌아보면 참 바보 같은 궁금증이었던 것 같다. 나는 이화대학에 부임하면서 '인구와 미래'라는 과목을 팀 티칭(한 과목을 여러 교수가 강의하는 것)한 적이 있는데 내가 맡은 부분은 성과 결혼이라는 부분이었다. 어릴 때 궁금증이 대학 교수가 돼서야 풀렸나? 참 연관되는 연상도 많다.

이바구 50

심부름으로 연애편지 전하다

초등학교 5학년 때다. 담임 선생님이 하루는 편지 한 장을 전해 달라고 하시면서 봉투를 건넸다. 내가 사는 집 앞집에 우리 학교 여선생님이 사셨다. 담임 선생님은 편지를 그 여선생님께 전해 주라는 부탁이었다. 나는 그 편지를 아주 소중하게 가지고 갔다. 마침 여선생님이 계시기에 설명을 드리고 편지를 전했다. 마침 그때 여선생님의 아버님이 보시고 그 편지를 열어 보았다. 무슨 사연이 적혀 있는지는 모르겠지만 나는 여선생님의 아버님으로부터 엄청 혹독한 꾸지람을 들었다. 이튿날 학교에 갔더니 담임 선생님이 편지를 잘 전했느냐고 물었다. 나는 자초지종을 말씀드렸다. 담임 선생님은 나에게 엄청 화를 내셨다. 꾸지람을 들었다. 편지를 당사자에게 조심스럽게 전하지 못했다고 꾸지람을 주셨다. 나는 성실하게 심부름만 했는데 두 쪽 모두에게서 야단을 맞았다.

선재 선생님이 학생한테 연애편지를 전해 달라고 하는 게 귀여워요. ㅋㅋㅋ 만약 저한테 그런 편지를 주셨다면 친구들이랑 몰래 볼 거 같아요. ㅋㅋㅋ 근데 그렇게 걸리고 나서 선생님은 어떻게 되셨어요? 헤어지셨어요? 만약에 헤어지셨다면 학교 다니는 내내 좀 눈치 보였을 거 같아요.

하늬 할아버지 입장에서는 참 어리둥절했겠어요. 분명 잘 전달을 했는데 양쪽으로부터 야단을 맞았으니까요. 그래도 할아버지께서는 정말 착하시네요. 저 같으면 호기심에 그 내용이 뭔지 궁금해서 슬쩍 뜯어봤을 수도 있을 것 같아요. ㅋㅋ 그나저나 요즘은 연애편지뿐만 아니라 편지 자체를 찾아보기 힘들어서 아쉽네요. 편지에는 말이나 문자로는 다 할 수 없는 감동이 담겨 있는데 말이에요.

솔 저도 그렇지만 대부분의 사람들은 자신의 생각이 타인과도 동일하다고 잠재적으로 여기는 것 같습니다. 자신이 원하는 바를 정확히 전달하지 못한 자신의 탓보다는 왜 자신의 뜻을 몰라 주냐고 여겨 남 탓을 하기 일쑤인 것 같습니다. 그에 대한 적절한 대응이 무엇인지는 아직 잘 모르겠습니다.

할 이런 억울한 일을 당하고도 고등학교 때 친구의 청으로 연애편지를 대필해 준 적이 있단다. 그때 연애편지를 쓴 기억을 되짚어 보면 내가 여러 책에서 읽어 본 달콤한 글들을 뽑아 모아서 쓴 글이란다. 그러니 상대방에게 사랑한다는 감정이 전해질 수가 없었을 것이다. 대학교 들어와서도 친구가 자기가 사랑하는 여자에게 내가 대신 가서 자기가 사랑한다는 말을 전해 달라는 부탁을 받은 적이 있단다. 대학교 졸업할 때까지 참 싱거운 짓을 많이 했다.

이바구 51

왕따를 당했어요

내가 아무리 열심히 공부해서 따라잡으려고 해도 따라잡지 못한 친구가 있다. 이 친구는 공부만 잘할 뿐 아니라 운동도 만능선수다. 그러니 편을 가르면 모두 이 친구 편에 선다. 나도 이 친구의 똘만이였다. 하루는 이 친구가 또래들에게 "이근후와 놀지 마라."는 엄명이 내렸다. 무슨 이유가 있었는지는 알 수 없다. 요즈음 말로 왕따를 당했다. 친구들에게 말을 걸어도 대답도 안 해 준다. 가슴이 쓰려 왔다. 설움에 북받쳐 울분했다. 그러나 누구 하나 나를 도와주지 않았다. 그래서 나는 운동장 한편에 서 있는 울창한 포플러 나무 위에 올라가 혼자 울었다. 그 나무가 무성해서 올라가 있으면 밖에서는 아무도 찾을 수가 없었다. 울고 나면 마음의 평정을 되찾는다. 울음이란 것이 그런 안정감을 주기도 했다.

이 친구의 집은 교문 바로 앞이다. 고구마를 삶아 좌판에 놓고 방과 후면 장사를 하곤 했다. 나는 그 고구마를 자주 사 먹었다. 왕따를 당하고 나니 고구마 사 먹는 일도 중지했다. 그 친구의 고모님이 함께 계셨는데 나를 많이 귀여워해 주셨다. 늘 이런 말을 했다. 내가 자기 조카의 친구가 되어 준 것이 고맙다고 했다. 하루는 길에서 고모를 만났다. 왜 요즈음은 놀러 오지 않는가를 물었다. 나는 자초지종을 고해 바쳤다. 고모에게 된통 혼이 난 내 친구는 나에게 미안하다고 했다. 그 일이 있은 이후 다시 친해졌다.

선재 학교를 다니다 보면 언제나 왕따까진 아니어도 소외되거나 사이가 안 좋은 친구들이 생기는데 그런 대상이 제가 된다면 정말 무섭고 외로울 거 같아요. 특히 옆에서 많이 봐 왔기 때문에 더 무서운 거 같아요. 그래서 그런 친구들이 서로 잘 화해하고 친하게 지낸다면 정말 좋을 거 같다는 생각을 많이 해요.

하늬 역시 괴롭힘을 당할 때는 혼자 끙끙 앓지 말고 다른 사람들에게 알려야 하나 봐요. 근데 어딜 가나 그런 친구는 있는 것 같아요. 공부도 잘하고 운동도 잘하고 성격도 좋아서 친구들이 많이 따르고 누구나 부러워하는 친구요. 그래서 그 친구가 친구들을 잘 이끌어 주면 반 분위기도 좋아지고 여러모로 좋지만 그 친구가 나쁜 마음을 먹거나 나쁜 길로 빠지면 다른 친구들도 따라 한다는 게 안 좋은 점인 것 같아요. 그 친구분은 큰 잘못을 저지르긴 했지만 어쨌든 나중에라도 사과하고 다시 친해졌다니 다행이네요.

솔 그래도 아직 어려서 그런지 꾸지람이 통하는 시기였나 봅니다. 대게 사춘기가 오고 난 후에는 고자질했다는 것 자체로 더 고립시키곤 하는 일이 비일비재한데… 그래서 더욱 상황을 모면하기 힘든 것을 자주 보았습니다.

할 요즘은 학교 왕따라던지 학교 폭력 이런 것들이 할아버지가 어렸을 때보다 더 빈번하고 충격적인 것 같다. 전문가들의 의견은 분분하지만 이런 현상들이 더 늘어만 가고 있으니 참 안타까운 일이다. 왕따는 남들이 나를 왕따시키는 일도 있지만 그들 스스로 마음의 문을 닫는 경우도 있단다.

이바구 52

신사참배라는 것이 있었다

일제강점기에 신사(神社)라는 것이 있었다. 서울에선 남산에 있었고 대구에선 달성공원 안에 있었다. 일본 사람들의 개국신인 아마데라스오미까미를 봉안한 곳이다. 그러니 그들로서는 성역인 셈이다. 학교에선 1주일에 한 번씩 단체 참배를 간다. 다른 날은 개인적으로 참배를 가고 일수 돈 도장 찍듯이 출석을 확인한다.

참배를 가면 우선 우물에 가서 손을 씻고 본전 앞에 가서 손뼉을 세 번 치면서 '사이께이래이(最敬禮)' 를 한다. 그리고 돌아 나오면서 우물물을 한 모금 떠서 마신다. 이런 경건한 분위기를 초등학교 4년 동안 개근했다. 내가 개근한 것을 두고 자발적으로 그런 행동을 했다고 말하는 분이 있다면 그것은 잘못된 시각이다. 나를 그런 무조건적 자발성으로 훈련시킨 사람들이 나쁜 사람들이다. 그런 나쁜 사람들의 교육 때문에 정말 경건한 마음으로 자발적으로 신사참배를 했다. 자의식이 없는 조무래기들을 철저히 교육을 시켜 로봇처럼 만들었으니 그 죄가 나에게 있는 것이 아니다. 해방이 되어 그 경건한 신사를 미군들이 부수었다. 탱크가 와서 긴 와이어를 걸고 당겨 입구 문을 부수었다. 지켜보던 사람들은 환호성을 질렀다. 나는 그 경건한 성소를 왜 부시는지 궁금했다. 내가 그토록 경건한 마음을 가지고 개근한 그 성소를 왜 부수며 부수면서 환호성을 지를까. 혼돈이 왔다. 자아 정체감의 깊은 혼동을 경험했다.

선재 제가 만약 할아버지께서 태어나셨을 때 살았다면 저도 아마 굉장히 혼란스러웠을 거 같아요. 어릴 때부터 당연하게 가졌던 생각들이 갑자기 변하는 것을 보면 '내가 누구지?'라는 생각도 들 거 같고요. 그나저나 일제강점기에 어린 학생들을 어떻게 교육시켰기에 한국인들이 일본인같이 생각할 수 있는지 궁금해요. 역사책에서만 들었던 이야기인데 이 정도로 심각한 줄은 잘 몰랐어요.

하늬 지금도 많이 화제가 되고 있는 신사참배에 대한 글이네요. 할아버지께서는 직접 그 시대를 겪으셨으니까 지금 일본의 태도가 매우 마음 아프실 것 같아요. 사실 저도 이슈가 되기 전까지는 신사참배가 무엇인지 알지 못했어요. 이 글을 읽기 전에는 신사참배를 한 사람들이 잘못한 게 아니라 그들이 그런 행동을 하게끔 세뇌시킨 세력들의 잘못이라는 걸 알지 못했고요. 이래서 역사를 제대로 배워야 하나 봐요. 과거의 잘못이나 실수, 그리고 우리가 억울하게 당했던 것들을 미래에 반복하면 안 되니까요. 빠른 시일 내에 우리 사회가 많은 사람들이 이러한 사실들을 알고 책임이 있는 사람들은 책임을 지는 사회가 되었으면 좋겠어요.

솔 현재 흑백논리로 치부되는 친일에 관해 재조명할 수 있는 글인 것 같습니다. 사실 어떤 사건이든 그 배경과 원인 등이 제3자 입장에서 해석하기 어려움이 큰데 결과만을 보고 무조건 그 잘못을 한쪽에만 집중시키다 보니 나라에 상처가 커진 것 같습니다.

할 일제강점기의 강압된 교육 때문에 내 정체감에 혼란이 꽤 길게 왔던 것을 생각해 보면 지금도 억울한 생각이 많단다. 이이야기를 너희들이 공감해 주니 할아버지는 분노가 조금은 삭여지는 것 같다. 역사를 바로 안다는 것은 이래서 중요한 것이란다. 일본 사람이라고 해서 다 미워할 것은 아니지만 그때 그 시절 우리들에게 이렇게 강제한 그때의 일본 사람들은 일본 사람이 아니라 왜놈들이다. 지금도 지워지지 않는 할아버지의 상처다.

이바구 53

무슨 말인지, 마쵸비

해방이 되자 일본, 만주 등지에 흩어졌던 우리 민족들이 고국을 찾아왔다. 우리 반 친구들도 늘었다. 내 짝이 만주에서 귀국한 친구였다. 쉬는 시간이면 이 친구를 둘러싸고 만주 생활 등을 듣는다. 우리들이 경험하지 못했던 일들을 재미있게 이야기해 주었다. 우리들은 중국말을 가르쳐 달라고 청했다. 친구 하나가 중국말로 욕을 어떻게 하는지 알려 달라고 했다. 나는 우리말로도 욕해 본 적이 없었는데 중국말 욕이라니 흥미가 있었다. '욕은 욕이지만 중국말을 모르는 사람이 들으면 무슨 말인지 모를 테니 나도 해도 되겠구나.' 하고 생각했다. 그 친구가 가르쳐 준 욕은 이렇다. '마쵸비', '고쵸비', '니말라까쵸비' 뜻은 모르겠는데 발음은 지금까지 기억에 남아 있다.

1990년 중국에서 국제학회가 있어서 참석을 했다. 그 자리에 연변 사는 정신과 의사들이 많이 왔다. 내가 연변 친구들에게 이 이야기를 하고 뜻을 물었다. 연변 의사들은 나에게 이렇게 설명을 해 주었다. "욕 중에 지독한 욕입니다. 따라 하지 마세요." 아직도 뜻은 모른다. 늘 궁금증을 안고 살아왔다.

선재 저는 친구들이랑 놀 때 친구들이 영어 욕을 쓰는 걸 보고 뭔가 멋져 보여서 ㅋㅋㅋ 집에 가서 사전을 찾아본 적이 있어요. 그런데 그 뜻이 좋지가 않아서 그다음부터 욕을 하지 말아야겠다고 생각했어요. 그리고 지금도 욕을 하지 않고요. 그래도 중국어 욕은 한 번 알아보고 싶기는 해요. ㅋㅋ

하늬 무슨 뜻일지 궁금하긴 하네요. 할아버지께서는 어떨 때는 정말 순진한데 이럴 때는 또 정말 짓궂으신 것 같아요. ㅋㅋ 왜 그 친구에게 하필이면 욕을 여쭤 보셨나요. 해방이 되고 나서 일본, 만주 등 각지에 흩어져 있던 친구들이 모여드니 신기하긴 했을 것 같아요. 저희도 같은 반에 다른 나라에서 살다 온 친구가 있으면 그 친구에게 그 나라 말을 해 보라고 항상 시켜 보거든요.

솔 참, 외국 친구들이랑 이야기할 기회가 있으면 무조건 욕으로 서로 친해지고 배우고 하는 것 같아요. ㅋㅋ 우리나라에서도 욕은 단순히 상대방을 비하하기 위해 사용하는 것이 아니라 감탄사 대용이나 말의 의미를 더 풍성하게 하기 위해 쓰는 경우도 많고 그 어감이 재밌어서 쓰기도 하는데 외국말이다 보니 그 흥미가 배가 되는 것 같아요. 뭔가 뜻을 알고 나면 무지막지해서 차라리 모를 때의 느낌으로 쓰는 게 더 낫겠다 싶은 경우도 있던 것 같아요.

할 할아버지가 자라면서 가장 하고 싶었던 것이 욕이란다. 그런데 욕은 나쁘다는 것을 일찍부터 교육받았기 때문에 지금까지 욕은 한번도 해 보지 못했단다. 그러나 숨겨진 마음속에는 다른 사람들이 하는 욕을 들으면 시원할 때도 있고 나도 소리를 질러 욕을 하고 싶을 때도 있다. 그럼에도 불구하고 일생 동안 욕은 한번도 해 보지 못했다. 우습지만 욕을 한번 해 보는 것도 소원이다. ㅋㅋ

이바구 54

낭랑공주의 죽음

해방이 되니 연극도 활성화되었다. 한 달에 몇 번은 단체로 연극 구경을 갔다. 〈낙랑공주와 호동왕자〉란 연극이 있었다. 낙랑공주가 죽는 모습을 보고 가슴이 많이 아팠다. 멍청하게도 이런 생각을 했다.

'연극을 할 때마다 공주가 죽는다면 이 연극을 마칠 때까지 도대체 몇 명이나 아름다운 공주가 죽어야 하는가.'

나는 정말 그런 바보 같은 생각을 한 적이 있다. 안쓰러워 이 연극을 여러 번 봤다. 한번은 연극이 끝나자 출연자들이 모두 무대 위에 나와서 관중에게 인사를 했다. 크윽. 죽었던 낙랑공주가 무대에 나와 예쁜 미소를 지으면서 인사를 하지 않는가. 나는 '아, 다행이구나.' 하면서도 속은 느낌이 들어 분했다.

선재 할아버지께서 정말 순수하셨던 거 같아요. ㅋㅋ 조금 다른 얘기지만 저도 초등학교 저학년일 때 TV에서 하는 가상 결혼 프로그램을 보면서 진짜 연예인들끼리 결혼한 건 줄 알고 다녔었어요. ㅋㅋㅋ 다행히도 친구들이 알려 줘서 금방 알긴 했지만요. 이렇게 생각해 보니까 할아버지께선 저랑 닮은 점이 많은 거 같아요. 낯도 많이 가리고 어릴 때 순수한 것도 많이 닮았어요. ㅋㅋㅋ

하늬 저도 어릴 적에는 드라마가 모두 실제로 그 시대에 동영상으로 찍어 놓은 건 줄 알았어요. 예를 들면 드라마 〈선덕여왕〉은 실제로 신라 시대에 카메라로 찍어 놓은 것을 지금 보여 주는 줄 알았어요. 실제로 선덕여왕이 그렇게 생긴 줄 알았어요. 그래서 '옛날에도 지금처럼 카메라 화질이 좋았구나.' 하고 감탄했던 기억이 있어요. 할아버지께서도 어린 시절에 저처럼 그것을 실제 상황으로 받아들이셨던 것 같아요. 지금 생각해 보면 참 우습지만 그때는 나름대로 진지했어요. ㅋㅋ

솔 할아버지 글들을 보면 몇몇 글은 이거 조작이 아닌가 싶을 정도로 순수했던 게 신기해요. 이렇게까지 감정이입을 하실 수 있으셨다면 배우를 했어도 잘하셨을 것 같다는 느낌도 드네요. 아니면 그만큼 연극배우들이 몰입감 넘치게 연기를 했다는 반증인 것 같기도 하고… 이 글을 보고 나니 오랜만에 대학로에 가서 연극 한 편 보고 싶어지네요.

할 지금 글을 다시 읽어 보니 참 바보 같은 생각을 했었구나 싶다. 그 나이에 그것도 모르다니. 순진하다기보다 바보가 맞는 것 같다. 그래도 영원한 바보는 아니지 않겠니. 그런 시절을 겪으면서 차츰 청년이 되고 어른이 되고 노인이 되는 것이니까. 지금도 내가 그런 생각을 정말이라고 알고 지낸다면 아마도 엄청난 바보일 것이다. 어릴 때의 그런 생각은 바보가 아니라 상상력이다. 상상력은 많으면 많을수록 도움이 된다.

이바구 55

싱가포르 함락

일본이 진주만을 기습 공격함으로써 발발한 제2차 세계대전 초기 일본은 파죽지세로 동남아 지역을 점령했다. 나는 학교에서 매일 승전보를 듣기에 바빴다. 내용도 모른 채 전쟁에 이기고 있다니 신이 났다. 1942년 2월 14일 일본군이 싱가포르를 함락한 날이다. 이날 싱가포르는 영국의 퍼시발(Percival) 중장이 10만 명의 영국군을 거느리고 고작 6만 명을 이끌고 침공한 일본군의 야마시다(山下) 중장에게 무조건 항복한 사건이 일어난 날이다. 이날을 기념하여 전국의 학교 학생들에게 고무공을 선물했다. 말레지아에서 생산하는 고무로 만든 전리품이다. 쉬는 시간 운동장은 흰 공으로 하늘을 덮었다.

방과 후 집에 돌아가면 골목에서 친구들이 모여 이 항복받는 장면을 연극으로 만들어 매일 지겹지도 않게 하고 놀았다. 야마시다 장군이 퍼시발 장군에게 항복을 받는 마지막 장면은 이렇다. "예스까 노까." 영국은 조건부 항복을, 일본은 무조건 항복을 담판하는 장면이다. 나는 이 연극에서 항상 퍼시발 장군의 역할을 했다. 기분이 안 좋았다. 같은 값이면 호기 있는 야마시다 역할을 했음 했는데 한번도 그 역할은 하지 못했다. 이런 놀이를 1년 내내 계속했다.

선재 저도 유치원 다닐 때 애들끼리 연극을 하고 놀았어요. 특히 파워레인저와 도라에몽, 프리큐어 같은 만화를 주제로 연극을 했는데 저는 언제나 주인공을 하지 못해서 불만이 많았어요. ㅋㅋㅋ 그런데 정말 운이 좋게 유치원에서 부모님들께 보여 드리는 연극인 성냥팔이 소녀에서 제가 주인공을 맡게 돼서 기분이 정말 좋았어요! 그 이후로 다시 주인공을 해 본 적은 없지만 기분 좋은 기억으로 남아 있어요. ㅎㅎ

하늬 싱가포르도 제2차 세계대전에서 피해를 입었던 국가 중 하나였다니, 처음 알았네요. 그 장면을 연극으로까지 만들어서 놀 생각을 하다니 그 정성이 대단하기도 하고 안타깝기도 하네요. 그 당시 아이들은 일본의 세뇌 교육 때문에 그 전쟁을 제대로 된 시각으로 바라보지 못했다는 게 참 마음이 아파요. 근데 할아버지께서는 항상 항복하는 측의 장군 역을 맡으셨다니 어린 마음에 속상하셨겠어요. 그치만 뭔가 일본군보다는 잘 어울리는 것 같아요. ㅋㅋ

솔 과연 지금 할아버지가 그 역할을 다시 하신다면 어떠한 기분이 드셨을까요?

할 2차 세계대전이 내가 초등학교 1학년 들어갈 때 시작되어 4학년이 되었을 때 끝난 전쟁이다. 일본이 하와이 해군기지를 급습해서 시작된 전쟁인데 전쟁 초기에는 태평양에 있는 여러 섬들은 물론 동남아시아에 있는 싱가폴 등 주변국들을 전부 점령했었단다. 싱가폴 함락 일화는 지금도 역사적으로 참 중요한 사실로 기록되어 있는데 영국군 사령관이 일본군 사령관에게 항복하는 장면은 교과서에도 실려 있어서 골목 친구들이 만나면 이런 장면을 놀이 삼아 했었던 기억이 있다. 아무리 놀이라지만 나는 매번 항복하는 게 싫었었단다. 전쟁을 일으키면 일본처럼 꼭 망하게 된단다. 전쟁은 해서는 안 될 일이다.

이바구 56

아버지의 회중시계

중학교 입학시험을 치러 갔다. 아버지와 함께 수험장으로 갔다. 아버지가 동행한 것은 아마도 아버님의 모교였기 때문이었을 것이다. 국민학교(초등학교) 입학을 위해 학군 근방으로 이사를 해서 나를 당신이 졸업한 국민학교에 입학시켰다. 맹모삼천(孟母三遷)이 아니라 이부삼천(李父三遷)이다. 입학시험장에 들어가면서 두 가지가 생각난다. 하나는 교문에서 본관까지 길 옆으로 버드나무가 있어서 아주 운치가 좋았다. 이 중학교의 상징이었다. 교문 앞에서 아버님이 말씀해 주셨다. "이 버드나무는 아버지가 심은 것이란다." 이 말씀은 굉장한 격려로 느껴졌다.

또 하나는 아버지가 차고 계시던 회중시계를 나에게 주셨다. 시험 치는 동안 시간을 정확히 보고 답을 쓰라고. 나는 회중시계를 책상에 올려놓고 시간을 잘 지켰다. 시험 치는 내내 나는 회중시계로 인해 우쭐한 기분이었다. 이 두 가지 격려는 내가 중학교에 입학한 숨은 힘이었다.

선재 저도 아빠께서 시험을 볼 때면 장난으로 부적을 써 주셨어요. 그냥 종이에다 그날 보는 시험 과목을 쓰고 100점을 여러 번 쓰거나 재미있는 그림을 그리는 거였어요. 그렇게 간단하게 만든 부적인데도 시험 볼 때 왠지 좀 더 안심이 되고 정말 시험도 잘 보게 되었어요. ㅋㅋㅋ 그리고 그 부적을 애들이 보면 괜히 더 우쭐해지기도 했어요.

하늬 회중시계가 뭔지 잘 모르겠어요. 아버지께서 버드나무를 심었던 학교에 자식이 입학하는 건 매우 의미 있는 일이기도 하고 뿌듯하기도 할 것 같아요. 근데 제가 중학교에 막 들어갈 때 저희 아버지께서 그러셨다면 전무관심하고 별 감흥도 없었을 것 같은데 할아버지께서는 굉장히 감명 깊게 받아들이신 것 같네요. 할아버지의 아버지께서 굉장히 흐뭇하셨겠어요. 저도 제 자식에게 어린 시절에 대해 설명해 주었을 때 뿌듯해하고 기분 좋아한다면 저도 덩달아서 기분이 좋을 것 같아요.

솔 그 두 가지 다 마음속에 자부심을 불러일으킬 만한 것들이라고 생각이 됩니다.

할 이 책을 낼 때가 되니 선재가 벌써 고3이 되었구나 얼마 있지 않으면 수능도 치고 대학도 지원을 해야 할 텐데. 내가 의지되는 좋은 선물이라도 만들고 싶구나. 이 책은 너를 격려하는 책으로 삼기로 했단다. 기억의 착오라는 것은 누구에게나 있지만 같은 일을 두고 부모나 자식 간에 서로 다른 기억을 갖기도 한단다. 어떤 격려의 말이 부적처럼 영험할런지는 사람에 따라 서로 다르기에 깊이 생각해서 던져야 할 덕담이다.

이바구 57 / 가지 훔치기

아주 어렸을 때 기억인데 하나 떠오른다. 손에 사마귀가 많이 났다. 속설에 가지를 사마귀에 문지르면 사마귀가 없어진다고 했다. 그러면 가지만 시장에 가서 하나 사 오면 쉽게 고칠 수가 있을 것이다. 그런데 가지가 아무것이나 효험이 있는 것이 아니고 가지를 주인 몰래 꼭 훔쳐온 가지라야 특효가 있단다.

내가 어릴 때 살았던 집이 대구의 중앙통 뒷골목이었다. 그때 중앙통엔 야시장이 열렸다. 물건을 사러 오는 분들도 있지만 많은 사람들은 야경을 즐기려고 나온 사람들도 많아 인산인해를 이룬다. 나는 유모의 등에 업혀 야시장에 가지를 훔치러 갔다. 몇 번 실패하고 유모는 기어이 가지를 하나 훔쳤다. 그런데 등에 업힌 나는 가지 훔치러 돌아다니는 동안 내내 가슴이 두근거렸다. 유모가 들키면 어떡하나 하고 가슴이 조였다. 훔친 가지 덕에(?) 사마귀는 나았다.

선재 저도 유치원에 다닐 때 유치원에 있는 구슬이 너무 예뻐서 하나 가지고 온 적이 있어요. 훔치는 거라는 걸 알면서도 욕심이 많이 나서 구슬을 훔쳤는데 그날 엄마 아빠가 아시고 저랑 같이 유치원에 가서 구슬을 놓고 사과드렸어요. 그때 너무 창피해서 그다음부터는 절대 남에 물건에 손을 대지 말아야겠다고 생각했어요.

하늬 어쨌든 사마귀가 나아서 다행이네요. ㅋㅋ 가지를 팔던 상인은 유모께서 가지를 훔치신 것을 알면서도 등에 업힌 할아버지를 보며 모르는 척 눈감아 주셨던 게 아닐까요? 지금 그런 일이 일어난다면 인정사정없이 바로 잡혀가겠지만요. 솔직히 전 도둑질은 무조건 나쁘다고 생각해요. 그렇지만 그러한 가지 상인의 마음은(정말 모르셨을 수도 있겠지만) 아름답다고 생각해요. 그래도 가슴이 두근거리셨다니 다행이에요. 도둑질을 했는데 아무렇지 않았다면 큰일이었을 텐데 말이에요.

솔 어릴 때 '서리했다'라는 얘기를 들으면 두 가지 생각이 듭니다. 재밌는 추억이 되겠구나, 명백히 범죄행위인데 대충 넘어가는구나. 이 두 가지 생각들이 계속 뒤섞여 있다 보니 무엇이 옳은지가 헷갈립니다.

할 도둑질이라고 하는 것은 나쁜 행위임이 틀림없단다. 그럼에도 불구하고 왜 이런 속설이 있었는지 모르겠지만 효과가 있다면 가지만 먹어도 될 텐데, 왜 꼭 훔친 가지를 먹어야 하는가 하는 것은 지금도 의문이다. 치료를 명목으로 훔치는 일 자체가 양해가 된다니 그것도 신기하다. 요즘은 생각할 수도 없는 일인데 그때는 그런 배려가 있었나 보다.

나는 미련하게 그냥 꿇어앉아 있었다.

내 동생은 꾀가 많아 적당히 놀다가

다시 들어와 꿇어앉았다

너는 더 꿇어앉아라

이바구 58

중국집 우동

어릴 때 중국집을 청요리집이라고 했다. 청요리는 중국 청나라의 국호 때문일 것이다. 그런데 나는 국민학교(초등학교) 1~4학년 때까지 일본 사람들의 악랄하고 철저한 교육을 받던 시기다. '루즈벨트 차치루 쇼까이세끼 민나민나 고로세!' 이런 구호를 외치면서 등하교 시 그들의 허수아비에 돌도 던지고 죽창으로 찌르기도 했다. 일본 교사들은 우리들에게 미국, 영국, 중국에 대한 철저한 적개심을 고취시켰다. 나는 그런 교육을 받아 항상 머릿속에는 미국의 루즈벨트, 영국의 처칠, 그리고 중국의 장개석은 능지처참해도 시원찮을 사람이라고 배웠다. 미국, 영국 사람들은 우리 동네에 없어서 잘 모르겠다.

중국 사람들은 청요리집을 많이 하고 있었다. 우동을 먹으면 참 맛있었다. 외식하는 유일한 음식점이 청요리집인데 학교에서 선생님이 중국집에 가면 우동에 사람 고기를 사용한다고 했다. 나는 정말로 믿었다. 우동을 먹으러 온 손님이 복도를 걸어가면 복도가 갑자기 열려 지하실로 떨어진다고 했다. 지하실에는 펄펄 끓는 물이 있어서 사람이 빠지면 그걸 우동이나 요리에 고기로 사용한다고 했다. 악성 루머다. 요즈음도 중국집에 가면 그런 생각이 불현듯이 스쳐 지나간다. 어릴 때의 교육이 그렇게 무섭다.

선재 대상이 일본은 아니지만 저희 엄마도 어릴 때 북한 사람들은 모두 괴물이라는 교육을 받았었데요. 그래서 조금 클 때까진 북한 사람들이 괴물처럼 생긴 줄 알았다고 말해 주셨어요. 저는 처음에 이 얘기를 듣고 무슨 이런 황당한 얘기에 속을까? 하는 생각을 했었는데 생각해 보니까 제가 가지고 있는 생각도 대부분 어릴 때 생긴 것이더라고요. 그래서 제가 지금 배우고 있는 것들도 나중에 봤을 때 황당한 것이 되어 있진 않을까 하는 생각도 들었어요.

하늬 그 말을 믿었다니 웃기기도 하고 그런 교육을 시킨 일본군이 소름끼치기도 하네요. 저희 어릴 때도 막 소시지를 인육으로 만들었니 어쩌니 하는 소문이 돌았던 기억이 나요. 저는 믿지 않았는데 제 친구들 중에 실제로 믿고 소시지를 먹지 않은 친구들도 몇몇 있었어요. 복도를 걸어가다가 갑자기 펄펄 끓는 물이 있는 지하실로 떨어지다니… 상상력이 뛰어나다는 생각도 들고 그렇게까지 해서 중국을 음해하려는 일본군이 얄밉기도 하네요.

솔 학교교육 이외에 공간에서 그러한 것을 바로잡아 줄 것이 필요한데 많이 부족한 것 같습니다. 요즘에도 국정화 문제로 시끌시끌한데 교육의 중요성을 다시 한 번 실감합니다.

할 요즘은 스마트폰이나 SNS 등이 발달되어 있어서 황당한 루머가 예전보다는 더 많을 것 같다. 그리고 예전보다 허황된 거짓 정보이지만 그것이 퍼져 나가는 속도는 그때에 비할 바가 못된다. 거짓 정보도 서너 번만 들으면 정말 있었던 일처럼 둔갑이 된다. 그러니 되돌아보면 교육이 얼마나 중요한가를 깨닫게 만든다. 정말 올바른 교육이 어떤 것인가를 생각하게 만든다. 할아버지는 지금 나이들어서 그런 허황된 소문 같은 것은 믿지는 않지만 문득 떠오르는 것을 보면 어릴 때의 교육이 정말 무섭구나 하는 것을 실감하게 된단다.

이바구
59

누나 따라 학교에

학교에도 들어가기 이전이다. 나는 이종사촌 누나를 따라 학교에 갔다. 누나도 아마 2~3학년쯤 되었을 것이다. 내가 누나 꽁무니만 졸졸 따라다녔으니까 아마도 학교 갈 때 혼자 가지 못하고 나를 데리고 갔을 것이다. 문제는 수업이 시작하면서 생겼다. 누나는 수업 시간 내내 나를 자기 책상 밑에 숨겼다. 나는 좁은 공간에서 답답하여 뭐라고 소리를 질렀더니 담임 선생님에게 들킨 것이다. 담임 선생님은 나를 발견하고 여분의 책상 하나를 주셨다.

누나와 학교 가는 것이 즐거웠다. 나는 유치원엔 가지 않았어도 월반(?) 해서 공부했다. 누나가 등교하려고 하면 나도 책을 들고 떼를 썼다. 선생님은 나를 혼내지 않았다. 장난도 안 치고 선생님 말씀을 귀기울여 들었다. 선생님도 내가 그렇게 수업에 참여하는 것이 신통하다고 생각했을 것이다.

선재 저도 하늬 언니 따라 특공무술 학원에 따라간 적이 있는데 언니가 하는 거 구경하고 선생님들이 계속 마실 거 주신 기억이 나요. ㅋㅋㅋ 그냥 앉아서 언니가 하는 거 구경하고 혼자서 운동기구 만지작거리며 놀았을 뿐인데도 언니랑 같이 학원 갔다가 집으로 오는 게 재미있어서 아직까지도 기억에 남아요.

하늬 어린아이가 수업 시간에 얌전히 집중하기 쉽지 않을 텐데 대단하시네요. 할아버지께서 말씀하신대로 선생님께서도 어린아이가 수업 시간에 떠들지도 않고 열심히 수업에 참여하는 것을 되게 기특하게 생각하셨겠어요. 누나도 귀찮지 않고 동생이 참 예쁘고 기특했을 것 같아요. 제가 오빠한테 그런 동생은 아니니 그런 동생이 하나 있었다면 좋았겠어요. ㅋㅋ

솔 저는 오라는 수업도 안 갔는데… 후대가 이래서 죄송합니다. ㅎㅎ

할 나는 어릴 때 누나들 따라 일찍 학교에 다녔다. 공부가 좋아서 따라다닌 게 아니라 누나가 좋아서 따라다닌 것이다. 수업 시간에 내가 누나 책상 밑에서 조용히 앉아 있었던 것을 생각하면 참 신기하다. 할아버지가 강연을 갈 때는 하늬 아빠를 많이 데리고 다녔다. 아주 어린 나이인데도 할아버지가 강연을 마칠 때까지 가만히 앉아 있었던 하늬 아빠다. 내가 하는 강연을 알아듣지도 못할 텐데 그렇게 가만히 앉아서 쳐다보고 있었던 하늬 아빠를 생각하면 꼭 내가 누나 책상 밑에서 조용히 있었던 것이 연상된다. 이것도 부전자전인가?

이바구 60

하나비 파는 가게

불꽃놀이하는 폭약을 일본말로 '하나비'라고 한다. 이 하나비를 파는 자그마한 가게가 있었다. 가게 주인은 일본 소녀로 내 또래인데 지능이 좀 부족하여 학교에는 다니지 못했다. 부모님이 차려 준 하나비 가게를 보고 있었다. 물건을 팔고 돈 계산을 잘 못한다. 그런데도 그의 부모님은 언제나 뒷짐만 지고 딸이 가게를 보고 있는 모습을 흐뭇하게 지켜만 보고 있었다. 우리들은 하나비를 열 개 사면 다섯 개 값만 주어도 고맙다고 인사를 한다. 아주 천진난만한 표정이다. 가게는 우리 학교 학생들로 성황을 이루었다. 골목에서 그 소녀를 속인 이야기를 무용담처럼 하면서 놀았다.

하루는 마치 이런 일들을 내가 한 것처럼 집에 가서 자랑을 했다. 어머니는 나를 조용히 방으로 불렀다. 몇 번 그런 일을 했느냐고 물었다. 자랑 삼아 내가 하지도 않았는데 내가 한 것처럼 '서너 번'이라고 부풀려 말했다. 어머니는 나를 다락방에 가두고 벌을 세웠다. 그런 장난을 하면 좋은 것인지 나쁜 일인지 반성하라고 했다. 나는 다락에 갇혀 곰곰이 생각했다. '그 천진난만한 소녀를 속이다니…' 사실 내가 속인 것은 아니지만 친구들과 어울려 그랬으니 공범임에 틀림이 없다. 어머니는 하나비 값을 주시면서 그 가게에 갔다 주라고 하셨다.

선재 저도 일본에 여행 갔을 때 제 사촌동생이랑 하나비를 산 적이 있어요. 정말 예쁘고 재밌었던 걸로 기억해요. 정작 한국에서는 할 수가 없어서 아쉬웠지만요.(동네가 산이라 할 곳이 없어요. ㅠㅠ) 만약 저희 동네에도 그런 가게가 생기면 매일 가서 구경하고 사서 놀 것 같아요. ㅋㅋㅋ

하늬 길가에 불꽃놀이용 폭약을 팔았다니 좋았겠어요! 지금은 위험해서인지 그런 상점은 보지 못했는데 있으면 저는 그 가게에 자주 갔을 거예요. 어머니께서 무조건 다그치고 혼을 낼 수도 있었는데 그러기보다는 스스로 반성할 시간을 주시다니 정말 대단하시네요. 할아버지도 직접 속인 게 아니기 때문에 억울했을 수도 있는데 자신의 잘못을 뉘우치다니 참 멋져요!

솔 그때 만약 어머니가 방치를 했다면 그런 문제의 중요성을 인식하지 못했을 것 같습니다. 잘한 일에는 칭찬을, 잘못된 것은 확실히 알려 주는 것이 맞다고 생각됩니다.

할 지금도 기억이 나는데 그 가게는 일본 사람이 운영하는 가게였다. 가게를 지키고 있는 사람은 내 또래의 어린 소녀였다. 학교도 안 가고 왜 가게만 지킬까라는 생각을 해 본 적도 있다. 그런데 가게를 지키는 소녀는 지능이 부족한 장애아였다. 그러니 부모가 하나비 가게를 열어 주고 지능은 부족하지만 일감을 만들어 준 것이다. 생각하면 배려 깊은 부모인데 우리는 그런 줄도 모르고 그 소녀를 놀린 셈이다. 지능이 부족하여 돈 계산을 잘 못하니까 속이고 놀린 것이다. 참 잘못된 일이다.

이바구 61

너는 더 꿇어앉아라

나는 여동생이 하나 있다. 나보다 두 살 아래다. 어릴 때 자주 다투었다. 다투다 부모님한테 들키면 벌을 서야 했다. 하루는 아버지한테 들켜 마루에 꿇어앉는 벌을 서게 되었다. 여름이라 아버님은 우리를 벌세우곤 마루에서 곧장 낮잠에 드셨다. 내 동생은 아버지가 확실하게 주무시는 것을 확인하곤 골목에 나가 놀았다. 나는 미련하게 그냥 꿇어앉아 있었다. 내 동생은 꾀가 많아 적당히 놀다가 다시 들어와 꿇어앉았다. 나는 계속 꿇어앉아 있었기 때문에 다리가 몹시 아팠다. 참다못해 나는 일어서서 저린 다리를 굽히면서 앉았다 섰다를 반복했다. 그때 아버님은 낮잠에서 깨어나셔서 가만히 꿇어앉아 있는 동생은 나가 놀라 하고 나는 더 꿇어앉아 있으라고 했다. 나는 너무 억울했지만 그냥 꿇어앉아 있었다.

선재 저는 어릴 때 혼이 나면 손을 들고 서 있었는데 저는 적당히 눈치를 보면서 엄마 아빠가 잠시 딴 곳에 가셨을 때 슬쩍 내리고 다시 올리고 했었어요. 가끔 걸리면 더 많이 서 있어야 하긴 했었지만요. ㅋㅋㅋ 그런데 할아버지 여동생은 굉장히 용감한 거 같아요. 나가서 놀다 오다니…!

하늬 역시 사람은 마냥 성실하고 착하기만 한 것보다는 적당히 요령을 피워야 상황을 잘 모면할 수 있나 봐요. 그런데 저도 그러한 경험이 많이 있어요. 다른 친구들은 숙제를 종종 안 해 오고 저는 꼬박꼬박 해 오다가 딱 한 번 안 해 왔는데 하필이면 그날 숙제 검사를 한 적이 있어요. 운이 없다고 생각했지만 어쨌든 한 번이든 여러 번이든 숙제를 안 한 건 잘못이니까 억울하지만 받아들였죠.

솔 이래서 '정직한 사람은 손해다.'라는 말이 나온 것 같습니다. 그러나 꼬리가 길면 결국 잡히듯 끝까지 정직하다면 보상을 받는 것 같습니다.

할 지금 생각하면 내가 미련하고 어린 나이지만 왕고모는 꾀가 많았나 보다. 연상에서 생각해 보면 내가 잘못해서 벌을 선 적은 거의 없다. 대체로 다른 사람들의 잘못 때문에 함께 엉켜 같이 벌선 기억이 많다. 그래서인지 늘 억울하다는 생각이 많이 있었던 것 같다. 하늬 말대로 적당한 요령이 필요하다는 말은 참 가슴에 와닿는다. 그 요령이 남을 해치는 일이 아니라면 미련을 고집할 필요는 없겠구나.

이바구 62

쥐 꼬리 잘라 숙제하기

해방이 되자 갑자기 생긴 일은 아니겠지만 쥐들이 참 많았다. 우리 집에는 고양이가 있어서 쥐 사냥하는 것을 많이 보았다. 이 쥐들을 퇴치하기 위해 학교에서 우리들에게 쥐약을 나누어 주고 다음 날 잡은 쥐의 꼬리를 잘라 오라는 숙제였다. 내 기억으로는 보통 5마리 이상은 약을 먹고 죽어 있었다. 꼬리를 잘라 제출하곤 했는데 이런 숙제를 일주일마다 했으니 쥐의 개체수가 굉장했었나 보다. 나는 죽은 쥐를 해부칼로 배를 갈라 내장을 관찰하곤 했다. 누가 시켜서 한 것이 아니라 죽은 쥐의 뱃속이 궁금했다.

선재 저는 쥐 사체를 길 가다가 본 적이 있는데 차에 치어 내장이 다 나와 있어서 정말 징그러웠던 기억이 나요. 만약 학교에서 쥐꼬리를 잘라 오라는 숙제를 내 줬으면 저는 매일 숙제를 못해 갔을 거 같아요. 아, 저희 아빠도요. ㅋㅋㅋ

하늬 죽은 쥐를 자발적으로 해부하다니 할아버지께서는 어릴 적부터 의사의 정신(?)을 갖고 계셨나 봐요. ㅋㅋ 저 같으면 궁금하더라도 징그럽기도 하고 무엇보다 무서워서 못했을 텐데. 요즘은 쥐가 거의 사라져서 다행이에요. 근데 쥐가 정말 많긴 많았네요. 만약 제가 그 시대에 살았다면 그 숙제를 절대 못해 갔을 거예요. ㅠㅠ

솔 아이들에 대한 교육보다는 부족한 일손을 대체하는 역할을 한 것 같습니다. 그러다 보니 배울 것을 제대로 배우지 못한 후유증이 아직까지 큰 것 같은데 할아버지의 경우 특유의 호기심이 환경을 넘어선 것 같습니다.

할 너희들은 듣기에 생소할지는 몰라도 할아버지가 자랐던 어린 시절은 쥐도 많고 사람 몸에 붙어사는 이도 많고 사람 몸에 사는 기생충도 많았단다. 그래서 학교에서 쥐 잡는 약을 배급하고 하교길에는 골목 구석구석 설치되어 있는 적십자 봉사원들의 소독반도 있었단다. 당시에 DDT라는 살충제가 나와서 우리 몸에 뿌려 줬었다. 그러면 몸 밖에 기생하는 이를 다 죽일 수 있었다. 또 학교에서 배급해 주는 것 가운데 하나는 구충약이다. 구충약을 먹으면 회충이 많이 나온다. 할아버지도 구충약을 먹고 화장실을 가면 긴 회충이 몇 마리씩 나오곤 했단다. 지금은 그런 것을 볼래야 볼 수도 없는 좋은 세상으로 바뀐 것이다. 너희들은 그래서 행복한 세대란다.

이바구 63

이 잡기

내가 국민학교(초등학교) 다닐 때는 이가 많았다. 머릿니도 있고 몸에 붙어 사는 이도 있었다. 머릿니는 색깔이 좀 검고 몸니는 하얗다. 옷을 벗어 한 마리 한 마리씩 잡기에는 너무 많았다. 이가 많기도 하지만 알들이(서캐) 구석구석 붙어 있다. 이 많은 이를 잡자면 화롯불 위에 옷을 벗어 쪼이면 이들이 뜨거워서 화로로 떨어진다. 톡톡하면서 터지는 소리가 난다. 냄새도 오징어 굽는 냄새와 비슷하다. 톡톡 튀는 소리를 들으면서 이를 많이 잡았다. 어머니는 거지들이 오면 먼저 이부터 잡아 주고 밥을 주었다.

1945년 해방이 되고 미군이 진주하자 DDT라는 살충제가 함께 들어왔다. 학교를 마치고 집으로 오는 길에 이 DDT 가루를 온몸에 뒤집어쓰고 온다. 미군들이 군데군데 서서 우리들을 소독해 주었다. 신기하게도 이가 없어졌다.

선재 요즘 학교에서 이가 있는 경우는 정말 드물어요. 그래서 이가 어떻게 생겼는지도 모르고, 어떻게 없애는지 본 적도 없어요. 그래서 엄마께 이에 대해서 물어봤더니 제가 하는 긴 머리는 이가 살기 제일 좋은 머리라고 하셨어요. ㅋㅋㅋ 그리고 이를 없앨 때는 참빗으로 머리를 빗으면 이가 없어진다고 하는데 저는 머릿결이 나빠서 그 빗으로 못 빗었을 거 같아요. 이가 많이 없는 때에 태어나서 정말 다행이에요. ㅋㅋㅋ

하늬 얼마 전 학교에서 DDT 사용 찬반에 대해 토론을 한 적이 있었어요. 그때 DDT가 말라리아 치료제로 사용된다는 사실을 알게 되었는데, 살충제로도 사용할 수 있다는 건 처음 알게 되었네요. 그나저나 지금은 상상조차 할 수 없는 장면들이네요. 이를 잡는 것도, DDT 가루를 뒤집어쓰는 것도요. 저는 태어나서 한번도 이를 실제로 본 적이 없어요. 제가 이가 흔하던 시절에 살았다면 매일매일 두려움에 떨며 살았을 거예요. 저는 작은 벌레에도 기겁을 하니까요.

할 하늬는 DDT에 감사해야겠다. ㅋ

솔 이가 손에 잡힐 만큼 큰가요? 눈에도 안 보이지 않나…? 요즘 세대로서는 잘 모르는 용어가 많네요. DDT는 또 뭔가요.

할 이를 모르는 세대니 참 행복한 세대다. 이는 우리 몸에 붙어 기생하는 기생충이다. 우리 몸의 피를 빨아먹기도 하지만 파라티프스란 전염병을 옮기기도 한다. DDT(Dichloro-Diphenyl-Trichloroethane)는 살충제 중 하나이다. DDT의 살충 능력을 처음 발견한 스위스 화학자인 폴 허먼 뮐러(Paul Hermann Müller)는 노벨 생리학·의학상을 받았다.

이바구 64

오디 열매

국민학교(초등학교) 시절 우리 학교의 강당 뒤에 큰 오디나무가 있었다. 쉬는 시간이면 우리 반 학생들은 모두 나무에 올라가 오디를 따 먹었다. 입술이 새까맣게 물든다. 잘 지워지지 않는다. 수업이 시작되자 선생님은 오디를 따먹은 학생은 손을 들라고 하셨는데 입술이 까맣게 물든 줄도 모르고 손을 안 들었다. 자기가 자기 입술을 못 보니 다른 사람들도 못 보리라고 생각했다. ㅋㅋㅋ

선재 할아버지께선 손을 안 드시면서 무슨 생각을 하셨어요? 저는 괜히 찔려서 두근두근거렸을 것 같아요. 저도 수련회 때 방을 몰래 바꿨는데, 선생님이 방문을 여실 때마다 두근두근거렸어요. ㅋㅋㅋ

할 손 안 들고 오리발 내밀었다. 금방 들켜 혼났다.

하늬 오디 열매는 빨갛지 않나요? 오디를 먹으면 입술이 빨갛게 물들 것만 같은데 까맣게 물들다니 신기하네요. ㅋㅋ 저희 학교 선생님 중 한 분께서 한번은 화장한 학생은 화장실 가서 지우고 오라고 말씀하셨는데 정작 티가 많이 나게 화장한 학생들은 화장실에 가지 않더라고요. 그러면 선생님께서 그 학생들에게 휴지를 건네시고 화장 지우고 오라고 말씀하셨어요. 옛날과 지금 혼나는 계기는 달라도 혼나는 건 똑같네요.

할 오디는 익으면 까맣단다. 네 말이 맞다. 계기는 달라도 혼나는 것은 여전하구나.

솔 오디 열매가 뭔가요? 새까맣게 물드는 열매라… 친구들끼리 서로 봐줬으면 될 텐데. ㅋㅋ

할 뽕나무에서 열리는 열매가 오디(Mulberry)란다. 옛날엔 누에를 치기 위해 많이 길렀던 나무다. 오디가 익으면 검은색이나 자주색을 낸다. 그래서 먹으면 입술이 검게 물든단다.

이바구 65

충혼탑

국민학교(초등학교) 때 생각나는 한 가지 이야기를 적어 본다. 대구에서는 수성못 언저리에 충혼탑이 있었다. 전사자 묘지는 보지 못했다. 주로 대구 출신 장정들이 제2차 세계대전에 참전하여 전사한 사람들의 넋을 기리는 충혼탑이다. 일 년에 서너 번 단체로 참배를 한 기억이 있다. 지금의 수성못은 시내 중심이 되었지만 그때는 변두리 야외였다.

일본 사람들이 만든 보국신민(報國臣民)의 맹서라는 해괴한 맹서를 매일 외쳐댔다. 외치다가 보니 정말 그렇게 해야 되겠다는 생각이 들었다. 그런 생각만 드는 것이 아니라 어떻게 하면 충성스런 보국신민이 될까를 매일 궁리했다. 나는 단 한 살의 차이로 소년 항공병을 면했다. 국민학교 5학년부터 소년 항공병을 차출해 갔다. 소년 항공병은 인간 소모품으로 비행기를 타고 적함에 들이박는 자살 특공대다. 나는 보국신민의 맹서에 최면이 걸려 정말 소년병이 될 수 있도록 날이면 날마다 소원했다. 지금 생각하면 참 꺼벙한 생각이지만 그때는 정말 간절했던 바램이었다. 나 같은 나이 어린 소년들을 꼬드겨 충혼탑의 주인이 되게 만든 일본 사람들이 참 악질이다.

선재 학교 역사 시간에 일본에는 가미카제라고 하는 자살 특공대가 있다는 것을 배웠어요. 저는 그것을 배우면서 '도대체 뭘 위해서 자신의 목숨까지 버려 가면서 저런 일을 할까.'라는 생각을 많이 했었어요. 아마 그 사람들도 할아버지처럼 어릴 때부터 세뇌를 당하듯이 커 왔을 것 같아요. 제가 만약 할아버지 세대에 태어났다면 저도 소년병을 하고 싶다고 생각했을 거 같아서 무서워요.

할 어릴 때부터 그렇게 세뇌시킨 일본 사람들이 참 나쁜 사람들이다. 할아버지 나이가 되어도 그때 그 기억의 상처는 아물지 않는구나.

하늬 아직 세상에 대해 잘 알지 못하는 사람들, 특히 어린아이들에게 세뇌하는 것이 얼마나 무시무시한 일인지를 깨닫게 해 주는 글이네요. 주입식 교육의 폐해 같기도 하고요. 그 시기에 일본은 정말 어른이든 아이든 우리나라 전 국민을 정신적으로도 육체적으로도 학대했네요. 헛된 생각을 심게 하고 생명까지도 앗아갔으니까요. 그 당시의 일에 대해 여전히 제대로 된 사과를 받지 못하고 있는 현실이 너무나도 안타깝네요.

할 지금 위안부 할머니에 대한 일본 정부의 태도는 전 세계 사람들의 규탄을 받아도 마땅하다.

솔 정말 어릴 적 순수한 마음을 악용하는 것을 보면 뭐라 표현하지 못할 정도로 화가 나네요. 도대체 인간은 자신의 이익을 위해 어디까지 타락할지.

할 그래 화가 나고도 남을 일이다. 그때 당할 때는 연유를 몰랐으니 화가 나지 않았는데 해방이 되고 속았다는 것을 아는 순간부터 계속 화가 났다. 지금도 그때를 생각하면 화가 난단다. 타락하면 인간이 아니다.

이바구 66

장티푸스

내가 다섯 살 때 장티푸스(장질부사)가 걸렸다. 당시의 이 전염병은 사망률이 퍽 높았다. 그 이유는 장티푸스에 대한 치료약이 없었기 때문이다. 나는 외동아들이어서 내가 죽으면 우리 집 가계의 대가 끊긴다. 고모님 여섯 분이 의논을 모아 굿을 하기로 했다. 어머니는 신여성으로 굿에 대한 미신을 믿지 않았지만 이 위급한 상황에서 시누들의 주장에 반기를 들 수가 없었을 것이다.

굿판이 한창일 때 무당이 대나무를 흔들면서 나의 조상 중 한 분이 화가 나서 나를 병들게 했다고 했다. 이 말을 들은 어머니는 굿판을 엎어버렸다. "어느 조상이 자손을 미워한단 말인가. 그런 거짓말을 하는 무당은 썩 물러가라." 이 대갈일성(大喝一聲)에 무당은 혼비백산 저주를 남기고 도망을 갔다. 나는 기적적으로 살아남았다.

선재 지금 보면 장티푸스가 위협적인 병이 아닌데도 그때 당시에는 위협적이었다는 것이 신기해요. 생각해 보면 제가 초등학교 때 신종플루가 유행했을 때도 걸리면 죽을까 봐 무서웠는데 지금은 치료제가 개발되어서 아무렇지 않게 넘어가는 것도 신기해요. 저도 한창 신종플루가 유행했을 때 걸릴까 봐 무서웠는데 정작 치료제가 개발되고 걸려서 별로 무섭지 않았던 기억이 나요.

할 전염병은 어떤 질병이든 무서운 거다. 평소에 예방을 할 수 있도록 자신을 잘 챙겨야 한다.

하늬 왕할머니께서는 정말 대단하시네요. 사람이 궁지에 몰리면 미신을 쉽게 믿게 되고 의지하게 된다던데 그렇지 않으셨으니까. 왕할머니께서 미신보다도 할아버지 간호에 더 심혈을 기울이신 게 할아버지께서 살아남으실 수 있었던 계기 중 하나가 아닐까 싶어요. 아무리 지금 의학 기술이 많이 발전했다고 해도 옛날이나 지금이나 사람은 여전히 전염병을 완전히 극복할 수는 없나 봐요.

할 새로운 전염병들이 생겨 우리들을 계속 괴롭힌단다. 왕할머니는 그 당시 신교육을 받았기 때문에 미신으로부터 나를 보호해 줄 수 있었다. 치료약도 없었는데 어떻게 내가 살아났는지 정말 천행이었다.

솔 어렸을 때부터 안 걸리셨던 병이 없으시네요… 그래서 가족들이 다 아픈 거 아닌가요? ㅋㅋ 정말 말도 안 되는 걸로 사람 홀리려 하는 몇몇 사이비들 보면 엎어 버리고 싶습니다.

할 네 말이 맞다. 할아버지는 안 걸린 병이 없는 것 같구나. 병이 나면 병원을 의존해야 한다.

이바구 67

문지방을 넘다가

장티푸스를 앓고 난 나는 기적적으로 생명을 건졌다. 생명은 건졌지만 그 후유증이 대단했다. 머리가 모두 빠져 버리고 식사를 마음대로 할 수가 없었다. 후유증으로 대장이나 소장의 벽이 얇아져서 뚫어지면 복막염으로 또 사망을 하게 된다. 나는 우동이 먹고 싶었다. 어머니는 유모를 시켜 우동을 사러 보냈다. 그런데 이상한 것은 유모가 한번도 우동을 사오지 못했다. 유모는 나에게 이렇게 말했다. "우동을 들고 들어오다 문지방에 걸려 그만 쏟아 버렸다." 고 그러고선 넘어져서 아픈 표정까지 지어 보였다.

유모와 어머니가 우동을 안 주려고 짜고 치는 고스톱이었다. 다섯 살 때 이야기인데 기억이 생생하다. 굿을 했던 기억은 없는데 우동 이야기는 생생하다. 나름 억울했던가 보다.

선재 생각보다 어린아이들은 터무니없는 거짓말에도 잘 속는 것 같아요. 제가 네팔에 여행 갔을 때 같이 놀던 아이가 있었는데 마트를 간다고 하면 따라간다고 하도 떼를 써서 모두가 마트를 갈 때마다 병원 간다고 거짓말을 하고 나갔었어요. ㅋㅋㅋ 저는 정말 속을 줄 몰랐는데 속아서 귀여웠어요.

할 그래서 어린이를 부처님이라고도 한단다. 어린이도 자라면서 거짓말이 어떤 것인가를 알게 되면서 살아가는 방법을 터득한단다.

하늬 아이에게 안 된다고 혼내실 법도 한데. 어머니와 유모 두 분 다 대단하세요. 좋은 교육 방식인 것 같아요. 저는 아이를 갖고 싶은 마음이 없지만 만약 갖게 되거나 친구가 아이를 갖게 된다면 한번쯤 추천해 줄 만한 방법인 것 같아요. 만약 안 된다고 강제적으로 막으면 아이는 반항심에 더 먹고 싶어할 텐데 만약 없었다고 하면 억울하긴 해도 반항심이 생기진 않으니까요.

할 하늬 말이 맞다. 왕할머니의 지혜로움이다. 지금부터 아이를 낳지 않겠다고 생각을 굳힐 필요는 없다. 좀 더 성장하면서 생각해 볼 문제다.

솔 할아버지 어린 시절 얘기를 들으면 믿기 힘들 정도로 순수하셨는데 이번 일도 속아넘어가셨나요. 아니면 눈치채셨나요? ㅋㅋ

할 어린 나이에 무슨 눈치가 있겠느냐. 유모가 너무 안타까웠다. 좀 조심해서 오지 뭐 그런 생각이었다. 장티푸스 후유증으로 대장과 소장이 많이 천공(뚫어짐)된다. 그러면 복막염이 되어 생명을 잃게 된단다. 우동을 먹었으면 아마도 그때 합병증으로 사망했을 가능성이 크다.

이바구 68

온실 심부름

국민학교(초등학교) 2학년 때다. 담임 선생님이 온실에 가서 화분 하나를 가져오라고 심부름을 시켰다. 나는 학교 안에 온실이 있는 줄 몰랐다. 그러니 어디에 온실이 있는지 위치를 알지 못했다. 한참 동안을 헤맸다. 온실을 찾지 못했다. 담임 선생님은 내가 일부러 게으름을 피우고 놀다 오는 줄 알았다. 나는 교무실에 끌려가서 꿇어앉았다. 사실 온실은 5분도 안 되는 거리인데 내가 찾지를 못해서 지연된 시간이다.

나는 학교에서 우리 교실 그리고 화장실 밖에는 몰랐으니 내 행동반경이 좁을 수밖에 없었다. 억울하지만 변명 한마디 못하고 날이 저물 때까지 교무실에서 꿇어앉아 있었다.

선재 저도 학교 구조를 잘 몰라서 초등학교 처음 왔을 때 많이 헤맸어요. 한 번은 제가 감기 때문에 귀가 너무 아파서 보건실을 찾아가야 했는데 가는 길을 모르겠어서 친구를 붙잡고 갔었어요. ㅋㅋ 그 후로도 보건실을 가거나 다른 시설을 잘 이용을 안 하다 보니 몇 번 헷갈린 적은 있어요.

할 할아버지는 그때 집과 학교, 교실 그리고 화장실 외에는 가 본 적이 없다. 맹꽁이 같았다. ㅋㅋㅋ

하늬 저와는 비교되네요… 저는 반대로 위치를 잘 아는데도 일부러 빙 돌아가서 천천히 다녀온 경험이 많으니까요. 변명 한마디 못하셨다니 바보 같기도 하지만 그 순수함이 부럽기도 하네요. 저는 집에서나 학교에서나 심부름을 싫어하나 봐요. ㅋㅋ 그래도 학교에서는 늦게라도 심부름을 하지만 집에서는 아예 안 하려고 하니까 그나마 다행이네요….

할 할아버지와 반대였다니 다행이다. 그런데 아빠 심부름을 해 주면 더욱 귀여울 것 같은데….

솔 어디어디 있으니 가져오라고 얘기를 해 주셨어야 하는 것이 맞지 않을까요? 할아버지 어렸을 적엔 억울할 일이 참 많았겠구나 생각이 듭니다.

할 학생이면 누구나 교내에 있는 온실은 안다고 생각하신 선생님이다. 사실 대부분 학생들이 위치를 알고 있었다. 할아버지가 숫기가 없어 알지 못했을 뿐이다. 온실만 모르는 것이 아니라 우리 교실과 화장실 이외에는 아는 곳이 없었다. ㅋㅋㅋ 네 말이 맞다. 억울한 것을 많이 경험했다.

이바구 69

화장실 개근

나는 국민학교(초등학교)를 졸업할 때까지 6년간을 화장실을 개근했다. 개근이야 나 말고도 모든 학생들이 했을 것이다. 하루에도 몇 번 화장실을 들락거렸을 것이다. 내가 개근을 했다는 말은 좀 다르다. 소변을 누는 곳이 딱 정해져 있었다. 학교 안에는 변소가 여러 곳 있었지만 나는 유독 한 변소만 사용하고 그것도 소변을 누는 위치가 6년 동안 변치 않는 한곳이었다는 것이 다른 친구들과 다르다. 소변이 누고 싶으면 가까운 화장실을 찾는데 나는 좀 먼 거리에 위치한 내가 항상 가는 화장실 내가 항상 서는 위치에서 6년을 개근했다는 이야기다.

6년 동안 개근을 했더니 화장실의 시멘트 벽에 흠이 가고 급기야는 졸업을 할 때쯤 화장실 벽의 시멘트 조각을 하나 떼어 냈다. 물방울이 바위를 뚫는다더니 나는 소변으로 화장실 벽 시멘트를 뚫었다. ㅎㅎㅎ

선재 저도 학교에 비밀장소를 만들고 싶어서 친구와 함께 화단 같은 곳에 채집한 풀이며 꽃 같은 것들을 놔두었어요. 신기하게도 비가 오거나 바람이 많이 불어도 그곳만은 크게 변하지 않아서 신기했었어요. ㅋㅋ

할 어릴 때는 왜 그런 비밀스런 장소가 필요했는지 모르겠다. 나는 비밀장소는 아니지만 화장실 사용을 한곳만 6년 동안 했으니 참 미련한 성격이다. ㅋㅋ

하늬 은근 뿌듯하셨겠어요. ㅎㅎ 저는 할아버지가 개근하신 것과 반대로 학교에서 최대한 화장실을 가지 않으려고 했어요. 중학교 고등학교에 입학해서는 그래도 화장실이 깔끔해서 참지는 않았는데 초등학교 때에는 정말 더러웠어요. 학생 수는 지금과 비슷한데 화장실 칸 수가 적어서 불편하기도 했고요. 그나저나 저도 정말 사소한 거라도 뭔가 꾸준히 해내서 그 뿌듯한 기분을 느껴 보고 싶네요.

할 은근 뿌듯… 속으로 그랬는지 모르겠다. 근대 요즈음 어린이들은 집 밖 화장실을 사용하길 싫어한다면서? 집보다 아마도 지저분해서 그럴 것이다. 하루 종일 참느라 변비가 걸리는 어린이들도 많단다.

솔 지조가 있으셨네요. ㅋㅋㅋ 독서실 자리 같은 곳을 개근하셨다면 1등 하셨을 텐데….

할 그만 일에 지조랄 것은 없다. 고등학교 졸업할 때까지 매 학년 개근상을 탔다. 한 가지 일에 심취하면 지긋하게 오래 매달리는 것을 보면 좀 미련한 구석이 있나 보다.

이바구 70

새우젓 사이소

새벽이면 새우젓 장수가 "새우젓 사이소."라고 외치면서 골목을 다녔다. 시계가 없어도 꼭 그 시간이면 우리 집 앞을 지나갔다. 우리 집 문 앞이 공터가 있어서 새우젓 장수는 언제나 이 공터에 지게를 받쳐 놓고 새우젓을 팔았다. 나는 새우젓 장수의 외침을 듣지 못하고 잘 때도 있지만 용케 듣고 눈을 부비면서 일어났다. 왜냐하면 어머니는 언제나 이 새우젓 장수에게 젓을 사기 때문이다. 나도 어머니를 따라 새우젓 장수를 만났다. 젓 장수는 새우젓 말고도 몇 가지 젓갈을 함께 팔고 있지만 새우젓이 제일 헐했다. 내가 따라 나가는 날은 어머니는 굴젓을 샀다. 굴젓이 훨씬 맛있었다. 나는 굴젓이 생각나면 새벽에 눈을 부비면서 새우젓 장수를 기다렸다.

선재 요즘은 골목에 그런 장수들이 많이 없는 것 같아요. 하지만 제가 어렸을 때 꽤 자주 과일 장수분들이 오셨던 것은 기억이 나요. 만약 지금도 이런 장수분들이 계속 오신다면 밤에 야식을 파셨으면 좋겠어요. ㅋㅋㅋ

할 요즈음은 그런 광경이 모두 사라졌다. 구멍가게도 없어졌다. 그 대신 너희들은 큰 마트나 슈퍼마켓 같은 것이 익숙할 것이다.

하늬 매일매일 집 앞에서 그렇게 맛있는 음식을 살 수 있었다니. 저도 그런 세상에서 살고 싶어요. ㅠㅠ 싱싱하진 않더라도 요즘은 과일 파는 트럭도 잘 안 오더라고요. 뻥튀기나 고구마 장수도 보기 힘들고요. 그 음식들이 맛있어서 그리운 것도 있지만 그 문화 자체가 사라지는 게 섭섭하고 그리운 게 더 큰 것 같아요. 그나저나 젓갈 장수라니… 제가 어머니였어도 트럭이 올 때마다 젓갈을 샀을 것 같아요.

할 요즈음은 볼 수 없는 새벽 풍경이다. 네가 엄마가 되면 왕할머니 닮겠다.

솔 요새는 슈퍼에서 공급하느라 이런 장수가 없어서 그런 추억이 잘 공감이 안 가네요.

할 참 그렇구나. 구멍가게도 보기 힘들어졌다. 네가 공감할 수 없다는 말 충분히 이해가 된다. 지금은 모든 것이 대형화되고 편리해졌으나 할아버지 정서로는 아쉽다. 너희들 세대는 골목을 누비는 장수나 구멍가게보단 슈퍼마켓이 더 익숙한 세대일 것이다. 경험자와 경험하지 못한 자의 차이이다.

이바구 71

밥상 낚시

일제강점기 때에는 모든 생필품이 모자라 배급제였다. 해방이 되고도 어려움은 여전했다. 밥상을 아버지와 함께 겸상을 했는데 내 기억으로는 밥상 내용은 이렇다. 보리와 쌀이 반반 섞인 밥, 간장에 참기름 한 방울 있는 달 간장, 새우젓 아니면 굴젓, 콩나물국, 된장, 그리고 나물 등… 고기는 명절이나 특별한 날에만 적쇠(석쇠)에 구워 먹었다. 된장엔 고기 한두 점이 들어 있었다. 나는 그 고기가 먹고 싶어서 낚시질하듯 숟갈로 고기를 건진다. 된장을 한번 숟갈로 휘젓고 고기같이 보이는 조각을 떠서 얼른 한입에 넣었다. 하루는 큰 고기가 걸렸다. 대박이다. 아버지보다 빨리 낚아 입안으로 넣었다. ㅋㅋㅋ 고기가 아니라 덜 풀어진 된장 덩이였다. 아버지가 고기를 한번 찾아 주셨다.

선재 으, 된장 덩이면 정말 짤 거 같아요… 그래도 할아버지 아버지께서는 고기를 주셨네요. ㅋㅋㅋ 저는 원래 고기를 좋아하고 많이 먹는데도 왠인지 국에 들어가는 고기를 싫어해요. 그래서 저는 반대로 아빠한테 제 고기를 다 주는 편이에요. ㅋㅋㅋ

할 가난하게 살 때 이야기다. 요즘은 어린이들조차 다이어트한다고 음식을 가려 먹는다. 음식은 골고루 먹는 것이 다이어트다. 선재는 골고루 음식을 먹어 귀엽다.

하늬 우스운 얘기지만 동시에 슬프기도 하네요. 제가 할아버지였어도 고기를 건지려고 애를 썼을 것 같아요. 사실 지금도 반찬이 여러 개 있으면 고기 같이 맛있는 음식들로만 건져 먹으니까요. 둘째라 그런 걸지도 모르지만요. 그나저나 고기인 줄 알고 먹었는데 된장 덩어리면 짠 것보다도 슬플 것 같아요….

할 억, 고긴 줄 알았는데 된장? 내 얼굴 표정을 보고 왕할아버지가 고기를 한 번 건져 주셨을 거다. 좀 부끄러웠다.

솔 정말 고기 한 점 소중해질 때는 여기저기 음식 속에 들어 있는 것 보고 막 헤집기도 하는데… 진짜 고기인 적은 드물죠. ㅎㅎ

할 너도 그런 경험이 있나 보구나. 너는 자주 고기를 먹으러 외식도 하고 집에서도 고기반찬 자주 먹을 텐데도 그러냐. 요즈음은 고기 소비량이 너무 많아 탈이다. 할아버지 땐 고기 맛을 보자면 설이나 추석 명절이라야 가능했다. 참 가난했던 시절이다. 보릿고개란 말 아니? 겨울 방학을 마치고 봄에 등교를 하면 얼굴이나 다리가 부은 친구들이 많다. 영양실조로 각기병(비타민B 부족)을 앓았다. 솔이가 본 일이 없을 테니 이 말도 공감하지 못하겠구나.

이바구 72

굴볶음밥

1945년 해방이 되었다. 일제강점기에는 집에만 계시던 어머님이 밖으로 나갔다. 적십자니 대한부인회 등의 봉사일로 낮에는 집에 없었다. 아침에 학교 갈 때 인사하곤 하교하여 집에 돌아오면 어머님을 볼 수가 없었다. 나는 점심을 내 손수 해 먹었다. 내가 즐겨 해 먹는 전매특허 메뉴가 굴볶음밥이다. 프라이팬에 참기름을 두르고 촘촘히 쓴 김치를 먼저 넣고 볶는다. 다음에 생굴을 넣고 그다음에 찬밥 한 그릇을 넣는다. 연료는 연탄불이니까 24시간 가능하다. 그렇게 비벼 엷게 손질하여 뚜껑을 덮어 두면 노릿노릿하게 굴밥이 된다. 굴밥 아래쪽에 약간 노릿하게 누른 부분이 더 맛있었다. 생굴이 생기면 나는 일하는 누나를 제치고 부엌에 내가 들어가 굴밥을 만들었다. 일하는 누나도 내가 만든 굴볶음밥이 맛있다고 인정했다.

선재 요즘 부모님께서 아침에 나가셔서 저녁 늦게 들어오는 경우가 많은데 저는 할아버지처럼 혼자서 밥을 해 먹지 못해요. 생각해 보면 제가 할 수 있는 요리도 조금밖에 없는 거 같아요. 라면, 계란 프라이 같은 거 빼면 잘 못해요. ㅋㅋㅋ 저도 한 가지 요리를 연습해서 맛있게 만들어 보고 싶어요. 그리고 저는 굴을 안 좋아하는데 할아버지께서 하신 굴볶음밥은 어떨지 궁금해요.

하늬 저희 아빠도 요리를 잘하는데, 그게 할아버지 영향도 있었나 봐요. 아빠는 굴과 같은 특별한 음식 재료가 없더라도 냉장고에 전에 쓰고 남은 재료들로 요리하는 것을 좋아하는데, 이렇게 재료도 볼품없고 외관상 예쁘지도 않지만 맛 하나는 정말 최고예요. 저는 남들이 다들 요리하기 쉽다고 하는, 요리라고 하기도 좀 그런 라면 하나도 잘 못 끓이는데 이런 점은 참 다른 것 같아서 신기하네요.

솔 요리하시는 것 한번도 못 봤다가 굴밥 얘기만 들었는데 정말인가 보네요. 군대 가기 전에 한번 해 주세요~.

할 요즘은 식재료가 많아서 요리 하기가 참 편리하단다. 그리고 방송마다 요리를 가르치는 시간들이 많으니 생각만 있으면 해 볼 수 있는 요리들이다. 할아버지는 당시에 왕할머니가 사회봉사 등으로 집을 비우는 일이 많았기 때문에 자연스럽게 해 본 요리들이란다. 다양성은 없었지만 몇 가지가 재료만 있으면 한 끼 밥은 나 혼자 해결했었다. 대학교 다니면서는 등산을 열심히 했기 때문에 산에 가면 밥을 해야 했다. 그래서 할아버지는 어릴 때 솜씨와 등산했을 때의 요리 솜씨가 있어서 지금도 나 혼자 있을 경우 얼마든지 해결할 수가 있다. 요즘은 혼자 사는 사람들이 많으니 자기 식사는 자기가 만들 줄 알아야 할 세상이 되었다. 요리도 해 보면 재미있는 일이다.

이바구 73

메뚜기 반찬

해방 전 국민학교(초등학교) 때 학교 숙제 가운데 하나는 퇴비를 만들기 위한 풀을 모아 오라는 것이 있다. 풀을 베자면 낫을 들고 교외로 나가야 한다. 동네 친구들과 어울려 대구의 수성 들판으로 나간다. 지금은 그곳이 번잡한 시내로 바뀌었지만 당시에는 소풍가듯 한참 걸어 나가야 했다. 풀을 베고 나면 우리들은 논에 들어가서 메뚜기를 잡았다. 메뚜기가 참 많았다. 손만 벌리면 메뚜기가 잡혔다. 볏대를 하나 뽑아 잡은 메뚜기 목을 꿴다. 나락 이삭이 달리듯 메뚜기들을 꿴다. 일하는 누나에게 갖다 주면 메뚜기를 볶아 요리를 해 준다. 기름에 튀기거나 간장과 설탕을 넣어 조림을 만들어도 맛있다. 메뚜기 반찬은 당시 단백질의 공급원이었다.

선재 메뚜기 반찬은 얘기만 들어 보고 정작 본 적도 없고 먹어 본 적도 없는 거 같아요. 맛이 어떨지 궁금하긴 한데 워낙 벌레를 싫어해서 징그러울 거 같아요. 메뚜기랑은 다를 거 같지만 저는 번데기를 많이 먹어요. 특히 현장 학습을 갈 때 친구들이랑 같이 많이 사 먹었어요. 처음에는 그 모양이 너무 징그러워서 안 먹었는데 너무 맛있어서 징그러운 걸 참고 먹어요. ㅋㅋㅋ

하늬 저는 오히려 큰 동물은 별로 무서워하지 않는데 나비를 제외한 모든 곤충은 아무리 작아도 너무 무서워요. 제 시야에 곤충이 나타나면 저는 무조건 소리 지르면서 도망갈 정도예요. 그런 저한테는 메뚜기를 잡는 일도, 메뚜기를 먹는 일도 상상조차 안 가네요… 미래에는 식량이 거의 다 떨어져서 결국 인간은 단백질 보충을 위해 곤충을 먹어야 한다는 얘기를 들은 적이 있는데 절대 그런 일이 일어나지 않았으면 좋겠어요. ㅠㅠ 제가 번데기는 정말 좋아하지만 메뚜기는 도저히 못 먹을 것 같아요….

솔 징그럽게 생겨서 어린 마음에 거부감이 들지는 않으셨나요? 아무리 맛이 좋아도 시각적인 부분도 배제하긴 힘들 텐데….

할 그때 그 당시에는 식량이든 반찬이든 모두 귀할 때였다. 학교에 도시락을 싸 가면 대부분 밥과 김치로 도시락을 싼다. 조금 부자로 사는 집 아이들은 계란 프라이 하나 정도 더 넣어 오는 것이 다를 뿐이다. 그런데 이 두 가지를 제외하고 가장 많이 등장하는 반찬은 메뚜기 볶음이다. 메뚜기의 날개와 다리를 제거하고 기름에 튀기듯이 볶으면 맛이 아주 고소하단다. 메뚜기는 논밭에 가면 지천으로 널려 있는 곤충이었다. 메뚜기를 잡으면 논농사에도 좋고 잡은 것을 반찬으로 해 먹으니 일거양득이었다. 요즘은 반찬으로 먹기보다는 아마도 술안주로 많이 쓰일 것 같다. 번데기나 메뚜기나 모두 곤충이다. 못 먹을 음식은 아니다.

이바구 74

왕만두

해방이 되자 일본과 만주 등지에 살던 동포들이 귀국했다. 그래서 우리 반에도 귀국 동포들의 자녀로 학급 수가 늘었다. 쉬는 시간이면 이 친구들을 에워싸고 그들이 살던 일본이나 만주 그쪽 이야기들을 신나게 들었다. 모두 신기한 이야기들이었다. 내 짝은 만주 간도지방(지금의 연변)에서 살다 온 친구다. 하루는 점심 도시락을 바꿔 먹었다. 그 친구의 도시락에는 왕만두가 들어 있었다. 나는 그런 만두를 처음 보았다. 먹어 보니 아주 맛있었다. 주먹만한 만두 안에 속은 돼지고기와 야채를 섞어 만든 것인데 돼지고기 맛 때문에 아주 일품이었다.

친구는 밀가루와 돼지고기만 있으면 자기 어머님이 맛있게 만들어 준다고 했다. 나는 일하는 누나를 졸라 밀가루 한 봉지와 돼지고기 한 근을 얻어 그 친구 집으로 갔다. 친구 어머니는 아주 맛있는 왕만두를 만들어 주었다. 자기 아들과 친하게 지내라면서 나한테 고맙다고 했다. 나는 왕만두 때문에 내가 더 고마운데….

선재 ㅋㅋㅋ 왕만두를 정말 잘 만드시는 분이었나 봐요. 재료를 가지고 찾아갈 정도면… ㅋㅋㅋ 저도 왕만두를 좋아해서 시장에 가면 자주 왕만두를 사 먹어요. 예전에 아침밥도 못 먹고 여행을 떠나게 되었을 때가 있는데, 너무 배고파서 계속 징징대다가 길거리에서 파는 왕만두 서너 개를 사서 정말 맛있게 먹었었어요. 그때 이후로 왕만두를 더 좋아하게 된 것 같아요.

하녀 역사책이나 영화 등을 보면 해방 전 이야기가 항상 어둡고 안타깝게 묘사가 되어서 해방 후에도 그 당시 얘기를 하면 매우 슬퍼할 줄 알았는데 할아버지께서는 신나게 이야기를 들었다고 하시니까 되게 신기하네요. 옛날에는 각자 도시락을 싸 와서 친구들이랑 같이 나눠 먹었으니까 되게 재미있었을 것 같아요. 다양한 반찬을 먹을 수가 있고 무엇보다 맛있는 음식을 얻어먹을(?) 수 있으니까요.

솔 먹거리가 잘 없던 시절에 왕만두면 굉장히 귀했겠네요. 그다음에도 그 친구분이랑 친하게 오래 잘 지내셨나요?

할 당시에도 청요리집에 가면 물만두나 군만두 아니면 왕만두가 있었을 텐데 그런 기억은 별로 없고 친구 어머니가 해 준 그 왕만두가 지금도 기억에 생생하다. 할아버지는 종종 이 왕만두만 파는 집에 가서 왕만두를 사오곤 하는데 그 맛이 옛날 친구 어머님이 해 준 왕만두 같지는 않다. 그때 그 맛을 잊지 못하는 것은 아마도 내가 처음 맛본 맛의 기억 때문에 그럴 것이다. 따져 보면 지금 왕만두의 재료가 그때의 재료보다 훨씬 신선하고 좋을 텐데 맛이 덜하게 느껴지는 것은 아마도 친구 어머님의 손맛 때문일 것이다. 언제 가족 파티할 때 왕만두 한번 해 먹자.

이바구 75

국화빵

1945년 중국에서 귀환한 내 친구는 학교를 마치면 우리 집 근처에 있는 공터에서 풀빵 장사를 했다. 그 친구 부모님이 만들어 준 밀가루 반죽과 팥고물을 가지고 풀빵 틀에 넣어 풀빵을 만든다. 처음에는 밋밋한 모양이었으나 나중에는 국화 모양의 틀을 사용해서 국화빵이라고 불렀다. 집이 가깝기도 하지만 내 친구를 돕기 위해 학교가 끝나면 바로 그 친구와 풀빵을 구웠다.

그 친구는 틀에 밀가루를 넣고 반쯤 익으면 팥을 넣고 다시 팥이 안 보이도록 밀가루 반죽을 넣는다. 밑둥치가 익을 무렵 뾰족한 송곳으로 뒤집어 주면 맛있게 익는다. 나는 기름 붓으로 판을 닦는 일을 했다. 친구가 한판 구워 내면 나는 잽싸게 국화빵 틀을 기름 붓으로 닦아 준다. 사람들이 많이 사 갔다. 팔다 남으면 친구와 둘이서 나누어 먹었다. 생각해 보니 그게 아르바이트구나. 원조 국화빵 아르바이트다.

선재 저도 어릴 때 아르바이트라고 하긴 좀 그렇지만 어른들 옆에서 잔일하는 것을 좋아했었어요. 특히 할아버지 사무실에서 만든 팸플릿이나 신문 비슷한 것들을 접고 정리하는 일이 재미있었어요. 지금 생각해 보면 귀찮고 하기 싫은 일일 것 같은데도 그때는 정말 재미있게 했어요. 그리고 끝나면 수고했다고 용돈 주시는 것도 좋았고요. ㅋㅋㅋ

하니 정말 요즘으로 치면 친구 어머님께서 할아버지께 돈을 드려야 할 아르바이트인 셈이네요. 수줍음이 많으셔서 옛날에는 상장 받으러 앞으로 나가는 일도 잘 못하셨던 할아버지께서 낯선 사람들 앞에서 국화빵을 굽는 일을 하셨다니 놀랍네요. 오히려 저는 어린 시절 할아버지보다는 덜 소심하지만 그런 일은 오히려 잘 못할 것 같은데 말이에요. 그나저나 열심히 일을 하고 난 뒤 남은 국화빵을 먹을 때 되게 행복하고 뿌듯하고 빵이 더 맛있게 느껴졌을 것 같아요. ㅎㅎ

솔 저도 비슷한 아르바이트를 해 봤는데 친구랑 둘이서 음식 장사해 보니깐 힘들어도 재밌고 그렇게 남는 것 한두 개 먹는 재미도 있는 것 같아요. 그 작은 공간과 최소한의 움직임으로 사람들에게 행복감을 줄 수 있다는 게 참 기뻤었습니다.

할 글을 다시 읽으니 내가 한 일도 참 많구나. 그때는 내가 수줍음이 많았을 텐데. 사람들 앞에 국화빵을 구웠다니 내가 생각해도 신통하다. 지금도 겨울 접어들 시기가 되면 거리에 국화빵을 구워 파는 노점상들이 보인다. 할아버지는 그때 생각을 해서인지 국화빵을 굽는 노점 앞을 그냥 지나치지 못하고 한 봉지 사 들고 집을 온다. 우리들이 함께 보육원 봉사할 때 할아버지는 떡볶이를 하거나 국화빵을 굽는 봉사를 너희들과 함께한 것을 기억한다. 너희들도 기억할런지는 모르겠지만 떡볶이나 국화빵은 맛도 있지만 만드는 재미도 쏠쏠하단다. 요즘은 국화빵도 고급화되어 질이 좋은 국화빵도 많이 나온다. 그리운 국화빵!

이바구 76

송진으로 만든 껌

제2차 세계대전이 막바지에 이른 1944년에 접어들면서 우리들은 교실에서의 공부보다 야외에서 근로 보국하는 일이 더 잦았다. 그 가운데 하나는 산에 가서 송진을 채취하는 일이다. 송진을 모아 가미가제 특공대(자살 특공대)의 비행기 연료를 만든다고 했다. 그래서 열심히 송진을 모았다. 그냥 산에 간다고 송진이 모아지는 것이 아니다. 우리들은 톱으로 소나무에 상처를 입혀 둔다. 그러고 일주일이 지나서 가 보면 소나무의 그 상처에 송진이 가득하다. 소나무로선 톱 자국에 대한 치유의 몸부림이었을 것이다.

이 송진을 학교에 모두 바치지 않고 친구들과 어울려 조금 삥땅을 했다. 송진에 크레용 물감을 섞어 껌을 만든다. 이 껌은 진짜 껌만큼 달콤한 것은 아니지만 그땐 그렇게 만든 껌을 돌려 가며 씹었다. 씹던 껌을 하교할 때 책상 안에 붙여 두고 다음 날 등교하면 찾아 다시 씹었다. 해방이 되어 진짜 껌을 알 때까진 그 송진 껌을 즐겼다.

선재 송진 껌은 어떤 느낌일지 궁금해요. 저에게 송진은 바이올린 활에 바르는 것이어서 그런지 송진을 껌으로 만든다는 것이 잘 와닿지가 않아요. 건강에는 좋지 않을 것 같지만 그래도 한 번 시도해 보곤 싶어요. ㅋㅋㅋ

하늬 저도 어릴 때 송진을 직접 본 적은 있는데 송진 껌을 씹어 본 적은 한번도 없어요. 가공 단계도 필요 없이 바로 오물오물 거리기만 하면 껌처럼 된다는 게 신기하네요. 제가 작년에 학교에서 과학 소논문을 쓸 때 풍선껌의 원리에 대해 썼는데 시중에서 파는 껌은 대부분 송진보다는 인공적인 물질로 제작을 하더라고요. 아무래도 그게 더 맛이 있고 잘 늘어나서 그런 거겠지만 건강을 위해서라도 송진 위주로 만들어진 껌이 좋을 것 같은데 말이에요. 근데 송진에 물감을 섞으면 건강에 안 좋지 않나요?

솔 송진에다가 물감을 타서 씹다니… 위험한 것 아닌가요! 요즘도 돈이 모자라서 어떤 음식을 못 먹게 되면 비슷한 식감과 비슷한 향을 내는 것으로 대신 만족을 느낄 때가 있는데 그것의 연장선이라 생각하니 할아버지나 저나 닮은 점이 많은 것 같습니다.

할 껌이라고 하면 미군이 먼저 생각난다. 해방이 되어 미군들이 한국에 주둔하면서 우리들에게 선물로 많이 준 것이 껌이다. 참 맛있는 껌이다. 그런데 이런 껌은 아니지만 내가 글로 썼듯이 송진을 가지고 껌을 만들어 씹었던 기억인데 지금 생각해도 참 신기하다. 어린 나이에 그런 것을 어떻게 생각해 냈을까. 딱히 내가 생각해 낸 송진 껌은 아니지만 우리 또래 애들이 모두 그렇게 만들어 즐겨 씹었으니 미군의 껌보다 우리들이 접한 원조 껌이다. 지금 생각하면 모두 해로운 물질일 텐데 그땐 해롭다는 생각을 해 본 적이 없다.

나는 내 글씨로 만든 필사본 『조선력사』라는 책을 만들었다.
내용은 김성칠 교수님이 쓰신 조선력사의 말미에 붙은 색인(Index)을
하나하나 적고 그 내용을 본문에서 뽑아
일종의 사전 비슷한 것을 만들었다.
약 150페이지 수준이다.

필사본 조선력사

이바구 77

자라 뽑기

학교 정문 앞에는 뽑기 장수가 있었다. 설탕가루를 녹여 고기나 자라 모양을 만들어 팔았다. 또 뽑기를 바늘로 잘 다루어 모양을 온전하게 뽑으면 상으로 고기나 자라 모양의 사탕과자를 주었다. 뽑기에는 기술이 필요하다. 아령 모양으로 판에 찍은 것을 모양을 다치지 않고 아령 모양만 뽑아내는 것은 참 어렵다. 실패하면 그냥 돈만 날린다.

나는 손가락에 침을 발라 뽑기 판 뒤에 묻히면 설탕 판이 녹아 아령 모양을 바늘로 뽑기가 참 수월하다. 나는 상으로 고기나 자라사탕을 많이 땄다. 설탕을 녹일 때 가성소다를 넣으면 공갈빵 모양으로 부풀어 오른다. 이런 뽑기는 해방공간의 선물이다. 미군들이 진주하면서 우리들에게 준 원조 물자 가운데 설탕이 많았다. 그래서 생겨난 뽑기 장수들이다. 침 발라 뽑기 성공한 것은 내 노하우다.

선재 저도 뽑기를 좋아하는데 한번은 조심히 온전한 모양으로 뽑아 보려고 했었는데 결국 반으로 쪼개져서 그냥 먹었어요. ㅜㅜ 학교 앞에 뽑기처럼 재미있게 놀고 먹을 수 있는 것이 있으면 정말 재미있고 즐거운데 아쉽게도 저희 학교 근처에는 그런 것이 없어요. ㅜㅜ

하늬 저도 초등학교 때 교문 앞에서 파는 달고나를 종종 사 먹었는데 단 한 번도 모양을 뽑는데 성공한 적이 없어요. ㅋㅋ 그치만 그 모양을 뽑으려고 친구들이랑 애썼던 것 자체가 즐거웠어요. 그리고 무엇보다도 달고나가 너무 달달하고 맛있어서 제 입맛에 딱 맞았던 것 같아요. 단순한 간식이나 불량식품 정도로만 생각했는데 해방 당시에 원조 물자 속 설탕에서 만들어진 줄은 몰랐네요.

솔 저도 한창 '어떻게 하면 뽑기를 성공할까.' 라는 생각 때문에 제대로 먹지도 못하고 그렇다고 잘 뽑지도 못했었는데 어느 순간부터 '이 맛있는 걸 두고 왜 스트레스를 받아야 하나.' 라는 생각이 들어서 그때부터 지금까지는 쭉 한입에 넣고 있습니다.

할 너희들 때도 뽑기가 있었구나. 이 뽑기는 할아버지 세대가 원조 세대란다. 해방 이후 미군들이 원조해 주는 물자 가운데 여러 가지가 있었지만 그중에는 설탕도 있었단다. 일제 시대에는 설탕을 구하기 힘들었는데 미군 원조 덕분에 설탕을 많이 접할 수 있어서 뽑기 같은 설탕 과자가 유행이었단다. 그냥 사 먹어도 될 일이지만 꼭 뽑기로 경쟁을 시키다니….

이바구 78

술 찌겡이

표준말로는 지게미다. 술을 걸르고 남는 찌꺼기다. 일제강점기에는 모든 것이 배급일 때가 있었다. 그런데 막걸리도 배급을 주었다. 그런데 우리 집에선 작은 항아리를 안방 아랫목에 묻어 놓고 막걸리를 만들었다. 할머님은 꼭 이런 방법으로 막걸리를 만들어 설이나 추석 등 명절에 사용을 했다. 술이 한참 익을 때는 안방에서 술 냄새가 많이 난다.

나는 하루는 이 술 찌겡이를 부모님 몰래 도시락에 넣어 학교에 갔다.(일하는 누나와 공모) 친구들과 쉬는 시간에 강당 뒤 오디나무 그늘에 앉아 나누어 먹었다. 맛이 새콤한 것이 묘하기도 하지만 당시 도시락을 싸 오지 못한 친구들에겐 요기감으로 인기가 있었다. 공부를 시작하자 담임 선생님이 용하게 술 찌겡이를 먹은 친구들을 불러 세워 벌을 세웠다. 선생님이 우리들이 술 찌겡이를 먹은 줄 어떻게 아셨을까. 벌을 선 내내 그런 의문에 골몰했다. 친구들이 모두 술기운에 해롱해롱했으니 쉽게 들통이 난 것이다. 달짝지근하고 새콤한 맛 지금까지 미각의 기억이 남아 있다. 술 찌겡이가 허기를 면해 주는 식사 대용일 때도 있었다.

선재 할아버지께서 말하시는 술 찌겡이는 어떤 맛일지 궁금해요! 그냥 술이랑 비슷한 맛이 나요? 저도 어릴 때 엄마 아빠께서 드시는 술이 무슨 맛인지 궁금했었어요. 그래서 좀 크고 나서 엄마 아빠가 술을 드실 때 옆에서 한 모금 홀짝홀짝 마셨었는데 생각보다 맛도 없고 이상한 느낌이 들었었어요.

하늬 생각보다 되게 이른 나이부터 술을 드셨네요. ㅎㅎ 근데 저는 커피도 술도 조금씩은 마셔 봤지만 맛있는지 잘 모르겠더라고요. 커피도 술도 제 입맛에는 너무 쌉싸름한 맛이 강해서 별로 마시고 싶은 마음이 안 들었어요. 아직 입맛은 어린애인가 봐요. 술 찌꺼기라는 건 처음 들어봤고 맛본 적도 없는데 그 맛이 쓰지 않고 달짝지근하다니 한번 먹어 보고 싶은 마음이 들긴 하네요. ㅎㅎ

솔 그때는 정말 무엇을 먹어도 허기를 달래 주는 순기능을 했던 것 같아요. 겪어 보지 않아서 잘은 모르지만 그때 아이들의 마음이 지금도 전해지는 것 같습니다.

할 그때 그 시절은 배고픈 시절이었단다. 전쟁 중이기도 했지만 모든 물자가 부족한 처지였기 때문에 먹을 수 있는 것은 무엇이든 먹었단다. 그래서 술 찌겡이도 단순한 술 찌겡이가 아니고 우리들에겐 배고픔을 채워 주는 음식이었다.

이바구 79

미군 폭격기 B29

제2차 세계대전 말기가 되니까 대구에 소개 명령이 내렸다. 미군의 폭격에 대비한다면서 도로를 넓히고 웬만한 집은 시골로 소개를 가라고 했다. 그래서 빈집들이 많았다. 하루는 친구들이 하늘을 쳐다보면서 미군 비행기라고 했다. 하늘 높이 한 점 반짝이는 은빛밖에 안 보이는데 그것이 미군의 B29 폭격기라고 했다. 긴 비행운을 달고 아주 빠르게 시야에서 사라졌다. 소문에는 하도 높이 날라서 일본 비행기가 올라갈 수 없고 또 고사포를 쏘아도 미치지 못한다고 했다. 이런 비행기를 남양군도 어디에서 격추시켰다면서 대구공회당에서 전시를 한 적이 있다. 학교에서 단체로 여러 번 구경했다. B29의 잔해는 다 부서진 것이었지만 그 위용이 대단했다. 처음 보았다. 이 비행기가 날아가면 사이렌이 울리면서 '공습경보 발령'이란 라디오 방송이 나온다. 그러면 우리들은 방공호에 방공모를 쓰고 피신을 한다. 전쟁 말기에는 이런 공습이 잦았다. 폭격은 하지 않고 그냥 그렇게 날아갔다.

선재 할아버지께서 제가 배우는 역사를 다 겪으셨다는 게 신기해요. 제가 생각했을 때 제2차 세계대전은 굉장히 과거의 일인 것 같은데 할아버지께서는 이런 일들을 모두 지켜보셨다는 것이 신기해요. 그리고 할아버지께서 해 주시는 얘기를 가지고 그때에 어떠했는지 상상해 볼 수 있는 것도 재미있어요.

하늬 폭격을 하지 않았다니 불행 중 다행이긴 하지만 어린아이들까지 방공모를 쓰고 피신을 해야 하는 공습이 잦았다니 하루하루가 불안했을 것 같아요. 사실 지금의 저는 당시 장면을 상상조차 할 수 없지만 분명 당시 사람들은 모두들 내면의 상처가 깊을 것 같아요. 그런 면에서는 제가 지금 이 시대에 태어난 게 참 다행이네요.

솔 요즘에는 폭격기를 보려면 영화 같은 곳에서밖에 못 보기 때문에 그 느낌을 잘 알 수 없는데 실제 전시였다면 그 폭격기에 대한 두려움이 굉장히 컸을 것 같습니다.

할 그때 그 시절에 B29는 가공할 폭격기였었는데 지금은 구식 중에 구식이 되었단다. 요즘 나오는 폭격기들은 그때 비하면 무시무시한 무기다. B29는 일본의 히로시마와 나가사키에 원자폭탄을 투하했던 폭격기로도 유명하단다. 너희들은 역사 속에서 들은 이야기지만 할아버지는 그때 그 시절을 경험한 세대란다. 너희들이 사는 시대에는 전쟁이란 없어야 한다. 그리고 없기를 기원해 본다.

이바구 80

계란 가루

점심 도시락에 계란 하나 삶거나 프라이해서 넣으면 특별 도시락이었다. 도시락을 싸 오지 못하는 학생들도 많았는데 반찬이 계란이라면 선망의 대상이다. 그런데 해방이 되자 구호물자 가운데 계란 가루 깡통이 있었다. 이 깡통을 열면 노오란 가루가 가득 들어 있다. 이 가루를 물에 타서 밥솥에 찌면 계란찜이 된다. 생 계란과는 맛이 좀 달랐지만 너무 반가운 원조 물자다. 나는 학교에서 이 계란 깡통을 처음으로 받아 보았다. 이 가루를 그냥 날로 먹어도 맛이 있었다. 계란을 어떻게 가루로 만들었는지 너무 궁금했다.

선재 정말 신기한 가루인 거 같아요! 만약 그런 가루가 아직도 있다면 꼭 먹어 보고 싶어요. 어떤 맛일지 궁금해요. ㅋㅋㅋ 저도 계란을 정말 좋아해서 많이 해 먹는데 프라이를 하다 보면 가끔씩 찢어지거나 터져서 곤란할 때가 많고 계란찜 같은 건 해 볼 엄두도 못 냈었는데 그런 가루가 있으면 정말 편할 거 같아요. ㅋㅋㅋ

하늬 글을 읽자 마자 라면봉지 속에 들어가 있는 딱딱하게 압축된 계란 블럭이 생각나네요. 전 그걸 생으로 먹어 본 적은 없지만 가끔은 실제 계란보다도 그 계란 블럭이 더 맛있더라고요. 그 당시에는 특히 더 그 계란 가루가 맛있게 느껴졌을 것 같아요. 근데 계란 가루와 실제 계란의 성분은 똑같을 텐데 계란 가루를 물에 탔을 때의 맛과 실제 계란의 맛이 다르다는 게 신기하네요.

솔 정말 신기하네요. 요즘에도 안 보이는데 계란이 보급품으로 되다니… 한번 먹어 보고 싶은 맛일 것 같습니다.

할 나도 해방이 되고 미군 원조 물자가 많이 들어올 때 받았던 계란 가루가 너무 신기했단다. 알고 보면 계란 가루는 전투식량이었단다. 전투를 한참 하면서 지금 우리가 먹는 계란을 프라이해서 먹는 건 불가능하지 않겠니? 그래서 편리하게 먹을 수 있게 개발한 것이 이 계란 가루였던 것 같다. 요즘도 군수품으로 나오는지는 모르겠다. 당시의 미군 전투 식량 중 하나였단다.

이바구 81

손국수 자투리

어머니가 국수를 만든다. 밀가루 반죽을 홍두깨로 밀어 판판한 밀가루 판을 만든다. 안방 아랫목에서 이런 손칼국수를 만드는 날이면 나는 언제나 국수판 곁에 쪼그리고 앉아 국수 썰기를 기다린다. 썰고 남는 자투리가 탐이 나서다. 왼쪽 자투리는 내가 차지하고 오른쪽 자투리는 내 여동생 차지다. 오늘처럼 장맛비가 오는 날이면 손칼국수가 제맛이다. 멸치 국물에 애호박을 쫑쫑 썰어 넣으면 엄청 별미다. 이 자투리를 화덕에 넣어 구우면 공갈빵처럼 약간 부풀어 오른 것이 맛이 좋다. 그때는 음식이 귀한 때라 무엇을 먹어도 맛이 있었다. 나는 내 자투리를 차지하면서도 눈은 동생 자투리에 가 있었다. 동생 자투리가 더 크게 보였다.

선재 엄마가 요리를 하고 남은 재료를 옆에서 받아 먹는 게 제일 맛있게 느껴지는 것 같아요. 특히 김밥을 만들고 남은 꼬다리(?)나 햄 같은 재료들이 김밥보다 더 맛있게 느껴져요. ㅋㅋㅋ 또 장조림을 하려고 메추리알을 깔 때 터진 거 먹는 게 제일 맛있었어요. 나중에는 그냥 먹다가 엄마한테 혼나기도 했지만요. ㅋㅋㅋ

하늬 ㅋㅋ 가장 중요한 문장은 마지막 문장이네요. 저는 누군가가 음식을 만들 때 옆에서 한 입 두 입 맛을 볼 때가 요리가 완성되고 나서 맛을 보는 것보다도 훨씬 맛있더라고요. 옛날처럼 음식이 귀한 건 아니지만 그 자투리만의 맛이 있는 것 같아요. 글을 읽고 나니까 배가 고프네요! 제가 밀가루 음식을 진짜 좋아해서 국수 한 그릇 먹고 싶어요. ㅠㅠ

솔 국수의 깊은 맛은 비와 정말 잘 어울리는 것 같아요. 먹다 보면 배에서 불어나서 그런지 양이 살짝 적다고 생각되더라도 배부르더군요. 할아버지의 질투심은 글마다 자주 나와서 그런지 굉장했나 봅니다. ㅋㅋ

할 5.16 혁명이 일어나서 박정희 대통령은 한때 밀가루 음식을 주식으로 권장한 적이 있었단다. 당시에는 쌀이 모자라서 대체 식량으로 권장한 것이란다. 내가 어릴 땐 왕할머니가 집에서 손국수를 만들어 주셨는데 그 맛이 아직도 생생히 기억난단다. 국수를 썰다 보면 마지막 자투리가 남는데 그것을 불에 구워 먹으면 공갈빵처럼 부풀어올라 맛이 아주 좋단다. 밀로 만드는 네팔 음식 가운데 난이라는 음식이 있단다. 국수 자투리를 뻥튀기 해 놓은 것 같은 모양이고 맛도 비슷하단다. 그래서 할아버지는 옛날 생각이 날 때는 네팔 음식점에 가서 난을 즐겨 먹는단다. 너희들도 네팔에 갔을 때 먹어 본 그 난이란다. 국시(국수의 사투리)는 밀가리(밀가루의 사투리)로 만들고 국수는 밀가루로 만든단다. ㅋㅋ

이바구 82

아빠 엄마 놀이

해방이 되자 내 동생은 2학년이 되었다. 동생 친구 중에 예쁜 친구가 하나 있었는데 하교하면 우리 집에 들러 놀다 간다. 그녀의 집이 우리 집을 거쳐 조금 가면 되는 위치에 있었기 때문에 자주 들렀다. 언제부터인가 동생 친구가 오면 안방 뒷마루에서 아빠 엄마 놀이를 했다. 그녀는 엄마답게 흙이나 밀가루로 빚은 맛있는 음식을 많이 해 주었다. 정말 먹음직했다. 나는 먹는 시늉을 하면 그녀는 몹시 행복한 얼굴을 한다. 우리들의 이 은밀한 살림방은 늘 엄마가 만든 푸짐한 음식으로 기득했다. 나는 정말 음식인 것처럼 먹는 시늉을 했다.

6학년이 되면서 중학 입시 때문에 살림 사는 일은 뒷전으로 밀렸다. 보고 싶었는데… 중학교를 들어가고 지금까지 한번도 만나 보지 못했다. 소문만 늘 들었다. 중고등학교 내 친구들은 그녀 이야기를 많이 했다. 미인이라고… 한번만 만나도 소원이 없겠다느니 별 이야기를 다 했다. 나는 속으로 나는 아빠야. ㅋㅋㅋ 하면서도 입밖에 내지 않았다. 그녀는 나에게 동화집 하나를 선물했는데 제목도 잊었다. 내용은 기억에 남아 있다. 주인공이 커서 의사가 되는 내용이었다.

선재 어릴 때는 정말 엄마 아빠 놀이를 많이 하는 것 같아요. 저는 거의 엄마 역할을 많이 했었는데 주로 밥하는 걸 하고 싶어서 엄마를 자처했던 거 같아요. 주변에서 풀을 뜯어 와서 돌로 잘라서 반찬이라고 하는 게 정말 재미있었어요. ㅋㅋㅋ 그 밖에도 여러 놀이를 했지만 소꿉놀이를 제일 많이 했던 기억이 나요.

하늬 그 친구한테서 받은 동화책 내용까지 기억하시다니 대단하세요. 저는 기억력이 정말 안 좋은데. 저는 소꿉친구 중에 기억에 남는 이성 친구는 별로 없어서 아쉽네요. ㅋㅋ 그런데 동화책 속 주인공과 지금의 할아버지가 똑같이 의사라는 점이 신기하네요. 할아버지께서 그 내용을 아직도 기억하고 계신 걸 보면 할아버지께서 의사라는 꿈을 꾼 계기 중 하나가 그 동화책이 아니었을까 싶네요.

솔 마지막 한 줄이 굉장히 소름 돋는 내용이네요! 그게 우연히 그랬지만 결국 할아버지는 의사가 되었고 무언가 그런 연결고리를 보면 세상이 과학의 힘만으로 돌아가는 것만은 아닌 것 같기도 하다는 생각이 듭니다.

할 나는 미처 생각해 보지 못한 내용인데 하늬나 솔이나 이 소꿉놀이를 통해서 내가 의사가 된 것을 연결해서 연상하니 참 놀라운 연결고리다. 듣고 보니 그럴 듯한 연상이다. 나는 중학교에 들어가서부터 지금까지 그녀의 이름만 알았지 만나 본 적은 없단다. 지금은 그녀도 할머니가 됐을 텐데 얼굴도 기억이 나질 않는다. 한번 만나 보고 싶다. 어떤 할머니가 됐는지.

이바구 83

탱자 먹고 헤엄치고

제2차 세계대전 말기에는 학교 수업보다도 근로봉사가 많았다. 근로봉사를 마치면 방공훈련 아니면 수류탄 던지기 등으로 공부는 뒷전이었다. 이런 와중에도 골목 친구들이 모이면 금호강 줄기인 신천으로 물놀이를 갔다. 부모님 몰래 갔다. 부모님은 내가 물가에 가는 것을 허락하지 않았다.

지금은 도시 한가운데로 발전했지만 그때의 신천은 변두리였고 모두 사과밭이었다. 사과밭은 따로 담장이 있는 것이 아니라 탱자나무로 울타리를 삼았다. 물놀이(나는 배꼽 수준 깊이만 들어간다. 헤엄은 치지 않았다. 그래서 지금도 헤엄을 못 친다)를 하다 허전하면 주변의 과수원으로 배회한다. 인심 좋은 주인을 만나면 한두 개 얻어먹기도 한다. 사과를 구하지 못하고 나올 때는 울타리로 심어진 탱자나무 열매를 따서 먹었다. 미깡(귤)보다 훨씬 작은 열매다. 미깡이 귀하니 이가 없으면 잇몸이다. 탱자를 맛있게 먹고 놀았다. 한 가지 신기한 기억은 이 탱자나무 골목을 모두 발가벗고 뛰어다녔다. 부끄러운 줄도 몰랐다. 초등학교 3~4학년 시절인데. ㅋㅋㅋ

선재 탱자나무가 무슨 나무인지는 모르겠지만 왠지 열매가 맛있을 거 같은 느낌이에요. ㅋㅋㅋ 저는 수영을 좋아하는 편인데 동네에 물가가 없어서(동네에 있는 물가는 등산을 해야 갈 수 있어요. ㅜㅜ) 친구들이랑 학교 끝나고 물놀이를 해 본 기억은 적어요. 이렇게 보면 정말 할아버지는 자유롭고 재미있게 어린 시절을 보내신 거 같아요.

하늬 만약 지금 골목에서 발가벗고 뛰어다니면… 신고당하겠어요. ㅋㅋ 탱자나무가 있고 넓게 밭이 펼쳐진 곳에서 10살짜리 아이들이 막 발가벗고 뛰어다녔다니까 되게 원시인 같아요. ㅋㅋ 저는 시골에서 살아 본 적이 없어서 길에서 뭔가를 따먹어 본 적이 한번도 없는 것 같아요(저희 집 마당을 제외하고는요). 지금 돌이켜 생각해 보면 약간은 부끄럽긴 해도 좋은 추억일 것 같아요. ㅎㅎ

솔 어렸을 때 할아버지 정도는 아니었지만 그래도 자연 속에서 뛰놀던 때가 요즘도 그립긴 합니다. 물놀이도 시원하게 하고 쑥도 캐러 다니고 등등. 가끔 동심으로 돌아가 보려는데 이제는 제가 몸이 커져서 들어가지도 못하더군요.

할 지금 그 나이에 발가벗고 뛰어다닌다면 아마도 하늬 말처럼 잡혀갈 것 같다. 죄목이 무엇인지는 잘 모르지만 아마도 온전치는 못할 것 같다. ㅋㅋ 너희들이 보기에는 할아버지의 행동들이 자유롭게 느껴지는 것 같은데 정작 할아버지는 당시에 그렇게 느끼지 못했단다. 왕할머니 몰래 친구들과 어울려 강가에 놀러가는 것이기 때문에 마음이 편치 않았단다. 지금 너희들이 그런 환경을 그립다고 생각할지는 모르지만 요즘 세대들은 학원 다니기에도 바쁜 시간을 보내고 있어서 상대적으로 할아버지의 생활이 그립게 느껴지나 보다. 지나 놓고 보니 나도 그렇게 생각한다.

이바구 84

8월이면 생각나는 이바구

8월이면 두 가지 생각이 난다. 첫째 생각은 일 년 중 가장 더운 날이 8월 초에 있고 다른 하나는 해방이란 단어와 경험이다. 덥다는 경험은 아마도 대구 사람이면 누구나 경험한 부분이다. 나는 처음 서울에 올라와서 서울 사는 사람들이 덥다고 말하면 이 정도의 더위를 가지고 호들갑을 떤다고 생각했다. 분지인 대구의 더위를 경험한 사람이면 전국 어디의 더위를 만나도 이겨 낼 면역이 있다고 생각했다. 지난 주말 참 더웠다. 응접실 소파에 누워 뒹굴면서 내가 누운 자리가 최상의 피서지라고 생각하면서 일요일을 보냈다.

8월의 경험 중 충격적인 것은 역시 해방공간이다. 국민학교 4학년이었는데 갑자기 해방이 되었다고 사람들이 거리로 뛰쳐나와 만세를 부르고 보지도 못했던 태극기를 흔들고 부모님도 눈물을 흘리면서 기뻐하시던 모습이 충격이었다. 항상 나는 일본 사람이라고 생각했고 또 그렇게 교육을 받았는데 참 이상하다고 생각했다. 해방이 임박해서는 이승만 박사나 김일성 장군 등에 대한 이야기를 쉬쉬하면서 전해 들었지만 정작 해방공간 속에 서니 혼돈스러웠다. 정체감의 혼란이란 어려운 말이 꼭 해당되는 그런 혼란이었다. 지금까지 우리들이 일본의 강점 속에서 압제를 받았다면 우리들은 독립운동가가 되었든지 아니면 현실에 적응하는 충실한 일본인으로 살아남았을 것 같다. 학습이 그렇게도 중요할까 하는 의문은 내가 경험했던 어린 시절의 학습효과를 보면 소름조차 끼친다.

한 가지 5학년이나 6학년이 되면 소년 항공병이란 이름으로 소년병을 차출했다. 차출된 학생은 전 교생 앞으로 나가 천황(일본 왕)이 내리는 하사품을 정중하게 교장 선생님으로부터 받았다. 그 하사품이란 것이 닛본도(日本刀)다. 제 키보다 더 큰 칼을 천황으로부터 하사받은 그 어린 학생은 소위 다이아다리(자폭) 항공병이 되어 적함에 돌진하여 자살 폭탄으로 어린 목숨을 바친다. 이 끔찍한 일을 생각하면서 내 손자들을 보면 참 기가 막히는 나이였다. 더 기가 막히는 일은 내가 그 천황이 하사하는 칼을 받고 싶어서 지은 작문이 잘했다는 O표가 다섯 개나 그려진 작문이 하나 있다.

"나는 커서 장래 소년 항공병이 되어 적의 항공모함에 자폭하여…." 그런 말을 적어 두었던 것을 본 일이 있다. 8월이 되면 무더움 못지 않게 내 가슴을 누르는 일이 있다면 어린 나의 마음을 그렇게 세뇌해 둔 학습이란 것이 참 무섭구나 하는 전율이다. 잊을 때도 지났는데 8월만 되면 생각나는 것을 보니 나이 탓인가 보다.

선재 저도 어릴 때 잘못 알고 있었던 사실을 최근까지도 잘못 알고 있었던 경험이 있었어요. 또 할아버지 이야기를 들어 보니 잘 알지 못하는 어릴 때의 교육도 굉장히 중요한 것 같아요.

하늬 할아버지께서 매년 그때 일을 떠올리시는 이유가 섬뜩함과 약간의 죄책감 때문인 것 같네요. 정작 당사자들은 진심 어린 사과도 하지 않고 죄책감 또한 전혀 느끼지 않을 텐데 말이에요. 참 안타깝고 화가 나네요. 저는 이 글을 읽기 전에는 학생들이 소년 항공병이 되고 싶었던 이유가 추후에 본인이 목숨을 잃게 된다는 걸 몰라서인 줄 알았어요. 근데 그것을 알고도 소년 항공병이 되기를 바랐다는 게 소름 끼치고 무섭네요.

솔 세뇌되었다는 걸 깨달았을 때 받았을 충격도 대단한 것 같아요. 자신이 굳게 믿던 게 한순간에 깨져 버리니 의심이 많아지고 불안하셨을 텐데 어떻게 버티셨는지 궁금하네요.

할 정말 힘들었다. 일본 사람들의 강제된 교육이었지만 철저히 믿었었다. 한순간에 무너지니 내 정체감에 엄청난 혼란을 겪었다. 아직도 무의식 속에 일본 사람에 대한 미운 감정이 남아 있는 것을 보면 어릴 때의 각인된 생각이 참 무섭다는 생각이 든다.

이바구 85

감꽃 목걸이

우리 집에는 감나무가 두 그루 있었다. 봄이면 감꽃이 핀다. 감꽃을 따서 밑둥치에 혀를 대면 아주 달콤한 맛이 난다. 아침에 마당에 나가면 감꽃이 하얗게 떨어져 있다. 나는 감꽃을 주워 실에 꿰어 목걸이를 만들었다. 두세 개를 만들어 학교에 가서 친구들에게 나누어 준다. 목걸이로 걸고 다니기도 하고 풀어서 나누어 먹기도 했다. 그중에 제일 얄미운 친구 하나는 이 목걸이를 가지고 옆 반 여학생 반으로 가서 자기가 좋아하는 여학생 목에 걸어 주고 온다. 우리들은 그 친구를 연애대장이라고 불렀다. 옆 반 여학생들이 함성을 지르면 이는 틀림없이 내가 만든 감꽃 목걸이 때문이다. 그 얄미운 친구는 여학생들 사이에선 인기 짱이었다. 내 감꽃 덕분이다.

선재 저도 초등학교를 다닐 때 할아버지처럼 운동장에 나가서 친구들과 같이 꽃을 주워서 목걸이를 만들기도 했어요. 그리고 친구들과 나무에서 떨어진 열매를 주우러 다니기도 했어요. 그때 얄미운 친구 몇 명은 몰래 들어가면 안 되는 곳에 들어가서 열매를 주워서 친구들과 싸우기도 했어요. ㅋㅋㅋ

하늬 참 얄미운 친구네요. 그치만 어떻게 생각하면 할아버지께서 목걸이를 만드는 솜씨가 대단하셨나 봐요. 저는 어릴 적에는 무언가를 만드는 일이나 그림 그리는 일에 소질이 있다는 얘기를 많이 들었어요. 그렇지만 커가면서 그런 능력을 발휘할 일이 점점 없어져서 제 능력도 점점 줄은 것 같아요. 그림에 대한 칭찬은 지금도 종종 듣지만 가끔 손으로 무언가를 직접 만들 때에는 꾸지람을 많이 들어서요. ㅎㅎ

솔 꼭 자신의 작품이 아닌데 자기 것인 양 행동하는 친구들이 한둘 있죠. 그래도 시간이 지나면 알아서 드러나게 되는 것 같아요.

할 이런 경험을 보면 만드는 사람 따로 있고 사용하는 사람 따로 있고 그것으로 인해 즐거워하는 사람이 따로 있는 것 같다. 속으로는 내가 그 여학생들로부터 환호를 들어야 할 텐데 정작 나는 빠지고 나한테 선물받은 그 친구가 여학생들로부터 환호를 듣다니 그땐 많이 서운했었단다.

이바구 86

이승만 박사와 김일성 장군

8월이 가까워 오니 일제 때 생각이 많이 연상된다. 전쟁 말기 많은 친구들은 시골로 소개를 가 버려 학급 학생 수가 많이 줄었다. 그래도 매일 일과는 방공훈련과 미국, 영국, 중국에 대한 고로세(죽여라 라는 일본말)를 부르짖으면서 수류탄 던지기, 허수아비를 대창으로 찌르기, 그리고 보국 근로봉사 등으로 연속되는 일과는 공부할 여유가 없었다. 담임 선생님은 군인처럼 각반을 두르고 전투모를 쓰고 긴 칼을 차고 있었다. 어떻게 보면 삼엄하기도 한 분위기였다.

쉬는 시간에 한 친구가 이승만 박사와 김일성 장군에 대한 이야기를 했다. 쉬쉬하면서 몰래 들은 내용은 이분들이 독립 투쟁을 해서 조금만 있으면 조선으로 쳐들어와 우리들을 해방시켜 줄 것이라고 했다. 무슨 소리야. 미국, 영국 사람들이 쳐들어온다고 했는데… 그 친구는 어디에서 들었는지 독립운동에 대한 좀 구체적인 이야기들을 전해 주었다. 특히 김일성 장군의 축지법은 참 신기하게 들렸다.

7월쯤 가서는 교생실습 나온 선생님이 계셨다. 그 선생님은 짧은 수업시간에도 더운 창문을 꽁꽁 닫게 하고 우리나라의 삼국 역사 등을 이야기해 주셨다. 단군이 우리들의 시조라는 것도 그때 들었다. 일본 선생이 복도를 지나가면 잽싸게 일본말로 수업을 하곤 했다. 내 친구의 독립운동 이야기, 교생 선생님의 삼국시대 특히 신라 때 이야기 등은 아주 흥미로웠다. 흥미로웠을 뿐 한국이 일본의 식민지라는 것은 몰랐다. 전쟁 말기가 되니 인심이 그렇게 돌아갔다.

선재 제가 역사를 배울 때는 해방이 되는 과정, 원인 같은 내용만 배워서 그 당시 사람들이 어떤 삶을 살았는지 가늠이 되지 않았는데 할아버지의 이야기를 들으니 생각보다 해방이 되는 과정은 갑작스럽고 혼란스러웠던 것 같아요. 제가 그 시대에 살지 않아서 잘 실감나지는 않지만 어떤 느낌이었는지는 조금이나마 알 거 같아요.

하늬 김일성 장군의 축지법이라. 전반적인 역사 상황을 아는 저로서는 참 웃기기도 하고 안타깝기도 하네요. 그래도 주변에 제대로 된 우리나라 역사에 대해 말해 주는 사람이 적긴 하지만 있어서 다행이었네요. 그런 사람들이 아예 없었다면 당시 할아버지와 같이 어린 학생들은 해방을 더욱 혼란스럽게 받아들였을 것 같아요. 그나저나 그 친구는 정말 어디서 그러한 얘기를 들었는지. 신기하네요.

솔 그런 일이 어린 친구들한테도 들어갈 정도인데 일본인들이 정말 몰랐을지… 그래도 결과적으로 해방이 되서 다행입니다.

할 전쟁 말기가 되니까 알지 못했던 여러 가지 정보들을 들을 수가 있었단다. 우리한테 이야기해 주는 친구는 어디에서 들었는지는 모르겠지만 어쨌든 독립운동에 대한 여러 가지 이야기를 해 주었단다. 나는 철저한 일제 교육을 받아 왔기 때문에 독립운동 자체가 이해되지 않았었단다. 왜 같은 나라 사람들끼리 그렇게 싸운단 말인가. 그런 생각이 들었다. 이런 생각을 하도록 만든 일본 사람들이 참 악랄한 교육을 시켰구나 하는 생각을 아직도 지울 수가 없단다. 지금 북한의 김일성은 내가 어릴 때 소문으로 듣던 김일성 장군은 아니다. 김일성 장군의 전설적인 이야기를 자기 것으로 만들어 자기가 바로 그 독립운동을 한 김일성이라고 주장한 김성주라는 사람이었단다. 역사라는 것은 그렇게 조작이 많이 됐단다.

이바구 87

벌금

일제강점기 기억으로 제일 많이 남아 있는 것이 벌서고 벌금 내던 기억이다. 학교에서 선 벌 가운데 내가 납득할 만큼 잘못해서 벌을 선 기억은 없다. 아직까지도 왜 벌을 섰는지 모르면서 선 것들이 많다. 벌금 또한 그렇다. 그때 우리들이 무엇을 잘못하면 벌도 세우지만 벌금을 내야 했다. 이 벌금으로 비행기 헌납금으로 보낸다고 했다. 코 묻은 돈까지 벌금으로 모아 비행기를 만든다니 송진으로 연료를 만든다는 이야기와 맥을 같이한다. 나의 벌금은 주로 할머니의 주머니에서 나왔다. 벌금 이야기를 하면 나무라지도 않고 주머니에 든 돈을 나에게 주셨다. 부모님에게 이르지도 않았다.

해방이 되고 안 일이지만 나의 학적부에 빨간 글씨로 단서가 붙어 있었다. 불선선인(不善鮮人) 즉 사상적으로 불량한 조선인이란 뜻이다. 아마도 아버님의 전력 때문이 아니었을까 싶다. 나는 일본 사람인 줄 알고 추종한 모범생인데. ㅋㅋㅋ 엄청 벌금 많이 냈다.

선재 조금 다른 개념이지만 저도 학원을 다닐 때 지각을 하면 1분에 100원씩 벌금을 낸 적이 있었어요. ㅋㅋㅋ 그래서 방학 내내 학원 친구들끼리 낸 벌금이 거의 2만 원이 돼서 그걸로 다 함께 치킨을 시켜 먹었었죠. ㅎㅎ 만약 할아버지처럼 헌납금으로 내는 벌금을 냈다면 저는 정말 내기 싫었을 것 같아요.

하늬 어린 초등학생한테서 전쟁에 쓸 돈을 떼어 가다니. 정말 폭력적이네요. 아무것도 모르는 순진한 어린 학생들을 금전적으로나 정신적으로나 괴롭히고 잘못된 교육을 시키고. 할아버지의 부모님께서는 할아버지께 별다른 말씀은 안 하셨지만 속으로는 굉장히 안타깝고 억울하고 마음이 아팠을 것 같아요. 벌금을 낸다는 것 자체가 일본에게 도움을 준다는 행위라고 볼 수 있는데 그렇다고 벌금을 내지 않으면 할아버지께서 위험에 처하시거나 학교를 제대로 다니지 못하게 될지도 모르니까요.

솔 예나 지금이나 사람의 내면은 무시하고 낙인 찍어서 판단하는 건 똑같은 것 같아요. 시대는 변해도 사람은 똑같네요.

할 왕할아버지와 왕할머니는 작지만 일본에 저항하는 운동에 가담한 경력이 있었고 그로 인해 괴로움을 당했던 분들이셨단다. 그런 분의 아들인 내가 일본이 조국인 줄 알고 행동했으니 나를 보기가 얼마나 괴로웠을까. 지금 생각하니 참 마음이 그렇단다. 늦게나마 내가 하늬 아빠와 함께 왕할아버지의 행적을 추적한 일이 있었다. 추적한 결과는 왕할아버지가 중학교 때 3.1 만세 운동에 연관이 되어 퇴학 처분을 받고 고향인 대구를 떠나 전라남도 목포에 있는 목포상고를 졸업한 기록들을 확인할 수 있었단다. 그런 왕할아버지인데 내가 일본인 같은 행동을 하고 다녔으니… 지금 생각하면 너무나도 부끄러운 일이다.

이바구 88

놋그릇 공출

내가 어릴 때의 밥그릇들은 주로 유기그릇이었다. 여름에는 사기그릇 겨울에는 유기그릇을 많이 썼다. 그릇의 모양이나 크기에 따라 남녀의 구분이 된다. 일본 사람들은 우리들이 갖고 있는 놋그릇을 공출하도록 강요했다. 애지중지하던 놋그릇을 공출하자면 부모님의 마음은 안타까웠을 것이다. 학교에서 가져오라는 아들의 숙제를 물리칠 수도 없었을 것이다. 반상회가 있어서 거기서도 공출을 내었다. 물량이 적으면 간부들이 가정방문을 해서 임의로 거두어 가기도 했다. 제사 지내는 제기를 제외하곤 모두 빼았겼다. 제기를 숨겨 놓은 뜻은 바로 그 제기가 조상이라고 생각했기 때문일 것이다. 이런 제기도 불시에 들이닥치는 가정방문 때 죄다 빼앗겼다. 나는 제사 때가 되면 이 놋그릇을 기왓장을 깨어 보드랍게 만든 가루로 제기를 닦았다. 윤이 반들반들하게 닦았다. 이 놋그릇들을 거두어서 총알을 만든다고 했다. 공출하지 않으면 곧 전쟁을 반대하는 불순분자로 분류되며 살아가기가 참 어려웠다.

선재 요즘 역사 시간에 이 사건에 대해 배우고 있어요. 배우면서 제사를 지내는 그릇까지 빼앗아 갔다는 것을 보면서 정말 화도 나고 무섭기도 했는데 실제로 이런 일을 겪었으면 어떠했을까 싶어요.

하늬 이와 관련된 글들을 읽어 보면 일제강점기 때에는 일반 가정집에 남아 있는 물건이 거의 없었을 것 같아요. 당연히 일상생활에도 지장이 있었을 것이고요. 그리고 불시에 닥치는 가정방문이라니. 빚에 쫓기는 상황에서 사채업자가 불쑥 집에 방문하는 그런 상황 같아요. 물론 사채업자가 찾아왔을 경우와는 달리 가정방문 때에는 반드시 문을 열어 줘야 했을 것이지만요. 집에 불쑥 들어와서 도둑처럼 집의 이곳저곳을 뒤진다니. 생각만 해도 끔찍하네요.

솔 당시의 학교가 학교인지 강도들인지 모르겠네요. 다니시면서 손해보신 게 더 많은 듯합니다.

할 전쟁 말기로 가면서 발악하는 일본인들의 모습이었다. 빼앗아 가면서도 자진해서 공출했다고 선전을 했단다. 한국 사람 중 이 아무개라는 분이 있었는데 이분은 최연소 동네 군수를 역임했단다. 그가 동네 군수로 있을 때 전국에서 공출 1위를 했다고 자랑스러워했던 기억이 난다. 공출 1위란 집집마다 유기그릇을 많이 내어 그 합계가 전국에서 가장 많았다는 뜻이다. 말을 바꾸면 강제 공출에 큰 공을 세웠다는 뜻이다. 그런 분이 말년에는 서울에 있는 모 대학교의 총장도 지냈단다.

이바구
89

필사본 조선력사

5학년 때다. 해방이 된 지 1년이 지난 시점에서 나는 많은 혼돈 속에서 보냈다. 제일 큰 혼돈은 교육받은 대로가 아니었다. 우리나라와 민족은 따로 있었지만 일본이 강점하여 우리들을 악착같이 세뇌시킨 것을 알았을 때 기쁜 감정보다는 묘한 분노감이 생겼다. 5학년 교과서 가운데 '일본말 빨리 잊기'라는 것도 있었다. 우리들에게 깊이 박혀 있는 왜색을 하루 빨리 씻어 내려고 했던 교과서다. 전에는 조선말을 하면 벌금을 냈는데 이젠 일본말을 하면 안 되는 세상으로 바뀌었다. 교생 선생님이 들려주신 삼국유사 이야기를 들으면서 어렴풋이 조선이란 또 다른 본래의 우리나라가 있었구나 하는 것을 알게 되었다.

5학년이 되자 나는 역사에 대해 궁금했다. 책방에 가서 역사책 하나를 샀다. 서울대학교 교수이신 김성칠 교수의 『조선력사』였다. 국민학교 학생이 읽기에는 어려운 책이었지만 나는 이 책에 심취했다. 모두가 새로운 이야기였다. 그래서 나는 내 글씨로 만든 필사본 『조선력사』라는 책을 만들었다. 내용은 김성칠 교수님이 쓰신 조선력사의 말미에 붙은 색인(Index)을 하나하나 적고 그 내용을 본문에서 뽑아 일종의 사전 비슷한 것을 만들었다. 약 150페이지 수준이다. 중학교에 갔더니 국사 시간에 나는 이 나의 필사본으로 공부하기에 충분했다. 역사 선생님이 보시고 누가 만들었느냐고 해서 내가 만들었다고 했더니 칭찬을 엄청 들었다. 소중히 간직하지 못해 지금은 갖고 있지 않다.

선재 만약 아직까지 그 책을 가지고 계셨다면 저도 한 번 보고 싶어요. 저도 어릴 때부터 책을 만들거나 정리하는 것을 좋아해서 어릴 때 만든 책이 엄청 많이 있어요. 특히 유치원에 다닐 때 동물사전을 엄마와 함께 만들었었는데 정말 별거 없지만 저한테는 정말 소중한 책이 되었어요. ㅋㅋㅋ 그리고 중학생이 되어서는 할아버지처럼 역사를 배우고 나서 그것을 종이에 정리하고 있어요.

하늬 초등학교 5학년 학생이 대학교수의 책을 읽었다는 것도 놀라운데 본인이 직접 150페이지에 달하는 책을 만들었다니 대단하시네요. 어릴 적부터 작가의 기질이 있으셨나 봐요. ㅎㅎ 저는 내세울 만한 일은 아니지만 단 한 번도 역사책을 교과서 외에는 처음부터 끝까지 읽어 본 적이 없어요. 역사를 좋아하지 않아서요. 제가 초등학교 6학년 때 학교에서 처음으로 역사를 배웠는데 교육과정이 막 바뀌던 때라 1~2개월 만에 교과서 하나를 끝냈던 기억이 나요. 재미도 없었고 너무 촉박하게 진도를 나가서 세부 설명도 부족했고 이해도 가지 않아서 시험 전에 무작정 외워야 했던 게 너무 싫었어요. 그럼에도 불구하고 저희 학년에 역사를 좋아하는 친구들이 참 많아요. 제가 역사를 안 좋아하는 건 할아버지를 닮지 않아서인가 봐요.

솔 해방이 되어서 정신적으로도 혼란이 많으셨을 텐데. 그래도 뭔가 적응을 잘해 나가셨네요. ㅋㅋㅋ

할 역사란 과거의 재미있는 이야기를 체계적으로 종합한 것이란다. 역사란 누구에게나 읽히기만 한다면 즐거운 내용이지만 그럼에도 불구하고 너희들이 역사를 싫어한다니 참 안타깝구나. 할아버지 생각에는 그 이유가 아마 시험을 위해 공부했기 때문이 아닐까 생각한다. 내가 처음 만들어 본 역사 책의 재미를 일생 동안 살면서 잊은 적이 없단다. 그런 연유로 지금 너희들과 함께 이 책을 만드는 게 아닌지 싶다. 지금이라도 역사를 시험 공부가 아닌 이야기 책으로 읽어 보렴. 너무 재미있단다.

이바구 90

호안뎅(奉安殿)

일제강점기 학교 정문 옆에는 호안뎅(奉安殿)이란 아담한 건물이 있었다. 이 안에는 당시 일본 천황이었던 쇼화(昭和) 천황 내외의 사진이 봉안되어 있었다. 당시 천황은 사람이 아니라 신이라고 주장했다. 그런 신을 학교마다 호안뎅을 만들어 등하교 시에 참배를 드리고 간다. 학교뿐만 아니라 모든 공공건물에는 모두 있었고 극성스런 가정집에서는 이 축소판인 가미다나(神壇)를 차려 놓고 매일 예를 올렸다.

나는 우리 집에는 가미다나가 없어 예배를 드리지 못했으나 학교 등하교 시 학교 교정에서 이 앞을 지날 때면 합장을 하고 사이께이레이(最敬禮)라는 90도 허리 굽히는 절을 했다. 1주일에 한번은 달성공원에 있는 대구신사를 참배했다. 이러니 90도로 절을 하는 것은 매우 익숙한 예절이었다. 이런 호안뎅을 경건한 마음으로 지나지 않는다면 바로 벌금으로 이어진다.

천황 내외의 사진은 국경일이 되면 교장 선생님이 90도로 허리를 굽혀 식장으로 모셔 오고 식이 끝나면 이 호안뎅으로 다시 모셨다. 나는 겁이 나서 그 앞을 시선을 두지 못하고 절만 하고 지나갔다. 지금 생각하니 허리 운동 참 많이 했다.

선재 이것 역시 학교 역사 시간에 배웠어요. 그런데 배우면서도 천황에게 절을 하고 사진을 모신다는 것이 저로서는 잘 이해가 가지 않았어요. 실감도 잘 나지 않았고요. 그런데 할아버지, 가미다나가 뭐예요? 집에 천황을 모셔 놓는 곳인가요?

할 가미다나는 신을 모신 단(神壇)이란 말이다. 그때는 천황을 신이라고 가르쳤단다.

하늬 이제까지 할아버지의 글 속 일제강점기 때의 모습을 종합해 보면 오전에 학교에 갈 때에는 호안뎅에 참배를 드리고 학교에 가서 일본어로 수업을 받고 일본인 교사가 들어오고 소년 항공병이 되기를 권유하고 허수아비를 칼로 찌르는 연습을 하고 벌금을 물고 집에 가면 또 놋그릇 등을 뺏기고… 제대로 된 생활을 찾아볼 수가 없네요. 게다가 천황을 사람이 아닌 신으로 표현했다니 이것도 지금의 북한을 떠올리게 하네요. 모든 독재에는 장점보다는 단점이나 폐해가 더 큰 것 같아요.

솔 거의 지금의 북한이네요. 지금 보면 그들은 해방해 놓고 다시 그때로 되돌아간 것 같아요.

할 일제강점기의 교육이 악랄할만큼 철저했던 탓에 나도 그런 교육에 말 잘 듣는 모범생이었단다. 당시 천황은 왕이 아니고 신이었기 때문에 사람들은 마땅히 그 신을 위해 모든 것을 바쳐야 한다고 배웠단다. 그런 신이 들어앉아 있는 호안뎅이니까 친근하기보다 무서운 생각으로 절을 하고 다녔다. 너희들이 들으면 참 바보 같은 짓이겠지만.

이바구 91

민나 민나 고로세

이 말을 우리말로 하면 '모두 모두 죽여라.' 라고 하는 일본말이다. 끔찍한 말이지만 나는 이 말을 날이면 날마다 복창하고 다녔다. 2차대전이 한창일 때 시작된 이 고로세 교육은 마음에 아무런 걸림도 없이 꼭 그래야만 되는 줄 알았다. 도대체 누구를 죽이란 교육일까. 미국, 영국, 중국 놈들을 죽여야 한다는 것이다. 그래서 미국 대통령 루즈벨트, 영국 수상 처칠, 중국 총통 쇼까이새끼(蔣介石)의 허수아비를 만들어 호안뎅 맞은편에 세워 놓고 고로세를 한다.

허수아비 옆에는 많은 죽창이 있다. 등하교 시에 이 죽창으로 하수아비를 찌르고 간다. 찌르는 것이 재미있는 학생들은 이 세 허수아비를 모두 찌르고 간다. 나는 겁이 많아서 잘 찌르는 친구에게 부탁해서 그가 대신 찌르곤 했다. 그러니 자연히 벌금이 많아질 수밖에 없었다.

참 우스운 일은 이 고로세의 대상이던 미국 사람들이 해방이 되자 대구에도 진주해 왔다. 쳐다보면 덩치가 아주 커서 저런 사람들을 대창으로 어떻게 고로세를 할 수 있을까 하고 의아해했다. 흑인도 처음 보았는데 그들은 식인종인 줄 알았다(그렇게 교육을 받았다). 고로세는 적개심을 고취시키는 교육이었다.

선재 저도 그 상황이었다면 할아버지처럼 행동했을 것 같아요. 어린아이들이 하기에는 너무 잔인한 것 같아요. 지금 보면 그때는 어린아이들에게 잔인한 것을 정말 많이 시킨 것 같아요. 저번에 얘기하셨던 세뇌교육도 마찬가지고요.

하늬 장면을 보는 것 같네요. 북한에서 어린 소년들에게 허수아비를 칼로 찌르는 훈련을 시키는 그런 장면이요. 물론 실제 사람한테 해를 가하는 행동은 아니었지만 그래도 칼로 찌르는 행동을 직접 하거나 옆에서 하는 것을 보았다는 것 자체로도 할아버지 또래 분들께 굉장히 큰 트라우마로 남아 있을 것 같아요. 그리고 같은 미국 사람이어도 흑인들은 식인종이라고 교육을 받다니 참 인종차별적이고 불합리하네요. ㅠㅠ

솔 사람이 가장 잔인한 동물인 것 같아요. 같은 종족인데 정신적으로 성장을 못하게 하다니.

할 너희들의 말처럼 할아버지는 어릴 때 일본 사람들의 악랄함을 너무 많이 배우고 겪었단다. 무엇인지도 모르고 그냥 따라했단다. 지금 생각해 보면 사람은 선한 마음을 가지고 있기보다 악한 마음을 더 많이 가진 게 아닌가 싶다. 태어나서 교육을 통해 이 악랄한 마음을 선하게 만들어야 하는데 그렇게 하지는 못할지언정 그 악랄한 마음을 더 악랄하게 훈련시킨 것 그 자체가 악독함이다. 사람들이 서로 이해하고 함께할 수 있게 교육해야지 이렇게 증오심을 부추겨서 서로 죽여라, 살려라 하게 만드는 것은 참 불행한 일이란다. 요즘 우리 사회가 돌아가는 것도 깊이 생각해 볼 일이다.

이바구 92

달걀귀신

일제강점기 화장실에서 나온다는 귀신이다. 달걀귀신도 여러 카드라 시리즈가 있다. 나는 보지는 못했는데 내 친구는 달걀귀신을 보았다고 했다. 우리들은 쉬는 시간이면 그 친구를 에워싸고 달걀귀신 이야기를 들었다. 유독 여름철에 많이 나온다고 했다. 당시 화장실은 일본식 목조건물인데 가운데 구멍을 직사각형으로 뚫어 놓고 거길 걸터앉아 볼일을 본다. 아래를 내려다보면 배설물들을 볼 수가 있다. 당시는 휴지가 따로 없던 시절이라 신문지나 폐지들을 사용했다. 나는 달걀귀신이 어디에 숨어 있을까 궁금했다. 나는 청소 당번으로 화장실 청소를 많이 했다. 바닥에 초를 먹여 반들반들하게 닦아야 한다. 화장실도 신을 벗고 들어갔다. 무서웠을 텐데 무서웠던 기억보다는 궁금했던 기억이 더 난다.

선재 저도 초등학교를 다닐 때 친구들이 몇 가지 귀신 얘기들을 해 준 적이 있어요. 그중에 기억에 남는 것이 지하실 귀신인데, 저희 초등학교에 청소 아주머니들이 쓰시는 지하창고가 있었어요. 그곳에 원래 들어가면 안 되는데 친구들이 몰래 들어간 적이 있었는데, 그때 거기서 귀신을 봤고 벽에 빨간 피가 묻어 있었다고 저한테 거짓말을 친 적이 있어요. ㅋㅋㅋ 전 그걸 정말로 믿어서 친구들이 나중에 같이 가자고 했을 때 무서워서 끗끗이 가지 않았어요. ㅋㅋㅋ

하늬 할아버지께서 생각보다 용감하셨네요! 저는 지금은 귀신보다도 사람이 더 무섭고 귀신 얘기는 믿지 않지만 어릴 때는 겁이 많아서 그런지 귀신을 되게 무서워했어요. 저희 초등학교에는 괴담이 아예 없었는데 무서운 영화나 친구들끼리 무서운 얘기를 하고 나면 저 혼자 되게 겁을 많이 먹었어요. 당시엔 정말 무서웠는데 지금은 귀신을 무서워했던 때가 참 그립네요.

솔 분명 봤다는 친구들은 있는데 직접 본 적은 없는. ㅋㅋㅋ 한번 저도 직접 보고 봤다고 말하고 싶네요.

할 귀신마저도 시대에 따라 그 모습이 달라지나 보다. 내가 어릴 땐 달걀귀신이 고작이었는데… 지금 생각하면 달걀이 귀신이 된다 한들 무엇이 두렵겠니. 요즘 반찬으로 계란 프라이를 매일 먹는데 그럼 나는 귀신을 먹고 생활하는 사람인가. ㅋㅋ 요즘 세대에는 어떤 것이 귀신이 주된 귀신인지 잘 모르겠다. 너무 종류가 다양하기 때문에 잘 모르긴 해도 아마 사람 귀신이 가장 많지 않을까 생각해 본다. 사람 중에도 귀신보다 무서운 사람들이 많기에.

이바구 93

센닝바리(千人針)

8월이 가까워 오니 일제강점기 기억들이 많이 연상된다. 평소에는 기억하지 못하고 살아왔다. 조선의 청장년 심지어 소년들까지 징집 또는 자원 입대란 이름으로 전장으로 끌고 갔다. 우리 동네에서도 여러 형들이 입대를 했다. 가족들을 못살게 굴어 입대하지 않으면 안 되도록 만든다. 아들을 전장으로 보내는 어머니들은 길에 나서서 센닝바리란 것을 정성들여 만든다. 이는 길을 가던 천 사람으로 하여금 아들의 무운장구를 비는 뜻으로 애국, 보국 또는 이름 들을 바늘로 한 뜸 한 뜸 떠서 천 사람의 기원을 모으는 것이다. 이를 입대하는 당일 어깨에 두르고 나간다. 동리에서 사람들이 모여 출정하는 청년을 환송한다. 그때 구호는 살아 돌아오라는 말은 감히 하지 못했다. 천황을 위해 한 목숨 바쳐 잘 싸우라고 했다. 그러면서 천황폐하 반자이(만세)를 삼창한다. 부모님 마음이야 어땠을까. 하지만 나는 이 행열을 따라 가면서 항상 잘 싸우라는 염원을 보냈다. 그리고 나도 때가 되면… 그런 생각을 했다.

선재 영화나 이야기에도 많이 나오는 장면인 것 같아요. 저는 이런 장면을 볼 때마다 가슴이 답답하고 무서워요. 그리고 전장에 끌려가는 사람들이 어떤 느낌일까 생각하게 돼요.

하늬 센닝바리라는 게 스카프 같은 건가요? 상상이 잘 안 가네요. 아들이 살아 돌아오기 힘들다는 사실을 알면서도 아들을 전쟁터로 보내는 마음이 어떨까요. 저는 상상조차도 할 수 없는 고통스러운 심정이겠죠? 저는 미국이 일본에 원자폭탄을 투하한 일이 너무 잔인한 일이었다고 생각하지만 한편 꼭 필요한 일이었다고도 생각해요. 만약 미국이 그러한 일을 하지 않아서 전쟁을 더욱 오래 끌고 갔다면 사상자도 정신적 피해자도 그만큼 늘어났을 것이니까요.

할 센닝바리란 말은 일본말이다. 센닝(千人)은 천 사람을 뜻하고 바리(針)는 바늘을 의미한다. 천 사람이 바늘로 한 뜸씩 정성을 모아 천에다가 수놓듯 뜬다. 이 기운이 모여 전쟁에 나가도 살아올 수 있다고 믿었단다.

솔 그래도 당시 시대 상황에서 운이 좋으신 편이네요. 끌려가지도 않고. 정말 드라마 같은 삶을 사신 것 같습니다.

이바구 94

방공호

'후산지꾸 게이까이 게이호 하쓰레이' 방송으로 이런 말이 급박하게 나온다. 일본말이다. 우리말로 하면 '부산지구 경계경보 발령'이란 뜻이다. 미국 비행기가 자주 지나갔다. 직접 폭격을 받아 본 경험은 없다. 이런 경계경보 발령이 나면 하던 수업을 그치고 모두 방공모를 뒤집어쓰고 방공호에 뛰어들어간다. 방공호는 운동장 갓으로 구덩이를 파고 나온 흙으로 구덩이 갓을 돋우어 만든 피난처다. 우리는 방공호에 들어가 하늘 높이 떠서 비행구름을 흘리면서 날아가는 B29를 신기하게 바라보았다. 학교의 방공호는 허술한 수준이었지만 내 친구 집 방공호는 아주 튼튼한 지하실이었다. 집도 크고 부자라서 방공호도 아주 크고 안락했다. 학교 수업을 마치고 우리들은 종종 이 친구 집의 방공호에 들어가서 놀았다. 우리끼리 경계경보를 날리면서 재미있게 놀았다.

선재 저희도 가끔씩 학교에서 대피 훈련을 하는데, 정말로 전쟁이 나서 대피를 해야 되는 상황이 올 거라고 생각하고 훈련을 하지 않고 그저 시켜서 해 왔어요. 제가 만약 할아버지 세대에 살았었더라면 그런 두려움이 항상 있었을 거 같아요. 할아버지께서도 무서우셨어요?

하늬 친구들끼리 경계경보를 내리면서 놀았다니, 순진함에 귀엽기도 하고 안타깝기도 하네요. 그나저나 수업을 하던 도중에도 경계경보가 발령되고 어린아이들이 방공모를 뒤집어쓰고 방공호로 피신할 정도라니 혼란스럽고 무서웠을 것 같아요. 저는 방공호라는 단어 자체를 오랜만에 들어 보기도 하고 접해 본 적이 없으니까 굉장히 낯설게 느껴지네요. 다행인 거겠죠? 근데 요즘에도 방공호가 실제로 있나요?

솔 어떤 상황이든 인간은 적응하기 마련이라고 하던데 딱 그런 상황 같네요. 전쟁 중에 방공호에 가서 전쟁 놀이를 하는 게 참 한편으로는 안타깝고 한편으로는 대담한 것 같아요. 지금은 군사시설을 보기만 해도 뭔가 서늘한 느낌이 들고 가까이 가고 싶지도 않은데.

할 일제 때에 훈련한 방공 훈련이지만 북한이 남침하여 전쟁이 일어난 6.25 전쟁 또한 아주 실용적으로 써먹을 수 있었던 훈련이었단다. 6.25전쟁 때도 경계 방송이 여러 번 나왔는데 그때마다 가정집의 불을 모두 끄고 폭격에 대비하고 있던 기억이 있다. 너희들 기억 중에 민방위 훈련이 있을 텐데 이런 훈련이 옛날에 할아버지가 받았던 방공 훈련의 연장이란다.

이바구 95

전시 상황

일본이 전쟁을 일으킨 4년 동안 학교도 전쟁터 못지않은 전시 상황이었다. 전쟁 말기가 되자 더욱 심했다. 우선 우리들의 복장을 보면 머리에는 군인들이 쓰는 전투모(센또보시, 戰鬪帽)를 쓰고 다리에는 각반(게도루, 脚絆)이란 것을 찬다. 이 두 가지 모습만으로도 꼬마 병정을 연상시킨다. 그런데 하교하고 나면 손에 대창을 들고 전쟁놀이를 하면서 놀았다.

집에 있던 쇠붙이는 모두 공출하고 모든 생필품은 배급제이다. 학교 수업은 거의 없고 근로보국과 신사참배 등 적개심을 결집시키는 행사들에 많이 동원되었다. 폭격에 대비한다면서 시골로 소개를 시키고 도로를 넓히고 집에서 기르던 개들을 모두 학살했다.

대구는 우리들이 사수해야 한다고 했다. 우리 반 급장과 부급장은 군대 계급장 같은 마크를 가슴에 붙이고 다녔다. 집집마다 문 앞에 물 한 바께쓰(양동이), 모래 한 바께쓰 그리고 긴 대나무 끝에 새끼 뭉치를 단 소방 기구를 비치해 둔다. 폭격을 만나 집에 불이 나면 자체 소방을 한다는 의미로 모든 집 앞에 의무적으로 내다 놓았다. 학교도 예외가 아니라 교실마다 그런 세트가 있었다. 긴장감보다는 놀이 기구가 많아 좋았다는 느낌도 많다.

선재 전쟁이 단순히 사람들끼리 싸우고 죽이는 것이 아니라 어린 학생들에게까지도 영향을 미친다는 것이 무서운 것 같아요. 특히 어릴 때부터 너무 폭력적인 것에 노출되는 것이 잔인한 것 같아요. 그래도 할아버지께서는 그 상황에서 굉장히 긍정적이셨네요. ㅎㅎㅎ 저라면 굉장히 우울했을 것 같아요.

하늬 위에서도 얘기했지만 당시의 할아버지가 많이 어려서 현실을 잘 몰랐던 게 다행이기도 하고 안타깝기도 하네요. 그래도 저는 어린아이들은 사회의 어두운 면은 잘 몰랐으면 해요. 요즘도 시국에 대해 잘 알고 있거나 집회에 나가는 등 정치적인 현실에 관심이 많고 관련된 사실을 많이 알고 있는 어린아이들이 종종 보이는데, 난 저 나이 때 무엇을 했나 돌아보게 되기도 하고 그 아이가 대단하게 느껴지기도 하지만 한편으로는 너무 마음이 아파요. 어린아이들의 동심과 순수함은 지켜져야 한다고 생각해요. 물론 정치나 사회에 대한 관심을 갖지 말아야 한다는 것은 아니지만요.

솔 전시라는 게 참 말로만 들어서 그런지 그려지지가 않네요. 군대에서 전시를 대비해 훈련을 하는 상황도 아니고 실제 전쟁 중이기 때문에 저런 모습이 더 마음이 아픕니다. 그런 긴장감들이 알게 모르게 할아버지 세대의 상처로 남아 있을 것 같아서 참 안타까운 마음이 드네요.

할 전쟁을 하는 것도 괴로운 일이지만 전쟁을 대비해야 하는 긴장 상태를 겪기도 괴로운 일이란다. 결론은 전쟁이란 없어야 할 사건인데 그것을 예방한다고 서로 경쟁하는 것이 군비 경쟁이란다. 성능이 더 좋은 폭탄을 만들고 성능이 더 우수한 비행기를 만들고 하다 보니 긴장이 완화될 시간이 없었다. 항상 긴장을 안고 살아야 하니 그게 참 불행한 일이다. 지금 우리들이 경험하고 있는 남북 관계도 이런 전쟁에 대한 위기 경험이다. 너희들 세대에선 이런 끔찍한 전쟁이 절대로 있어서는 안 될 텐데. 정말 있어서는 안 될 것이 전쟁이다.

내 축구화는 연습하는 선수에게 빌려 주고
나는 맨발로 견학을 했다.
그래도 즐거웠다.
집에 돌아갈 때 축구화를 어깨에 메고 돌아가면
다른 친구들이 아주 부러운 눈으로 본다.

축구는 한번도 해 보지 못했다.
축구화 신고 등하교하는 폼만 잡아 보았다.

제6부

맨발의 축구 후보선수

이바구 96

나가시로 공꼬(永城根厚)

'나가시로 공꼬(永城根厚)' 는 일제강점기 때 사용하던 내 이름이다. 국민학교(초등학교) 다닐 때 모든 학생들의 이름이 강제적으로 일본식 성을 따서 지었다. 그런데 한 가지 이상했던 것은 다른 친구들의 성은 흔히 볼 수 있는 것이었으나 '나가시로' 란 나의 성은 전 교생을 통해 나밖에 없었다. 부모님의 졸업장이나 상장을 보면 성이 나가시로가 아닌 이(李)가로 되어 있는 것이 참 이상했다. 부모님은 이가이고 나는 나가시로고… 그래도 그땐 여쭈어 보지 못했다. 창씨개명은 일본 사람들이 한국 문화를 말살하기 위한 정책의 일환으로 모든 조선 사람들의 성씨를 일본식으로 바꾸라는 강제가 있었다. 바꾸지 않으면 사회생활에 막대한 불이익을 주었다.

나는 해방이 되면서 하루아침에 이근후로 되돌아왔다. 중학교에 다니면서 역사도 배우고 일본의 악랄했던 현대사를 배우면서 나가시로라고 창씨를 한 경위가 궁금했다. 아버님께 여쭈어 보았다. 아버님의 설명은 이랬다. 우리 가계는 멸망한 조선 왕조의 왕족 가계다. 나는 세종대왕의 18대 손이다. 세종의 8째 아드님이신 영응대군(永膺大君)파로 갈라져 내려온 가계다. 그래서 가까운 어른들이 모여 창씨개명을 하면서 나가시로로 정했단다. 영응대군의 영(永)자와 왕도인 경성의 성(城)자를 따서 나름의 주체성을 지키고자 의논이 되어 그렇게 정했단다. 아무리 그런 숨은 뜻을 담았다고 해도 결과적으로 일본 성으로 바꾸었으니 조상 앞에 할 말이 없을 것이다. 나가시로는 나의 유년기와 아동기 그리고 국민학교를 다니면서 내내 나의 주체로 함께했던 영욕의 이름이다.

선재 저는 학교에서 창씨개명에 대해 배우기 전에는 꼭 일본 성으로 바꾸지 않아도 되는 것이라고 생각했어요. 그래서 그 당시에 성을 바꾼 사람들이 잘 이해가 되지 않았어요. 그런데 역사 시간에 창씨개명에 대해 배우게 되었는데 강제는 아니었지만 바꾸지 않으면 학교도 다닐 수 없었고 거의 없는 사람처럼 살아야 했다는 것을 알게 됐어요. 그때 제가 예전에 생각했던 것들이 너무 부끄럽게 느껴졌어요.

하늬 숨은 뜻이 긍정적이고 할아버지가 잠시 동안 불렸던 이름이지만 창씨개명에 의해 쓰이게 된 이름이라는 점에서 굉장히 모순적인 것 같아요. 근데 신기하게도 조상님들께서는 족보나 가계도를 굉장히 중요하게 생각하셨나 봐요. 저는 다른 성씨라면 모르겠는데 많아도 너무 많은 전주 이씨니까 가계도가 있더라도 저희 조상님께서 실제 왕족이었을 확률은 매우 적다고 생각해요. 그리고 설사 왕족이었다고 하더라도 지금의 삶에 별다른 영향을 끼치지는 않는 것 같아요.

솔 어릴 때 저도 이름 바꾸기 놀이 같은 것을 하고 다녔는데 그 점은 똑같지만 할아버지 세대는 그 이면에 사상 교육, 우리나라 문화말살정책 같은 어두운 면이 숨어 있다는 게 다르네요. 가슴 아픈 일입니다.

할 우리들의 조상이 왕족이라서 귀한 것이 아니라 우리들 가계의 조상이기 때문에 소중한 분들이란다. 성은 다르지만 모든 가계를 통해 족보를 중요시했던 뜻은 자기들의 뿌리 조상을 섬기자는 뜻이 있었기 때문이란다. 일본 사람들이 한국 사람에게 지은 죄는 많고 크지만 그중에 가장 큰 죄는 한국의 역사와 문화를 말살하려고 했던 것이란다. 고유한 우리의 성을 일본식 성으로 바꾸라는 것도 그 일환이란다. 이것은 강제성이 있었다.

이바구 97

포플러 나무

교실 창문을 통해 운동장 맞은편을 보면 포플러 나무가 한 그루 서 있었다. 우리 교실이 2층인데 2층 높이보다 더 높게 자랐다. 우리들이 팔을 뻗쳐 밑둥치를 안으면 팔이 모자란다. 아주 오래된 포플러 나무다. 그런데 이 포플러 나무는 나의 아지트였다. 혼자 몰래 올라가 나뭇가지에 발을 뻗고 등을 원줄기에 기대고 앉아 있으면 아주 평온감이 있다. 잎이 무성하여 밖에서 보면 나를 찾지 못한다. 나는 자주 이 아지트를 찾아 숨어 있었던 기억이 많다.

왜 올라가는가. 지금 생각해 보니 서운한 마음이 있으면 그런 행동을 많이 했다. 무안을 많이 타고 조금만 섭섭해도 왕방울 같은 눈물을 흘리면서 이 나무에 오르곤 했다. 나는 분노를 표출하지 못하고 안으로 삭이는 습성이 있었나 보다. 포플러 나무의 아지트에 올라 울고 나면 가슴이 후련했다. 그때부터는 즐거운 공상을 즐기면서 시간 가는 줄 모르고 혼자 즐긴다. 나의 개인 원룸이었다.

선재 저도 집에서 엄마한테 혼나서 서럽고 속상할 때 마당으로 나가서 저만의 아지트를 만들려고 한 적이 있어요. 바로 옆이 산이라 나뭇가지가 많아서 그 나뭇가지로 집을(ㅋㅋㅋ) 만들려고 엄청 모아 놨는데 다음 날 가 봤더니 마당 공사하시는 분이 다 버리셨더라고요. 그때 정말로 집을 못 만들게 된 게 속상했는데 지금 생각해 보니 엄마가 보시기에는 얼마나 웃겼을까 싶어요. ㅋㅋㅋ

하늬 저는 나중에 살게 될 집의 필수조건 중 하나가 다락방이에요. 거실이 좁아도 좋으니까 다락방이 꼭 있었으면 좋겠어요. 그 이유가 다락방이 있는 친구 집이나 펜션이 너무 좋기 때문이에요. 좀 좁고 거실에 비해 춥기도 하지만 그래서인지 분위기 있고 아늑하고 내 방과는 다른 느낌으로 나만의 공간을 갖는 것 같아서 정말 좋아요. 글을 읽으니까 저의 이러한 다락방을 좋아하는 습성이 할아버지께서 아지트(포플러 나무)를 좋아하셨던 것과 비슷한 것 같네요. ㅎㅎ

솔 저도 어릴 때부터 그렇게 폐쇄적인 공간을 좋아했는데 다 할아버지한테서부터 내려오는 습성이었군요. 넓고 환한 곳보다 다락방, 장롱, 부엌 싱크대 밑 등 빛이 안 들어오는 곳에서 조용히 있다 보면 그게 그렇게 아늑할 수 없습니다. 지금 제 방도 햇빛이 하나도 안 들어오게 해 놨는데 아버지는 그게 마음에 걸린다고 하시지만 전 그 어느 곳보다 아늑해서 그러고 살고 있어요.

할 내가 몇 년 전에 대구에서 강연이 있어서 내려간 일이 있었다. 간 김에 내가 졸업한 초등학교를 가 보았단다. 포플러 나무를 만나 보기 위해 찾아가 본 것이란다. 그런데 내가 공부했던 교실들은 완전히 없어지고 새로운 학교 교실이 들어서 있고 포플러 나무는 흔적도 없이 사라져 있었다. 교장 선생님께 포플러 나무를 물어보았더니 교장 선생님도 포플러 나무는 본 적이 없다고 한다. 그런 말을 들으니 포플러 나무가 없어진 지는 퍽 오래된 것 같다. 사람은 누구나 작든 크든 자기만의 공간을 갖고 싶어 하나 보다. 나는 내 추억의 공간이 없어져 버려서 서운했다.

이바구 98

하늘에서 내려온 미꾸라지

내가 취학 전에 살았던 집은 대구 시내 한복판이었다. 집 구조가 기억난다. 방이 둘 있고 가운데 마루가 있었다. 대문 곁에 화장실이 있었고 안방에 붙어 부엌이 있었다. 마당은 그리 넓지 않았는데 모두 시멘트로 덮여 있었다. 비가 오면 배수구를 막아 두면 얕은 풀장처럼 물이 고인다. 나는 배수구를 막고 발가벗은 채 풀장(?)에서 놀았다.

한번은 소나기가 오는데 하늘에서 빗줄기를 타고 미꾸라지가 떨어졌다. 내가 가둬 둔 물속에 떨어져 헤엄을 치는 것을 보았다. 세찬 소나기가 올 때면 몇 마리가 떨어진다. 내 눈으로 확실하게 본 광경이지만 왜 미꾸라지가 하늘에서 내려오는지 궁금했다. 미꾸라지는 논에 사는데… 하늘에서 사는 미꾸라지도 있나 보다. 장마철보다 갑자기 쏟아지는 국지성 소나기 때 본다. 지금 국지성 소나기를 그땐 야시(여우)비라고 했다. 맑은 하늘에서 갑자기 소나기가 쏟아지곤 언제 그랬느냐는 듯 햇살이 쨍쨍해진다. 야시비가 미꾸라지를 낳는다.

선재 어떻게 하늘에서 미꾸라지가 떨어져요? 할아버지께서는 정말 특이한 경험을 많이 하셨네요. ㅋㅋㅋ 저는 미꾸라지에 비하면 별거 아니지만 학교에 있을 때 반에 비둘기나 청설모가 들어와서 돌아다닌 적이 몇 번 있었어요. 집에는 현관에 길고양이들이 들어온 적도 있고요. 뭐든 예상치 못한 것을 만나게 되면 즐겁기도 하고 기억에도 오래 남게 되는 것 같아요.

하늬 신기하네요. 어릴 때 하늘에서 햄버거가 비 대신에 내리는 꿈은 꿔 봤어도 미꾸라지라니. ㅋㅋ 게다가 저는 야생 미꾸라지를 본 적이 없어요. 그 대신 초등학교 2학년 때 처음이자 마지막으로 키워 본 애완동물이 미꾸라지와 금붕어였는데 지금은 기억나지 않는 이름도 붙여 주는 등 애정이 컸어요. 근데 학교에 갔다 왔는데 미꾸라지가 사라져 있어서(제가 기억하기로는 미꾸라지가 어항 밖으로 나와서 죽었고 그것을 저희 가족 중 누군가가 치웠어요.) 엉엉 울었던 기억이 나네요.

솔 흠… 저도 제 어릴 때 기억을 다시 꺼내 보려 하면 정확하지 않은 부분이 많은데 할아버지도 마찬가지겠죠? 이 글은 참 뭔가 믿기지도 않고 어렵네요. 어릴 때부터 많은 상상을 하셨다고 했는데 그중 하나가 아닐지.

할 내가 이런 미꾸라지 이야기를 하면 믿는 사람이 아무도 없단다. 그런데 내가 어릴 때 확실히 보았다는 기억이 생생히 있단다. 내 공상이 결코 아니다. 그때 내가 살던 집은 마당은 좁지만 전부 시멘트로 발라져 있기 때문에 하수구 구멍만 막으면 얕은 풀장처럼 물이 고인단다. 비가 올 때 하수구 구멍을 막아 놓고 나는 비를 맞으면서 마당에서 놀았다. 그때 본 기억이다. 나는 확실히 보았는데 증명해 줄 사람이 없어서 아쉽다.

이바구 99

내 친구들

학교에 가면 친구들이 많다. 그런데 이런 친구 말고 또 다른 친구들이 있다. 제일 가깝게 지낸 친구가 이다. 이는 사람의 옷에 둥지를 틀고 알을 낳는다. 하루에 10개 정도 낳는다니 번식력도 대단하다. 이는 내 옷에 붙어 나와 학교도 같이 가고 공부도 함께한다. 하지만 집에 돌아오면 나는 옷을 벗어 이를 잡는다. 친구지만 나한테 걸리면 예외 없이 엄지손톱에 눌려 압사당한다. 모기도 내 친구다. 모기가 극성을 피우는 여름이 되면 모기장을 치고 잠을 잔다. 모기장을 쳐도 필사적으로 모기장 안으로 들어온다. 아침에 일어나면 나는 모기에 물린 자국이 아주 많다. 모기는 내 피를 빨아먹고 포식한 채 모기장 안에 붙어 쉬고 있다. 나는 아침에 일어나면 모기장 안의 내 친구를 소탕한다. 두 손바닥으로 모기를 탁 치면 내 피를 쏟고 죽는다.

빈대도 있다. 이 빈대는 은신처가 가구 뒤라거나 집안 구조의 모퉁이에 자리잡고 있다가 밤이 되면 나와 사람을 물고 피를 빨아먹는다. 피로 부른 배를 이끌고 벽을 기어 올라간다. 벽을 타고 도망가는 친구는 벽이 처형장이다. 그래서 웬만한 집 방들의 벽은 빈대의 처참한 흔적들로 도배되어 있다. 빈대 피 냄새는 아주 지독하다. 벼룩도 있다. 벼룩은 집이 어딘지 잘 모르겠다. 아주 높이 뛰고 날쌔기 때문에 잡기가 참 어렵다. 벼룩한테 물리면 제일 따끔하다. 파리도 있다. 정낭(화장실)을 내려다보면 파리 유충인 구데기들이 바글바글하다. 온 집안이 파리로 가득 차 있다. 우리 집만 그런 것이 아니라 동네 전체가 그러니 파리 천국이다. 파리 잡기는 달라붙는 찍찍이도 있고 어항처럼 만들어 유인하는 도구도 있고 파리채도 있었다. 같은 세월을 함께한 친구들이지만 친구인 나를 해롭게 했으니 처형받아 마땅하다.

선재 저도 정말 벌레를 싫어해요. 벌레를 보기만 해도 소름이 끼치고 무서워요. 그런데 저희 집도 그렇고 학교도 그렇고 온 동네가 산으로 둘러싸여 있어서 그런지 벌레가 정말 많이 나오는 것 같아요. 저번에 저희 집에서 엄청나게 큰 지네가 나왔었는데 그때 집에 엄마랑 저만 있어서 정말 무서웠던 기억이 나요. 그래도 할아버지께서는 직접 잡으시다니 용감하시네요. ㅋㅋㅋ 저는 절대 그렇게 하지 못할 거 같아요.

하늬 저는 이 세상에서 가장 무서워하는 게 큰 개 다음으로는 벌레인데(특히 날아다니는 벌레) 만약 제가 지금보다 100년 정도 먼저 태어났으면 어떻게 됐을지 상상이 안 가요. 적응이 되어서 별로 무섭지 않았을까요? 아니면 너무 무서워서 제대로 된 일상생활을 하지 못했을까요? 어쨌든 상상했을 때 즐겁지는 않네요. 저는 그래서 겨울이 가장 좋아요. 더위를 많이 타는 것은 둘째 치고 벌레가 거의 없으니까요.

솔 지금 사는 집이 산 근처에 있다 보니 모든 벌레가 산벌레로 크기가 커서 더 미칠 것 같아요. 제가 덩치랑은 다르게 벌레를 정말 보기도 힘들어 하는데 매 번 지네나 곱등이나 이런 애들이 나와 가지고 살기가 힘듭니다. 근데 어릴 때부터 왜 그렇게 벌레를 무서워하는지 그 원인이 무엇인지 잘 모르겠어요.

할 글들을 읽고 보니 새삼스럽구나. 저런 나쁜 친구들 틈에서 그래도 내가 지금까지 살 수 있었던 것은 그 나쁜 친구들을 내가 잡아서 처형했기 때문일 것이다. 그런 친구들에 비하면 지금 너희들이 무서워하는 작은 벌레들은 나쁜 친구들은 아닐 것이다.

이바구
100

별명(닉네임)

국민학교(초등학교) 때 나는 두 가지 별명을 갖고 있었다. 내 자의적인 것이 아니고 친구들이 그렇게 불렀다. 별명은 사람들의 신체 정신적 특성을 연상시킨다. 내 별명은 모두 나의 신체적인 모습과 연관이 있다. 듣기에 즐거운 닉네임은 아니다.

하나는 일본말로 '시레미 운도죠'라고 했다. 이 말의 뜻은 머릿니의 운동장이란 뜻이다. 나는 학교에 들어가기 전에 동네 이발소에서 기계충(비위생적인 이발 기구에서 옮기는 화농성 질환)이 올라 수술을 받은 적이 있다. 뒷머리에 수술 자국이 남아서 그곳엔 머리카락이 나지 않았다. 국민학교 시절 머리를 박박 깎고 다녔으니 이 운동장 같은 흉터를 놀리느라 지어진 별명이다.

다른 하나는 꽁치다. 특별한 병치레를 한 것은 아니지만 남 보기에 허약한 체질이었다. 꽁치처럼 가늘고 길다고 해서 붙여진 별명이다. 듣기 싫은 별명이지만 국민학교 시절 내내 들었던 친숙한 별명이다. 신체적인 약점을 꼬집어 만든 닉네임이었으니 나에게 즐거운 별명은 아니었다.

선재 저도 초등학생 때 별명이 있었는데 제일 기억에 남는 별명은 '츄러스'였어요. 처음에 왜 츄러스라고 부르는지 몰라서 물어보니 제가 츄러스처럼 비쩍 마르고 까매서 그렇게 부른다고 얘기를 해 줬었어요. 저는 그런 것에 스트레스를 받지 않아서 저도 자주 그 별명을 쓰고 다녔어요. 중학생이 돼서는 친구들이 오이를 닮았다면서 저를 오이라고 자주 불렀었어요. ㅋㅋㅋ

하늬 머릿니의 운동장이라는 말을 딱 봤을 때는 머리에 이가 너무 많이 뛰어다녀서 붙여진 별명인 줄 알았네요. ㅋㅋ 저는 오랫동안 불린 별명이 딱히 없었는데 한번은 초등학생 때였나 반 아이들 모두가 서로에게 각자 어울리는 동물을 얘기했던 적이 있었어요. 잘 어울렸던 친구들은 그 놀이가 끝난 뒤에도 계속 그 동물로 불렸는데 저는 키가 크다는 이유만으로 기린으로 잠시 동안 불렸어요. ㅋㅋ 만약 제가 좀 더 말랐으면 꽁치라고 불렸을지도 모르겠네요.

솔 별명이라는 게 누군가에게는 상처로 남고 누군가에게는 즐거운 추억으로 남는 것 같아요. 근데 어릴 때는 생각을 걸러내지를 못하니까 그냥 보이는 데로, 있는 그대로 묘사하는 것으로 별명을 짓는 것 같아요. 그것이 당사자의 콤플렉스일지는 고려하지 못하고. 저는 생김새가 아니라 이름이 최솔이니까 어감이 비슷한 칫솔, 마데카솔 이런 게 별명이었는데 그걸 보면 뭐 놀릴려는 것도 아닌 것 같아서 신경쓰지는 않았던 것 같아요.

할 별명은 누구에게나 붙일 수 있단다. 그런데 그 내용이 듣기 좋은 별명도 있는 반면에 듣고도 기분이 안 좋은 별명이 있다. 친구들 사이에서 별명을 부른다는 것은 더 친근감을 느낄 수 있게 해 주는 역할을 하기에 더 좋은 별명을 붙여 줬으면 좋았을 텐데. 나는 머리의 흉터 때문에 놀림을 받았단다. 지금은 머리를 길러서 잘 보이지는 않는단다. 별명도 잘 살펴보면 자신의 외모나 성격을 꼭 집어서 표현해 주는 것도 있다. 별명도 나 자신이다.

이바구 101

귀국 동포

해방이 되자 중국이나 일본 등지로 이주해서 살고 있던 우리 동포들이 귀국했다. 각기 다른 이유로 고국을 떠났다가 해방이 되자 기쁜 마음으로 고향을 찾은 것이다. 이름 하여 귀국 동포라고 불렀다. 자연히 우리 학교 학생 수도 그들로 인해 불어났다. 우리 반에도 몇 명 있었는데 쉬는 시간이 되면 모두 이들 귀국 동포 친구를 둘러싸고 중국이나 만주 그리고 일본 등지의 삶을 이야기해 달라고 청한다. 우리와는 달랐던 환경 이야기를 듣는 것은 아주 신기한 생각이었다. 특히 만주 지방에서 귀국한 친구의 이야기는 마적 떼 이야기다.

마적이란 떼강도다. 무리를 지어 돌아다니면서 양민을 괴롭힌 존재들이다. 말을 타고 도적질한다고 해서 말탄 도적 즉 마적이라고 불렀다. 또 생소한 독립군 이야기를 들으면 스릴 있다. 만주나 중국은 우리 독립군들이 일본과 대적하여 싸운 곳이다. 이런 재미있는 이야기를 듣다 보면 하루 해가 금방 지나갔다. 많은 귀국 동포들이 한꺼번에 몰려 와서 사고도 많았다. 그중 하나가 대구역 열차 추돌사고다. 이 사고로 고향을 찾던 많은 귀국 동포들이 참사했다. 이 사고로 숨진 귀국 동포들의 시체를 대구역 광장에 늘어놓은 것을 직접 보았다.

선재 지금은 해방이나 동포라는 개념이 없어서 사실 할아버지께서 하시는 말씀이 잘 와 닫지가 않아요. 하지만 '동포들이 얼마나 고향으로 돌아오고 싶었을까.' 라는 생각이 들어요. 그 사고는 정말 충격적이네요. 시체들이 광장에 있었을 때 할아버지는 어떠셨어요? 저라면 너무 무섭고 두려웠을 거 같아요.

하늬 사실 동포들이 뿔뿔이 흩어졌던 일은 가슴 아픈 일이지만 한편으로는 그들이 어떻게 살았을지 참 궁금했을 것 같아요. 예시가 적절할지는 잘 모르겠는데 저도 친구가 여행을 다녀오면 기념품이 제일 기대되지만 그다음으로 기대되는 건 여행 가서 있었던 일들이에요. 뭘 했고 뭘 먹었고 무슨 일이 있었는지 얘기를 듣는 것만으로도 직접 가는 것 못지않게 재미있더라고요.

솔 어릴 때부터 여러 사고와 시체들을 보며 마음속에 트라우마가 심하게 남으셨을 것 같네요. 글은 담담하지만 그 내상이 어떨지. 저도 이번년도에 동네에서 객사한 분을 처음 발견해서 신고한 적이 있는데 크게 트라우마로 남진 않았지만 그 모습이 종종 생각이 나서 마음이 아팠거든요. 그 한 사람 한 사람이 모두 다 사연을 갖고 다양한 인생을 살아왔을 텐데… 많은 회의감이 들 것 같네요.

할 내가 초등학교 4학년 때 경험한 내용이다. 어린 나이에 이런 끔찍한 사건을 목격했다는 것 자체가 큰 스트레스였단다. 마음속에서 지워 보려 노력했지만 잘 지워지지 않는 기억들이었다. 생각해 보면 어른이 되어서 목격했다면 그때만큼의 충격은 아니었을지도 모르겠다. 내 말은 어릴 때 경험한 충격적인 사건들이 일생을 살아가면서 많은 영향을 준다는 것이다.

이바구
102

재활용

일제강점기나 해방 직후에는 물자들이 모자라 재활용을 많이 했다. 집에서는 내 옷이 대표적이다. 나는 한번도 새 옷을 입어 본 적이 없다. 헌 옷을 수선해서 입었다. 떨어진 것 기워 입고 그런 것은 다반사였다. 학교에서는 교과서 같은 것은 새 책을 받아 본 적이 없다. 한 학년 위 선배가 쓰고 물린 교과서를 재활용했다. 여러 과목 모두 재활용이다. 신학기가 시작되면 담임 선생님은 선배로부터 수집한 교과서를 한 사람 한 사람 호명하여 나누어 주었다. 어떤 교과서는 아주 새것이 있고 어떤 교과서는 휴지처럼 너덜너덜한 것도 있다. 새 책이 오기를 바랐지만 너덜 교과서를 더 많이 받았다. 공책은 마분지에 먹물을 먹여 마늘 칠을 하고 석필로 글씨를 쓴다. 헝겊으로 지우면 석필 글씨가 지워지고 다시 다른 글을 쓴다. 흑판 공책이다. 신은 맨발 아니면 게다(나무에 끈을 달아 만든 신)를 많이 신었다. 고무신을 신으면 잘사는 집이다. 이런 개인 물품뿐만 아니라 생활용품 모두 새것보다는 재활용품들이 많았다.

해방 이후에는 미군의 진주로 깡통 재활용품이 많았다. 미국 군용품이 모두 깡통으로 이루어져 있어서 이를 소모하고 나면 깡통은 쓰레기장으로 간다. 이 쓰레기장에서 깡통을 수집하여 생활용품들을 만들어 썼다. 우리나라 사람들은 참 손재주가 많았다. 깡통으로 만들지 못하는 용품이 없었다.

선재 요즘은 거의 교과서를 물려받진 않지만 저도 초등학생 때는 아주 가끔 선배들의 책을 물려받았던 적이 있었어요. 물론 할아버지께서 물려받으신 교과서랑은 느낌이 다르지만요. 물려받은 교과서는 운이 좋으면 엄청 깨끗했지만 대부분은 낙서가 많았는데 저는 교과서를 볼 때 선배들이 쓴 낙서를 보는 것이 정말 재미있었어요. 그런데 너덜너덜할 만큼의 교과서를 제가 받았다면 정말 공부할 맛이 안 났을 거 같아요. ㅋㅋㅋ

하늬 너덜너덜한 교과서를 자주 받으셨다니, 공부할 때는 많이 불편했을 것 같긴 하지만 어떻게 생각하면 또 공부를 열심히 했던 선배의 기운을 물려받는 듯한 느낌을 받을 수도 있겠어요. 저는 중학교 3학년 때 환경 동아리에 들어가서 직접 재활용도 해 보고 여러 환경 캠페인에 참여했는데 정말 재활용으로 만들어진 물건들이 기존 물건보다도 아름답고 유용한 경우가 꽤 많더라고요. 게다가 친환경적이기까지 해서 재활용은 참 좋은 아이디어인 것 같아요.

솔 저도 어릴 때 학교 벼룩시장에서 교과서 많이 샀던 것 같은데 어차피 가지고만 있고 공부를 안 해서 너덜너덜하든 깨끗하든 신경을 안 썼던 것 같아요. 공부를 하는 입장이었으면 깨끗한 게 좋았을 텐데 관심 밖의 분야다 보니 그냥 그러려니 하며 넘어갔던 기억이 나네요.

할 너덜너덜한 교과서를 보고 생각한 하늬의 생각이 옳을 것 같다. 선배가 공부를 굉장히 열심히 했으니 교과서가 너덜너덜해질 수밖에 없지 않겠니. 새 교과서는 받았을 때 나는 좋겠지만 책 주인은 공부를 하나도 안 했을 확률이 높다. 너덜너덜한 교과서를 보기는 불편했으나 그 선배의 공부하던 기가 나에게 스며든 것 같아서 하늬 말을 듣고 새삼 다시 생각해 보니 즐겁구나.

이바구 103

호열자(콜레라)

해방이 되고 이듬해에 호열자란 전염병이 돌았다. 의학용어로는 '콜레라'다. 수인성 전염병으로 전염력이 굉장히 강하다. 치사율도 높다. 학교에서 물을 끓여 먹고 손을 깨끗이 씻으라는 교육을 받았다. 하교할 때면 골목이나 가정집에 새끼줄을 쳐 놓고 출입을 금지한 광경을 자주 목격했다. 환자가 생긴 동네나 집들이다. 격리할 의료시설이 열악했기 때문에 집에서 죽어 나간 사람들도 참 많다. 죽은 시체를 가마니로 덮어 둔 것을 자주 목격했다. 집에서는 물을 끓여 먹는 것은 물론 과일도 삶아 주었다. 사과도 삶아 먹고 수박도 삶아 먹었다. 맛도 없었지만 그래도 과일이라고 먹었다. 귀국 동포들도 많이 희생되었다. 해방 직후에 겪은 가장 큰 재앙이었다.

선재 전염병이 돌 때는 학교에 가는 것조차 무서운 것 같아요. 저는 메르스가 한창 퍼졌을 때 무서워서 되도록이면 버스도 안 타고 마스크를 끼고 다녔었어요. 그리고 학교에서 친구들 중에서 열이 난다거나 아픈 친구가 있으면 괜히 걱정되고 무서웠었어요. ㅜㅜ 할아버지께서도 학교에 다닐 때 정말 무서우셨을 것 같아요.

하늬 지금이나 예전이나(물론 예전에는 상황이 더욱 열악했겠지만) 나라가 힘들 때에는 좋지 않은 일들이 한꺼번에 일어나는 것 같아요. 전염병 하니까 2015년인가 우리나라에 메르스 환자들이 생겨나고 메르스 바이러스가 퍼져 나가고 있다는 얘기도 돌아서 다들 무서워했던 게 생각나네요. 저는 그때 고1이었는데 친구들이 교실에서도 마스크를 끼고 있었던 게 생각나요. 지금은 과학기술이 과거와 비교가 안 될 정도로 발전했는데도 여전히 치유하기 힘든 전염병이 있는 걸 보면 자연의 힘이 무섭긴 한 것 같아요.

솔 당시엔 의식주를 포함한 모든 것이 열악한 상태에서 일제강점기 때 잃었던 것을 복구하기도 모자란 상황에서 전염병은 그야말로 최악의 재앙이었겠네요. 만약 그것에 대한 심각성을 알았다면 자포자기한 심정이 들었을 것 같습니다. 어렵사리 해방을 위해 모든 것을 바치고 그렇게 해방이 되고 나니 밝을 줄만 알았던 미래가 당시 인간의 힘으로는 어쩔 수 없는 전염병에 의해 희생되다 보니 말로는 표현을 다 못할 무기력감을 느꼈을 것 같습니다. 한창 감정과 가치관 등 모든 것이 정립되는 나이에 수많은 죽음을 보시다 보니 알게 모르게 내적인 트라우마가 생겼을 것 같은데 그것이 어떤 형식으로 나타났는지, 삶에 어떤 영향을 미쳤는지 궁금합니다.

할 호열자(콜레라)는 아주 무서운 전염병이었다. 그런데 당시에는 의료 체계가 잡혀 있지 않고 병원도, 병원 시설도 부족해서 요즘처럼 전염병이 생겼을 때 즉각 격리하고 치료해 주는 형편이 되지 못했단다. 내가 본 것은 호열자 환자가 생긴 집 앞에 새끼줄로 들어가지 못하도록 줄을 쳐 놓은 것 이외에는 다른 방법은 없었다. 병원에 가지도 못하고 자기 집에서 격리되는 그런 형편이었다. 그래서 많은 사람들이 죽어 나가는 것을 많이 보았단다. 사회가 발달하면서 옛날에 없던 전염병 같은 것이 많이 생기고 있단다. 선재가 말한 그 메르스도 예전에는 없었던 병이었다.

이바구 104

적선하십시오

적선(積善), 이 말은 선을 쌓으라는 말이다. 어릴 때는 이 말의 뜻은 몰랐지만 자주 들었다. 거지들이 많았다. 이 거지들은 깡통을 하나 차고 우리 집에 온다. 문밖에서 "적선하십시요."라고 외친다. 그러면 어머니가 얼른 대문을 열고 거지를 불러들인다. 우선 옷을 벗기고 우물가에 데리고 가서 목욕을 시킨다. 어떨 때는 벗은 옷에 있는 이도 잡아 준다. 나는 이런 모습이 참 싫었다. 밥 주고 목욕시켜 주는 것이 싫었다기보다 나보다 더 위해 주는 느낌이 들어 싫었다. 나와 거지의 차이는 나는 마루나 방에서 상을 받고 거지는 부엌에서 상을 받는 것 외에는 다름이 없었다. 거지한테 시샘이 있었다. 지금 생각하면 거지도 문자를 썼네. 나도 몰랐던 고급 언어인 "적선하십시요."를 외쳤으니 우리들에게 적선할 기회를 준 봉사자다.

선재 '우리들에게 적선할 기회를 준 봉사자다.'라는 말이 공감됐어요. 저도 봉사를 하거나 어려운 사람들을 도와줄 때 제가 그 사람들에게 도움이 되기도 하지만 그만큼 저에게도 그 경험이 도움이 된다고 느꼈었거든요.

하늬 할아버지께서 시샘하실 정도로 흔쾌히 목욕을 시켜 주고 먹을 것을 준 할아버지의 어머니께서는 정말 대단하세요! 우리 모두 어려운 사람에게 베풀면서 살아가야 한다는 사실은 머리로는 알고 있지만 그걸 행동으로 실천하는 것은 절대 쉬운 일이 아니잖아요. 특히 모르는 사람에게 그러한 친절을 베푼다는 것은 정말 쉽지 않은 일인 것 같아요. 요즘은 이러한 정이나 배려심을 찾아보기 어려운 세상인 것 같아서 조금 안타까워요.

솔 일반적으로 적선을 하게 되면 그 행위의 긍정적인 요소만을 부각하기 마련인데 이런 단면이 있다니 신기할 따름입니다. 알게 모르게 할아버지의 어린 시절 글에서는 사소하지만 누구나 겪고 무관심하게 넘겼을 결핍이 잘 드러나는 것 같아서 다시 보게 됩니다. 또한 마지막에 "적선하십시요."라는 문자를 통해 "우리들에게 적선할 기회를 준 봉사자다."라는 글귀는 '평범한 상황을 정말 다양한 시선으로 해석할 수 있구나.' 하는 깨달음을 주는 것 같습니다.

할 옛날 거지는 요즘 거지보다는 유식했었나 보다. 적선하라고 하는 말은 선을 쌓아 좋은 결과를 얻으라고 하는 덕담이란다. 거지가 찬밥 한술 얻기 위해 이런 문자를 쓰다니. 그땐 그랬었다. 당시의 가치관은 자신이 타인을 위해 봉사함으로써 선을 많이 쌓는다면 그것이 복이 되어 자신에게 되돌아온다는 개념이었다. 참 좋은 개념이었단다.

이바구 105

꿀단지

우리 집에는 늘 꿀단지가 있었다. 양봉을 하는 집안도 아닌데 꿀단지가 있었다. 이유는 어머님이 위가 안 좋으셔서 장병을 앓고 있었는데 꿀이 좋다고 해서 아버지가 장만한 것이다. 인삼을 사서 분말을 만들고 그 분말을 꿀과 섞은 그런 꿀단지다. 아버지는 이 꿀단지를 내 키가 닿지 못하는 높은 곳에 올려 두시고 어머니에게만 드렸다.

나는 아버지가 출타한 틈을 타서 의자를 놓고 그 꿀단지를 내려 한 숟갈 먹어 보았다. 그 맛에 혹했다. 나는 호시탐탐 기회만 되면 이 꿀단지를 습격했다. 아버지는 꿀이 줄어 가는 것이 어머니가 열심히 먹어서 없어진 줄 알았다. 어머니는 항상 아버지께 꿀은 잘 먹는다고 했다. 나는 한 번도 들키지 않았다. 완전범죄. 꿀맛도 있고 몰래 먹는 스릴도 있고 짱이었다. 어머니는 당신이 먹지도 않은 꿀이 없어지는 것을 아셨을 텐데 내색을 하지 않았다. 집안에 꿀에 손댈 사람은 나밖에 없는데도 나는 완전범죄라고 생각했다. 병은 엄마가 앓고 꿀은 내가 먹었다.

선재 저도 엄마 몰래 버터를 파먹었던 적이 있었어요. ㅋㅋㅋ 엄마는 몸에 좋지 않으니 먹지 말라고 하셨는데 너무 맛있어서 몇 번 몰래 먹은 적이 있었어요. 그때마다 죄책감이 들기도 하고 떨리기도 했었어요. ㅎㅎㅎ

하늬 저는 어릴 적에 정확한 약의 이름은 모르겠는데 주황색 해열제가 너무 맛있어서 아프지도 않은데 해열제를 몰래몰래 먹었던 기억이 나요. 되게 달고 점성이 있어서 꼭 꿀을 먹는 것 같았어요. 실제로 열이 나고 아팠을 때는 그 약이 그렇게까지 맛있지는 않았는데 오히려 하나도 안 아플 때 그 약을 먹으면 너무너무 맛있더라고요. 역시 맛있는 음식(?)은 몰래 먹을 때가 가장 맛있는 것 같아요. ㅎㅎ 그나저나 꿀이 위에 좋다는 사실을 처음 알았네요. 저도 위가 안 좋은데 꿀을 많이 먹어 봐야겠어요.

할 아프지도 않은데 약을 먹었다니 큰일날 뻔했구나. 아마도 약을 코팅한 물질이 달큰한 것이었나 보구나. 어릴 때는 병이 없어도 병원에 입원하고 싶었던 때가 있었단다. 병원에 입원하면 많은 사람들이 과일이나 선물을 들고 위문하러 오기 때문에 할아버지의 어린 눈에는 그것이 부러울 때가 있었단다. 참 어리석은 생각이었지만 그랬던 기억이 있다.

솔 저도 어릴 때부터 사소한 거짓말을 자주 하고 그것이 들키지 않아서 제가 완전범죄를 하고 머리가 좋은 놈이구나 착각을 했던 적이 있습니다. 그러다가 나중에 어릴 때 얘기를 하다 보면 다 부모님의 손 안에서 놀아났구나 하는 생각이 듭니다. 생각해 보면 그런 거짓말을 이어 가다가 한번은 이 정도면 속아넘어가겠지 하는 순간에 결정적인 물음과 행동으로 딱 걸린 적이 있습니다. 그때 당시에 혼났던 장면이 하도 생생하여 그 후로는 그러한 거짓된 행동을 기피하는 가치관이 형성된 것 같습니다.

이바구 106

꼬추 따 먹기

학교에도 들어가기 전의 기억이다. 우리 집에 어른들이 오시면 나보고 귀엽다면서 오라고 해서 고추를 따 자신다. 손가락으로 고추를 따는 시늉을 하면서 "아, 고놈 고추 맛있다." 그러신다. 내 고추가 고소하다니까 나는 손님이 오시면 자진해서 내 고추를 따서 진상했다. 항상 칭찬을 주신다. 칭찬을 많이 하면 두 번도 따서 드렸다. 나는 나도 내 고추를 따서 먹는 시늉을 해 보았다. 그런데 맛을 모르겠다. 아무 맛도 없는데 어른들은 왜 고소하다고 할까.

선재 저도 어릴 때 어른들이 저한테 장난을 많이 치셨는데, 특히 저는 아빠가 많이 장난을 치셨었어요. 그런데 저는 그 장난들이 진짜인 줄 알고 울기도 하고 진심으로 걱정했었어요. ㅋㅋㅋ 아빠가 저한테 많이 친 장난이 코를 먹는 장난이었는데 제 코를 따서 먹는 시늉을 하셨었어요. 그러면 저는 정말 코가 없어진 줄 알고 엉엉 울었었대요. ㅋㅋㅋ 나중에 커서 다른 아기들한테 장난치는 걸 보면 아기들 반응이 제 어릴 때 반응과 똑같아서 웃겨요.

하늬 최근에 송해 할아버지께서 전국노래자랑에서 한 아홉 살 남자아이의 성기를 만지는 듯한 행동을 해서 방송통신심의위원회로부터 권고 조치를 받았던 사건이 기억나네요. 근데 제가 유치원에 다닐 때만 하더라도 남자아이들에게 그러한 농담을 하는 사람들이 여전히 있었던 것 같아요. 그런데 할아버지 때와 다른 것은 그 농담을 들은? 아이가 굉장히 부끄러워하거나 약간 불쾌해했다는 점이에요. 세상이 바뀌면서 사람들의 가치관, 인식 등도 바뀐다는 것을 더욱 체감하게 되네요.

솔 저도 어릴 때부터 항상 궁금했던 게 왜 하필 고추라고 불린 걸까 그게 모양만 비슷해서 단순히 붙여진 건지, 다른 의미가 있었는지 궁금했습니다. 그리고 특히 어른들이 그런 행위를 자주 하셨는데 그 행위가 요즘 시대에는 얼마나 민감한 문제인지 모르고 학교에서 따라 하다가 아버지가 불려갔던 기억도 있네요. 그 뒤로는 아버지가 절대 그런 행위를 하진 않으셨으나 왜 이런 행위가 만연하게 된 건지 궁금합니다. 남아선호사상 같은 이유로 아들이 태어난 것에 대한 기쁨의 표현이었던 건가 싶기도 하고 참 궁금합니다.

할 할아버지 때는 귀엽다고 하는 말이 고추 따 먹자라는 표현이었단다. 귀여움을 받고 싶은 아이들은 어른들이 고추 따 먹자는 말씀을 하지 않더라도 스스로 고추를 따서 어른들 입에 넣어 주는 시늉까지도 했단다. 그 당시로서는 귀엽다는 표현으로 통할 수 있었지만 요즘 그랬다가는 아동 성추행으로 큰 벌을 받을 것이다. 실제로 미국에 이민간 우리 교포 가운데 할아버지 할머니들이 미국 아이들이 귀엽다고 고추 따 먹자 하는 시늉을 하다가 재판에 회부되어 중벌을 받은 실제 사례도 있단다.

이바구 107

나도 골목을 누볐습니다

오늘부터 런던올림픽 경기가 시작된다. 1948년 올림픽이 런던에서 열렸는데 우리나라로선 첫 번째 올림픽 참가다. 요즈음 보도되는 내용을 보면 당시에 18일이나 걸려 런던에 도착했다는 보도를 보고 새삼스럽게 느꼈다. 나는 그때 학교에서 공동 모금하는 런던올림픽 후원금을 냈었다.

나에게 인상 깊이 남는 것은 올림픽보다는 1946년 보스톤 마라톤 대회에 우승한 서윤복 선수가 기억에 더 남는다. 이유는 이때 누가 시킨 것도 아닌데 골목 친구들이 모이면 마라톤을 했다. 팬티 하나만 입고 골목을 누비면 꼭 내가 서윤복 선수 같은 자긍심을 느꼈다. 우리 동네뿐만 아니라 웬만한 골목들은 모두 나 같은 소년들의 마라톤 연습을 하는 패거리들로 꽉 찼다. 다른 동네 애들과 시합도 했다. 나는 너무 즐겁게 뛰었다. 내 기억으로는 대개 1시간 정도 달리는 코스였다. 저녁만 되면 팬티 하나만 입고 줄을 서서 뛰는 진풍경을 매일 볼 수 있었다.

선재 올림픽은 아니지만 저는 항상 영화를 보고 나오면 그 영화 주인공이 된 마냥 행동하곤 했어요. ㅋㅋㅋ 제가 어릴 때는 '뮬란'이라는 애니메이션을 보고 매일 노래를 부르면서(ㅋㅋㅋ) 여자 주인공처럼 행동했었어요. 그 밖에도 멋진 여자 주인공이 있으면 무조건 집에 와서 따라했었던 것 같아요. 그래서 저는 할아버지를 비롯한 마라톤을 같이한 아이들이 이해가 가요. ㅎㅎ

하늬 올림픽은 우리랑 전혀 상관이 없어 보이면서도 우리의 삶에 많은 영향을 끼치는 것 같아요. 저는 올림픽이나 월드컵 경기를 생방송으로 볼 때 선수들의 그날 성적이 좋으면 저의 그날 하루 동안의 기분도 좋고 편파 판정을 받거나 너무 성적이 안 좋으면 하루 종일 우울하더라고요. 1948년에 처음으로 올림픽에 참가했는데 내년에는 우리나라에서 올림픽을 개최한다니 기분이 이상해요. 물론 몇몇 문제점들이 있다고 듣긴 했지만 어찌됐든 평창올림픽을 무사히 마쳤으면 좋겠어요.

솔 저도 어릴 때 가장 기억에 남았던 게 2002월드컵이었는데 그땐 너나 할 것 없이 매일 축구에 빠져 살았습니다. 어딜 가나 경기를 뛰는 선수들이 마치 자신인 양 플레이하고 즐겼던 것 같아요. 그런 국제무대가 온 국민을 한데 모으는 효과가 있는 것 같습니다.

할 솔이 댓글을 보니 2002년 월드컵 생각이 난다. 우리나라가 4강에 오른 것도 역사적인 사실이지만 그보다 더 우리를 보고 놀라워했던 것은 응원하는 군중들의 모임이었다. 군중들은 가슴에 Red라는 글자를 새긴 붉은색 티셔츠를 입고 오! 대한민국을 외치면서 열광했던 기억이 있다. 너희들은 그런 기억이 없겠지만 할아버지는 해방 이후 줄곧 남북이 갈려 이념 투쟁을 해 왔었기 때문에 붉은 색깔에 대한 콤플렉스가 있었단다. 그런데 2002년의 월드컵을 기점으로 할아버지의 오랜 붉은색에 대한 콤플렉스를 극복했단다.

이바구 108

맨발의 축구 후보선수

해방이 되자 외삼촌은 축구화를 하나 선물로 주셨다. 이 축구화를 신고 학교에 갔더니 축구부에 들라고 특혜를 주었다. 나는 너무 기뻐서 축구부원이 되었다. 그런데 축구 연습을 할 땐 언제나 열외로 나 앉아서 견학을 했다. 어머님의 치맛바람 때문에 축구부 선생님과 결탁을 해서 견학시킨 것이다. 내 축구화는 연습하는 선수에게 빌려 주고 나는 맨발로 견학을 했다. 그래도 즐거웠다. 집에 돌아갈 때 축구화를 어깨에 메고 돌아가면 다른 친구들이 아주 부러운 눈으로 본다.

한번은 학교 대항 축구시합이 열려 상대방 학교로 원정을 갔다. 나는 예외 없이 후보선수로 축구화를 빌려 주고 맨발로 견학을 하고 있었다. 우리가 이겼다. 지는 학교생들이 텃새로 시비를 걸어와 학교 간 집단 싸움으로 번졌다. 누가 누구인 줄도 모르고 홍분해서 싸우는 틈에 끼여 맞기도 하고 때리기도 했다. 나는 이 북새통에 일행을 잃고 혼자 헤매다가 샛길로 집에 까지 외롭게 도망쳐 왔다. 맨발로. ㅋㅋㅋ 축구는 한번도 해 보지 못했다. 축구화 신고 등하교하는 폼만 잡아 보았다.

선재 친구들이 갖고 있지 않은 것을 갖게 되면 괜히 으쓱해지고 자랑하고 싶어지는 것 같아요. 저도 초등학교를 다니면서 미술 준비물을 가지고 올 때 할아버지처럼 으쓱했던 적이 있었어요. 엄마께서 미술 재료를 많이 가지고 계시다 보니까 저에게 좋은 마커나 색연필을 많이 주시곤 했는데, 그 재료들을 학교에 가지고 가면 왠지 으쓱하기도 하고 자랑하고 싶은 마음이 많이 들었어요. 특히 친구들이 빌려 달라고 할 때 더 으쓱했었어요. ㅋㅋㅋ

하늬 예전이나 지금이나 아이들이 새 옷이나 신발을 좋아하는 거는 똑같네요. 그나저나 축구부에 들어갔고, 축구화까지 샀는데도 축구를 한번도 못해봤다는 점은 슬프네요. ㅠㅠ 축구는 한번도 못해 봤는데 축구 결과 때문에 일어난 싸움에는 껴서 맞고. 그래도 글을 읽어 보니까 할아버지께서는 축구를 보는 것 자체만으로도 좋아하셨던 것 같아요. 하긴 저도 축구를 해 본 적이 없고 경기 룰도 잘 모르지만 가족들끼리 모여서 치킨을 먹으면서 보는 건 참 좋아해요. ㅎㅎ

솔 그런 결핍이 있으셔서 그런지 어렸을 때 축구 대회를 나간다고 하면 오셔서 응원해 주셨군요. 그때 부모님과 조부모님이 다 온 건 아마 제가 처음이었을 겁니다. ㅎㅎ 당시 4학년이라 형들보다 존재감이 없어서 좀 민망하긴 했네요.

할 솔이야 네가 초등학교 때 축구선수로 뽑혀 시합하는 것을 아빠, 엄마와 할머니 모두 함께 가서 응원했던 적이 있었단다. 나는 솔이 말대로 솔이가 경기하는 내내 내가 신었던 축구화를 생각했단다. 축구화를 신고 있으면서도 한번도 축구를 못했다는 이야기는 왕할머니가 축구도 위험하다고 선생님께 부탁해서 뛰지 못하게 했기 때문에 그랬단다. 솔이가 엄청 부러웠었단다.

이바구 109

떴다 보아라 안창남

일제강점기에 나는 국민학교(초등학교)를 다니면서 이런 동요 비슷한 노래를 즐겨 불렀다. 철저한 일본 제국주의 교육을 받으면서도 동무들과 어울리면 이런 노래를 골목에서 불렀다.

떴다 보아라 안창남의 비행기
내려다보니 엄복동의 자전거
간다 못 간다 얼마나 울었던가…

내용은 그런 내용이다. 조선 사람으로 비행기를 처음 탄 안창남 그리고 자전거로 전국을 제패한 엄복동을 찬양하는 노래였다. 조선 사람의 긍지를 올려 주는 노래였을 거다. 그러나 나는 깊은 뜻은 모르고 단지 선망의 대상으로 노래를 따라 불렀다. 그러나 한번도 안창남의 비행기를 본 적이 없다. 한번도 엄복동의 자전거 타는 모습을 본 적이 없다.

선재 할아버지께서 어릴 때에는 지금보다 심오한(?) 동요를 많이 부르셨네요. 할아버지께서 부르신 동요는 시 같아요. 요즘 아이들이 부르는 것은 더 가볍고 간단한 것 같고요. 아마도 그때와 지금의 상황이 달라서 그런 것 같아요. 그런데 이 동요의 음이 어떤지 궁금해요. ㅎㅎ

하늬 할아버지와 할아버지의 친구들은 물론 그 의미를 모르고 불렀겠지만 가사 내용을 알고 계시던 어른들은 뿌듯하게 동요를 부르는 아이들을 바라보셨을 것 같아요. 그리고 그러한 노래들이 일제강점기로 마음이 지쳐 있던 여러 사람들에게 조금이나마 희망을 주었을 거라고 생각해요. 노래가 가진 힘이 생각보다 어마어마하더라고요. 저 같은 경우에는 음악이 제 기분에 영향을 주는 경우가 많더라고요. 특히 우울할 때 좋아하는 노래를 들으면 기분이 정말 좋아져요.

손 이제 와서 생각해 보면 어렸을 때 무심코 했던 노래나 읽었던 동화들, 받아 온 교육들이 우리 삶에 얼마나 전반적으로 영향을 끼치는지 조금은 알게 된 것 같아요. 알게 모르게 우리 가치관 형성에 깊숙이 관여한다는 생각이 듭니다. 편견이나 선입견 등이 여기서 생겨난 것이 아닌가 생각도 들고요.

할 할아버지가 이야기한 안창남은 한국인 최초의 비행기 조종사였고 엄복동은 유명한 자전거 선수였단다. 이 두 사람이 동요에 등장하게 된 것은 일본 사람보다 우리가 우월하다는 것을 은연중에 말하고 싶어해서였을 것이다. 너희들도 기억하겠지만 베를린올림픽에서 마라톤 우승자였던 손기정 선수의 이야기를 찾아서 한번 읽어 보길 바란다. 할아버지는 손기정 선생이 살아 계셨을 때 개인적인 일로 몇 번 만나 뵌 적이 있단다. 식민지 하에서 손 선생은 우리 민족의 영웅이었단다. 한번 검색해 보렴.

이바구 110 / 밥 주랴

나는 학교도 들어가기 전에 이모 집을 자주 갔다. 우리 집에서 보리밭 거리를 지나면 이모 집이 있었다. 나는 혼자 이모 집을 간다. 이모님은 나에게 맛있는 사탕을 많이 주셨다. 사탕이 먹고 싶으면 이모님을 찾아갔다. 내 속셈을 훤히 알고 있는 이모님은 나에게 묻는다. "밥 주랴." 내 대답은 즉각 "싫어."로 연결된다. 이유는 내가 사탕이 먹고 싶어 왔는데 밥이라니 아마도 그런 생각이었을 거다. "그럼 떡 주랴." "싫어." 이런 대화가 계속된다. 나는 이미 볼이 부어 있었다. 이모님은 나에게 사탕을 주랴 하고 묻지 않았다. 드디어 나는 울고 만다. 말하지 않아도 이모님은 나에게 당연히 사탕을 주어야 하는데… 이런 억하심정으로 울었다. 끝까지 달라는 말은 하지 않았다.

선재 저도 어릴 때 뭔가를 갖고 싶을 때 "뭐 갖고 싶어!"라고 얘기하지 않고 돌려 말했었어요. 특히 물건을 사고 싶을 때 지나가면서 "이거 예쁘다…" ㅋㅋㅋ 라고 했었어요. 그래도 아빠가 몰라주시면 너무 서운했었어요. 저도 할아버지랑 비슷했었네요. ㅎㅎㅎ

하늬 저도 먹을 거를 사 달라는 말은 거의 안 하는데 맛있는 거를 사 주면 엄청 좋아하면서 맛있게 먹어요. 요즘은 그래도 라면이나 과자가 먹고 싶다고 고모한테 종종 말하는 편인데 옛날에는 먹고 싶은 게 있냐고 누군가가 물으면 없다고 얘기하곤 했어요. 실제로 먹고 싶은 게 있어도요. 그런 약간의 쓸데없는(?) 고집을 보면 제가 할아버지를 닮았나 봐요. ㅎㅎ 근데 지금이나 예전이나 아이들이 밥보다는 간식거리를 좋아한다는 건 똑같네요.

솔 저도 비슷하게 어렸을 때 딱 이모한테 이런 감정이 있었어요. 이모가 일본에 살 때 항상 일본에 놀러 가서 편의점에 있는 작은 피규어를 구경하거나 사고 싶어했는데, 말하기는 쑥스럽고 그래서 이모가 먼저 알아차려서 말해 주길 기다렸는데 이모는 알고도 모른 척하는 건지 아니면 그 반응을 귀여워했던 건지 제가 가자고 말하기 전까진 먼저 얘기를 안 꺼냈어요. 이게 아직까지도 회상되는 얘기다 보니 참 할아버지랑 저랑 닮은 점이 많다는 걸 느끼네요.

할 너희들 이야기를 듣고 보니 모두 할아버지와 비슷한 점이 있었구나 할아버지는 내가 말하지 않더라도 상대방이 내 마음을 알아서 해 주기를 원했었던 것 같다. 사실 가장 좋은 인관관계라고 하는 것은 말하지 않아도 서로 마음을 알아 주는 이심전심이란다. 요즘은 인간관계도 각박해져서 이심전심을 경험하기는 참 어려운 세상이다.

이바구 111

문둥이(나병환자)

대구에는 문둥이들이 많았다. 의학적으로는 한센씨 병이라고 한다. 손발가락이 떨어지고 얼굴 모양새가 이그러진다. 가정집으로 동냥을 많이 다녔다. 그런데 한 가지 믿지 못할 소문이 무성했다. "문둥이들이 사람을 잡아먹는다." 사람을 잡아먹는 이유는 문둥병을 고치는데 특효가 있어서 그렇단다. 나는 이모 집으로 놀러 갈 때면 긴 보리밭을 지나가야 한다. 나는 언제나 이 보리밭을 지나면서 문둥이 생각을 했다. 나는 정말 문둥이들이 나 같은 어린이를 잡아먹는다고 확신했다. 그 이유는 보리밭에 버려진 피 묻은 솜을 자주 보았기 때문이다. 문둥이가 아이를 잡아먹고 솜으로 입을 닦은 것이라고 생각했다. 소름이 끼쳤지만 사탕 생각이 나면 굳세게 이모 집을 다녔다. 취학 전인데 나 혼자서.

선재 제가 어릴 때 부모님께서 제가 잘 안 자면 '휘파람 아저씨' 얘기를 해 주셨어요. 그래서 제가 안 자면 아빠께서 휘파람을 부시고 엄마께서 연기를 하시면서 빨리 자라고 하셨어요. 그런데 저는 그걸 정말로 믿어서 벌벌 떨면서 잠든 척을 했어요. ㅋㅋㅋ

하늬 그 말을 믿었다면 되게 무서웠을 텐데 그렇게 어릴 때 그것도 혼자서 사탕을 먹으려고 꿋꿋이 이모 댁에 가다니. 역시 맛있는 간식의 힘은 대단해요. 죽음을 무릅쓰고 사탕을 먹으러 간 셈이니까요. ㅋㅋ 그나저나 문둥병 환자들은 그 당시에 정말 힘들었겠어요. 그런 소문이 무성했다면 사람들이 문둥병 환자들을 마치 전염병에 걸린 사람처럼 기피하고 좋지 않은 시선으로 보았을 테니까요.

솔 하여튼 아무리 생각해도 요즘도 그렇지만 사회적 약자와 소수자가 자신과 조금 다르다는 이유로 온갖 루머를 생성하고 그것이 마치 진실인 양 사람들에게 세뇌시켜서 배척하는 모습을 보고 있자면 한숨만 나옵니다. 결국 그들도 비슷한 처지에 놓였을 때 과연 그러한 행동들을 이해할 수 있을까 싶네요.

할 문둥이라는 단어는 한센씨 병을 지칭했던 당시의 우리 말이였다. 한센씨 병은 전염병이다. 음성인 환자도 있는데 음성인 환자는 전염하진 않았단다. 할아버지가 살았던 대구 인근에도 한센씨 병 환자를 수용한 수용소가 있었단다. 너희들이 혹시 알지 모르겠지만 소록도란 섬이 있었는데 이 섬 전체를 한센씨 병 환자들이 치료받는 곳으로 존재했었단다. 당시에는 뚜렷한 치료법이 없어서 환자들도 괴로웠겠지만 황당한 루머에 의해 사회적으로 많은 고통을 받았었단다. 요즘 한센씨 병은 치료가 가능한 병이란다.

이바구 112

엔또 완찬에 앙아찌요 앙아찌

이 괴상한 말은 어머니가 들려준 코믹한 흉내다. 얼굴 표정까지 코믹하게 지으면서 이런 이야기로 나를 잠재웠다. "벤또 반찬에 장아찌요, 장아찌." 그런 말이다. 나는 어릴 때 방학이면 직지사가 있는 외가 마을로 가서 한철을 보낸다. 대구에서 완행 기차를 타면 한 열 정거장쯤 지나서 직지사라는 역에 도착한다. 이 완행열차를 타면 서는 역마다 벤또(도시락)를 파는 역무원이 있다. 그는 구성진 목소리로 "벤또 반찬에 장아찌요, 장아찌."라고 외치면서 지나간다. 장아찌가 특별한 반찬으로 생각했던 것 같다. 학교를 다녀와서 어머니의 팔베개를 베고 잠을 청할 때면 언제나 이 레파토리가 나온다. 입을 삐딱하게 하고 이런 역무원의 말 흉내를 내면 나는 배꼽을 잡고 웃었다. 웃다 지쳐서 잠이 들었다. 어머니의 젖을 만지면서. ㅋㅋㅋ 나는 중학교 때까지 엄마의 젖을 만졌다.

선재 저도 어렸을 때 아빠께서 매번 이야기를 만들어서 들려주시곤 했어요. 지금은 내용도 잘 기억나지 않지만 어릴 때 그 이야기를 매우 좋아했던 건 생생히 기억나요. 지금 생각해 보면 엄청 대단한 이야기도 아니고 그저 간단한 이야기일 뿐인데 뭐가 그렇게 재미있었는지 매일 이야기를 해 달라고 했던 것이 기억나요.

하늬 요즘은 다 자판기가 설치되어 있으니까 이런 추억거리가 없어서 아쉬워요. 무엇보다도 요즘은 기차 속도가 워낙 빠르니까 기차 안에서 추억을 쌓을 일이 없는 것 같아요. 제가 어릴 적만 해도 기차 안에서 떠들고, 간단한 간식거리도 먹고 그랬던 것 같은데 요즘은 정말 교통수단으로만 이용하는 듯한 느낌이 들어요. 물론 워낙 바쁘고 시간적 여유가 없는 현대인들에게는 정말 고마운 교통수단이지만요.

솔 그러고 보니 저 어렸을 때까지만 해도 트럭으로 장사하시는 분들이 확성기로 비슷한 레퍼토리 틀어 놓고 채소나 과일 등을 파는 것을 자주 봤었는데… 저도 가끔 웃긴 레퍼토리를 보면 친구들이랑 따라하곤 했던 기억이 나네요. 그리고 위에 에피소드와 마찬가지로 할머니의 젖을 자주 만지셨네요. ㅋㅋㅋ 근데 이건 결핍으로 인해서 불안감을 해소하려는 무의식적인 행동인가 하는 생각이 듭니다. 심리학적으로 제 추리가 가능성이 있나요?

할 세월이 지나면서 우리들이 살아가는 환경이나 방법도 많이 달라졌단다. 선재 말대로 단순한 이야기지만 할아버지도 어렸을 때 저런 단순한 이야기를 듣고 깔깔거리면서 웃었단다. 지금은 KTX가 있어서 굉장히 빠르게 이동할 수 있기 때문에 역에서 보았던 도시락 장수는 없어지고 아주 근대화된 역사의 편의점에서 도시락뿐 아니라 온갖 선물 같은 것도 팔기 때문에 먹거리도 굉장히 다양해졌단다. 옛날 여기 남아 있는 한 곳이 있단다. 지나는 기회가 있으면 한번 찾아가 보렴. 신촌 이화여대와 연세대 사이에 있는 옛날 역이란다.

이바구 113

대나무 총

취학 전의 기억이다. 나는 대나무 총을 갖고 놀았다. 대나무 총이라고 하니 거창하지만 가는 대통에 나뭇가지 피스톤을 넣고 고무줄로 연결해 둔 그런 조잡한 작은 총이다. 주로 콩을 넣고 피스톤을 당겼다 놓으면 콩이 튀어 나간다. 내가 만들었다는 기억은 없다. 어떻게 내 손에 들어와 장난감이 되었는지도 기억이 나지 않는다. 그런데 나는 이 대통을 가지고 사고를 쳤다. 낮잠을 주무시고 있는 이모의 콧구멍에 쏘았다. 그냥 쏘아 보면 콩이 어떻게 될까 그런 궁금증이었을 것 같다. 발사된 콩은 이모님의 콧구멍 속에서 부풀어 병원에 가서야 빼 낼 수 있었다. 부모님한테 엄청 혼났다.

선재 저도 어릴 때 할아버지처럼 총이나 활 같은 장난감을 만들면서 놀곤 했었어요. 제일 기억에 남는 장난감은 제가 네팔에 트레킹을 갔을 때 가이드 아저씨가 만들어 준 나무 활이었는데, 제가 너무 심심해하니까 아저씨께서 나뭇가지와 실을 갖고 나무 활을 만들어 주셨었어요. 그 장난감이 너무 마음에 들어서 네팔에서 매일 가지고 다니면서 놀다가 한국으로 가지고 왔고, 지금도 집에 잘 보관하고 있어요.

하늬 이모께서는 할아버지의 호기심의 희생자시네요. ㅎㅎ 아마 할아버지께서는 콩이 코에 들어가고 나서 시간이 지나면 코에서 새싹이 자라날 거라고 생각하셨나 봐요. 초등학교 저학년 때 제가 가장 좋아했던 책이 제목은 기억이 안 나지만 말도 안 되는 이상한 과학 실험을 상상으로 하는 거였어요. 뭔가를 폭발시키기도 하고 콩을 코에 넣는 것처럼 무언가를 말도 안 되는 곳에 넣는 등의 실험이었는데 모두 실제로는 불가능할 거라고 생각했지만 할아버지께서는 직접 실행하셨네요. ㅋㅋ

솔 큰일날 뻔했네요. 괜히 제 부모님이 어렸을 때 총이나 칼 같은 장난감 절대 못 가지고 놀게 했는지 알겠어요. ㅋㅋㅋ

할 할아버지도 내가 썼던 짧은 글들을 다시 읽어 보니 정말 황당한 것들이 많았단다. 신기한 것은 내 경험과 똑같지는 않겠으나 유사한 경험을 너희들이 갖고 있다는 점이란다. 그러니까 할아버지 손자, 손녀들이지. ㅋㅋ

정오가 되어 라디오로부터 흘러 나온 신의 소리는
뭐 좀 다르구나란 느낌이었지만 듣고 보니
전쟁에서 무조건 항복한다는 말이었다.
나는 기가 찼다.
항복하다니…

해방이 되고 새로운 역사를 접하기까지
나는 모든 사람들이 느낀 환희에 공감하지 못했다.
일종의 정체감 혼란이었다.

제7부

1945년 8월 15일 정오

이바구 114

무궁화

4학년 때 해방이 되니 많은 혼란을 겪었다. 사회적인 혼란도 혼란이지만 개인적으로 내 정체감에 대한 혼란이 아주 컸다. 사꾸라 나무가 우리 국화인 줄 알고 지냈는데 해방이 되자 무궁화가 우리나라의 국화라고 했다. 학교에서 묘목을 나누어 주었다. 집에 한 그루씩 심으라고 무궁화 묘목을 주었다. 나는 이 묘목을 집으로 가져와서 뒷마당(아주 작은 마당)에 심었다. 그런데 묘목을 살리지 못하고 죽여 버렸다. 정성을 쏟아 물도 주었지만 살아나지 못했다. 음지인데다 땅이 척박하고 빛이 들어오지도 않는 곳이라 그랬을 것이다. 그곳 말고는 심을 마당이 없어서 너무 죄송했다.

선재 저도 초등학생 때 학교에서 한 사람당 하나의 식물을 키우는 실습을 했었어요. 그때 제가 키우던 식물이 트리안이라는 종류였는데, 그 식물에게 이름까지 붙여 주면서 정말 공들여서 키웠어요. 그런데 한번은 주말에 식물을 집으로 갖고 가는 것을 잊고 지내다가 월요일날 학교에 왔는데, 트리안이 말라죽어 있는 모습을 보게 되었어요. 그때 정말 속상해서 집에 갖고 가서도 계속 침울해 있었던 기억이 나요.

할 선재야 너도 키우던 식물을 말라 죽인 경험이 있구나. 할아버지도 선물로 난 화분을 많이 받은 적이 있단다. 근데 할아버지는 꽃을 보고 즐기기만 하고 잘 가꾸지를 못했는데 선재가 키운 트리안처럼 말라 죽인 일이 많았단다. 그런데 왕할머니는 신기하게도 이 말라 죽은 난초를 되살려 놓곤 했단다. 왕할머니 손이 약손이다. 식물이든 사람이든 정성이 없으면 그런 결과가 온단다.

하늬 그 나무가 잘 자랐다면 지금쯤 엄청나게 커졌겠네요. 저도 무언가를 키우고 기르는 데에 소질이 참 없어요. 워낙 건망증이 심해서 물을 주는 걸 자주 까먹기도 하고 '그냥 두면 잘 자라겠지.' 하고 애정이나 관심을 별로 주지 않는 것 같기도 하고요. 유일하게 키웠던 동물인 미꾸라지와 금붕어도 금방 죽어 버렸고요. ㅠㅠ 그래서 저는 식물이든 동물이든 거의 키우지 않으려고 해요. 책임을 지지 못할 거면 아예 안 키우는 게 좋으니까요.

솔 어려서부터 새겨진 정체성을 바꾸는데 정신적으로 굉장히 힘들고 오래 걸렸을 것 같아요. 그래도 결과야 어쨌든 그 묘목을 심으려는 과정이 중요했으니까 죽은 무궁화 나무도 용서해 줄 것 같아요. ㅎㅎ

이바구 115 / 다시 안 그러겠다

국민학교(초등학교) 다닐 때 집에서 벌을 선 기억이 많다. 이유는 잘 모르겠지만 벌 선 기억이 많다. 내가 잘못했으니깐 부모님이 벌을 세웠겠지. 그런데 한 가지 기억에 남는 것은 벌서기보다는 한 차례 매를 맞는 것이 더 좋겠다는 생각을 했다. 집에서 매맞은 기억은 없지만 학교에서는 매맞은 기억이 있다. 학교에서 매도 맞았지만 무엇을 잘못해서 맞은지는 기억에 없다.

집에서 벌을 서고 나면 뒷마무리가 어려웠던 경우가 있었다. 나는 기억이 없는데 우리 고모님이 말해 주었다. 부모님이 벌을 세웠다가 용서를 해 주면서 "앞으로는 다시 안 그러겠다고 약속해라." 하면 묵묵부답… 얼굴 씻고 나가 놀아라 해도 요지부동이었다. 하도 고집을 피우니깐 고모님에게 응원을 청해 나를 달랬다. 고모가 나에게 물었다. "왜 잘못했다 하고 나가 놀지." 나의 대답은 이랬다. "다시는 안 그러겠다고 약속"을 원하는 부모에게 "다시는" 이 말이 걸렸다. 앞으로 또 그럴런지도 모르는데 그런 답은 할 수가 없고 그런 답을 지킬 수도 없기 때문에 그랬다고 대답하더란다.

나는 기억엔 없지만 고모님 말씀을 들으면 내가 그렇게 미련했을 것 같다. 약속하고 다음에 또 그러면 그때 또 잘못했다고 하면 쉬울 일인데 "다시는" 하는 말에 강박적인 융통성 부족이었었나 보다. 부모님이 고모님에게 응원을 청할 정도면 참 희안한 녀석이었을 것 같다.

선재 저도 할아버지와 성격이 완전 비슷한 것 같아요. 저도 부모님이 이제부터 다시는 그러지 않겠다고 하라고 하시면 끝까지 돌려서 말하곤 했었어요. 그때 저는 제가 이 잘못을 또다시 저지를 것 같아서 절대 다시는 그러지 않겠다고 말하지 않고 그러지 않도록 노력하겠다고 말했어요. ㅋㅋㅋ 지금 생각하면 그냥 다시는 안 하겠다고 하고 모면할 수 있는 상황을 더 어렵게 만든 것 같아요.

하늬 평소에는 안 그래 보여도 잘 생각해 보면 저희 친가 식구들이 고집이 엄청 센 것 같아요. 저희 아빠도 그렇고 큰고모도 그렇고 할아버지께서도 그렇고. 저랑 오빠도 은근히 고집이 있달까요. 제가 기억하는 일은 아니지만 할머니한테서 들은 얘기로는 제가 어릴 적에 절대 미안하다는 얘기를 안 했대요. 이사 오고 나서 처음으로 사촌동생과 함께 놀았는데 물건 하나를 두고 약간 다퉜나 봐요. 근데 혼이 나고 서로 화해하라고 하자 사촌동생은 바로 제게 미안하다고 말했는데 저는 절대 입을 안 뗐다고 들었어요. 고집도 유전인가 봐요. ㅎㅎ

할 하늬야 네 말대로 고집은 친가 쪽 DNA인가 보다. 이젠 하늬도 어른이 됐으니 그런 고집보다는 유연한 융통성이 있었으면 한다. 할아버지도 그런 성격의 잔재는 조금 남아 있을지 모르지만 고집보다는 융통성이 있는 쪽으로 변했단다.

솔 이제는 그러한 강박적인 융통성 부족이 원리 원칙을 충실하게 이행하는 사람으로 바뀐 것 같아요. 예전에는 으레 그렇게 넘기던 것들이 이제 발목을 잡기 시작하는 것을 보니.

이바구 116

만화

해방이 되자 많은 책들이 나왔다. 나는 서점에 가서 책을 보는 취미가 붙었고 흥미가 당기면 책을 많이 샀다. 보는 것마다 새로운 이야기들이니 흥미가 촉발되었다. 내가 소설로 제일 먼저 읽은 것은 김래성 선생이 지은 『똘똘이의 모험』이었다. 주인공 똘똘이가 뉴기니아의 밀림에서 원주민과 이어 가는 흥미진진한 소설이었다.

만화도 많이 나왔는데 김용환 화백의 『코주부 삼국지』를 통독했다. 나는 만화를 닥치는 대로 수집하여 내 방을 장식했다. 한여름 만화에 심취하면 더위도 잊고 시간 가는 줄 몰랐다. 하루는 아버지가 손님을 내 방에 모시고 왔다. 아마도 공부 잘하는 아들을 자랑하고 싶어서였을 거다. 정작 내 방에 와 보니 만화를 보고 있고 내 방 벽은 온통 만화로 장식되어 있었으니 아버지나 친구분 모두 경악했을 거다. 만화는 공부가 아니잖아. 그날 이후 내 방의 만화는 흔적도 없이 사라졌다. 모두 압수 처분되었다. 나는 너무 억울해서 울었다. 며칠을 울었다.

선재 저도 할아버지처럼 만화는 아니지만 한 취미에 빠지면 정말 집중해서 그것만 하는 성격이에요. 특히 좋아하는 연예인의 영상을 찾아보고, 좋아하는 가수의 앨범을 사 모으고 콘서트도 가는 것을 좋아해요. 저는 정말 다행히도 부모님께서 존중을 해 주셔서 콘서트도 몇 번 가고 앨범도 사서 모아 둘 수 있었어요. 저는 이런 취미 생활이 공부를 방해하는 쓸데 없는 일이라고 생각하지 않고, 오히려 스트레스를 풀어 주는 좋은 것이라고 생각해요. 그래서 만약 제가 아이를 낳게 된다면 취미 생활은 존중을 해 주어야겠다고 생각했어요.

하늬 만화 읽는 것도 큰 공부인데. ㅠㅠ 예전에 아빠가 저를 데리고 어린이도서관에 갔다가 보게 된 한 엄마와 아들의 이야기가 생각나네요.(저는 너무 어릴 적이라 기억은 안 나고 전해 들었어요.) 엄마가 아들에게 보고 싶은 책을 골라 오라고 말했더니 그 아들이 만화책을 3~4권 정도 들고 오더래요. 그랬더니 엄마가 불같이 화를 내시면서 만화책을 아이한테서 뺏고는 아들을 혼내더래요. 아들은 울음을 터뜨렸고요. 왜 많은 부모님들께서는 만화책이 공부에 도움이 되지 않는다고 생각하시는 걸까요?

솔 자식은 부모의 원함을 대리로 충족시켜 주는 존재가 아닌데… 어려서부터 공부를 잘하느니 못하느니 하면서 잘하게 하기 위해 여러 가지 경험을 잘라 버리는 것을 보면 그로 인한 부작용을 생각하지 못하는 부모들의 문제를 볼 수 있는 것 같아요.

할 솔이가 말한 부모들의 문제가 맞다. 그 당시 할어버지의 부모님들도 만화란 교과서가 아니기 때문에 공부와는 거리가 멀다고 생각하셨단다. 지금 생각하면 만화를 못 보게 해야 될 그런 책도 아닌데 그때는 그랬었단다. 요즘은 부모들이 걱정하는 것은 게임이 아닐까 생각이 된다. 걱정하는 내용은 조금 다를지라도 근본은 공부와는 거리가 멀다고 생각하는 것이 아닐까.

이바구 117

1945년 8월 15일 정오

8월이면 항상 생각나는 일이다. 국민학교(초등학교) 4학년 때가 1945년이다. 8월 15일 정오 일본 천황의 중대 발표가 있다고 해서 라디오 앞에 초조하게 앉아 계시는 부모님을 따라 나도 라디오 앞에 앉았다. 나는 하나도 긴장하지 않았다. 다만 천황의 육성을 듣는다는 호기심으로 기다렸다. 그때 배우기로는 천황은 신이라고 배웠다. 그 신의 육성을 듣는다는 것은 나에게 굉장한 호기심이었다. 신은 어떤 말을 할까. 신은 목소리가 우리들과 다를 텐데… 어떤 목소리일까 뭐 그런 호기심 말고는 긴장은 없었다. 부모님은 라디오에 바짝 다가가서 긴장한 모습이었다.

정오가 되어 라디오로부터 흘러 나온 신의 소리는 뭐 좀 다르구나란 느낌이었지만 듣고 보니 전쟁에서 무조건 항복한다는 말이었다. 나는 기가 찼다. 항복하다니… 부모님은 눈물을 흘리시면서 이상한 깃발(태극기)을 장농에서 꺼내어 하염없이 눈물을 흘렸다. 나의 눈물과는 다른 의미다. 이 정오를 기점으로 우리 집 분위기나 길거리 분위기, 심지어 학교의 분위기도 180도 달라졌다. 환희에 찬 분위기다. 나는 몹시 당황했다. 도대체 어떻게 되었단 말인가… 해방이 되고 새로운 역사를 접하기까지 나는 모든 사람들이 느낀 환희에 공감하지 못했다. 일종의 정체감 혼란이었다. 일본 조국이 망했다는데 부모님은 왜 즐거워할까.

선재 제가 학교에서 역사를 배울 때는 해방이 되었다는 사실만 배웠지, 그때 사람들의 반응이나 자세한 상황 같은 것은 배우지 않았어요. 그래서 실제 그 시대에 해방이 되었을 때 나라면 어땠을까를 상상해 본 적이 있었는데 저는 마냥 기쁠 것 같다고 생각했어요. 그런데 할아버지의 이야기를 듣고 나니 어쩌면 저도 할아버지처럼 혼란을 겪었을 것 같아요. 평생을 조국이라고 생각했는데, 그 조국이 없어진다고 생각하면 당황스러울 것 같기도 해요.

하늬 사실 할아버지께서 우리나라 역사상 굉장히 중요한 순간을 경험하신 건데. 당시에는 알지 못했고 오히려 조국이 망했다고 받아들였다는 사실이 참 슬프네요. 물론 그게 할아버지 탓은 전혀 아니고 당시 나이가 시대 현실을 알기에는 너무 어린 나이였지만요. 근데 할아버지께서 보고 듣고 경험하신 일이 지금 역사책에서 중요하게 다루는 내용이라는 게 어찌 보면 당연한 일이지만 정말 신기해요. 제가 지금 살아가고 있는 이 순간 우리나라에서 일어나는 일들이 나중에는 역사책으로 쓰여질 것이라는 게 생각해 보면 기분이 참 묘해요.

할 하늬야 너희들이 역사책에서 배우는 사실들을 할아버지는 실제로 경험했단다. 지금도 생각하면 우스운 일은 일본 천왕이 사람이 아니고 신이라고 생각했다는 것이란다. 학교에서 그렇게 가르치니까 그렇게 믿었단다. 8월 15일 라디오 앞에 앉은 이유도 신은 무슨 말을 쓸까, 목소리는 어떨까, 정말 신도 말을 할까 하는 궁금증 때문에 그랬단다. 신이 일본말을 하다니. 그런 놀라움 속에서 들었다. 참 바보같은 할아버지였다.

솔 해방까지 정말 많은 희생과 고된 기다림이 있었을 텐데 막상 해방되고 나서 오는 후유증이 굉장히 컸던 것 같아요. 알게 모르게 그때 시절 사람들의 마음을 다치게 했던 것도 그 해방에서 오는 혼란이 아니었나 조심스럽게 생각해 봅니다.

이바구 118

드롭프스

해방이 되니 미군이 진주해 왔다. 처음에는 무서웠다. 매일 등하교할 때 대창으로 찔렀던 허수아비가 아니었다. 덩치도 크고 모양도 다르고 피부 색깔도 가지각색이었다. 우리들은 동무들과 떼를 지어 미군 부대의 정문에 가서 "헬로우 기브 미 츄잉검."을 외치며 고사리손을 내민다. 나는 숫기가 없어서 무리의 뒤에 엉거주춤 서서 기다렸다. 보초를 서고 있던 미군은 주로 껌과 드롭프스를 우리들에게 나누어 주었다. 이들은 그들의 간이 식량인 레이션 박스에 들어 있는 것들이다. 껌은 송진과 크레파스로 자작해서 만들어 씹던 맛에 비하면 환상적이었다. 수업이 시작하면 책상 밑에 씹던 껌을 부쳐 놓았다가 쉬는 시간에 떼어 다시 씹곤 했다. 단물이 다 빠져도 씹는 맛이 좋다. 그때까지 잘 씹던 껌도 어느 날 갑자기 나는 씹지 않았다. 이유는 보초병이 껌을 길거리에 뿌려 주었다. 나는 줍지 않고 그 이후로는 껌을 씹지 않았다. 드롭프스는 많이 먹었다. 링 모양의 사탕인데 10개를 모아 두루마리처럼 만든 것이다. 맛이 지금까지 맛보지 못했던 새콤달콤 여러 가지 맛이 있었다. 미군이라고 하면 나에게 허수아비와 드롭프스란 기억으로 연상된다.

선재 할아버지께서 껌을 안 드시게 된 이유에 대한 이야기는 여러 번 들었었는데, 드롭프스에 대한 이야기는 처음 들어요. 그런데 할아버지 이야기를 들으니까 어떤 맛인지 궁금하기도 하고 맛있을 것 같아서 먹어 보고 싶어요. ㅎㅎ

하늬 역시 어릴 적 기억은 보통 어렸을 때 좋아했던 음식에서 연상되는 게 참 많아요. ㅎㅎ 저는 정말 기억력이 좋지 않은 편이라 어릴 적에 여행을 많이 다녔는데도 거의 기억을 못해요. 비교적 최근에 다녀온 여행도 많은 것을 기억하고 있지는 않더라고요. 그런데 누군가가 저한테 그 여행에서 먹었던 맛있는 음식에 대해서 말을 하면 기억이 조금은 떠오르기도 해요. 할아버지께서는 이렇게 어릴 적 기억나는 일화로 책을 쓰시는 걸 보면 저보다 훨씬 기억력이 좋으신 것 같아서 부럽기도 하고 대단하게 느껴져요!

솔 아무리 요즘 맛있고 고급지고 한 음식들이 많이 나온다 하더라도 예전의 상황과 추억 속에서 먹던 사소한 맛들이 더 와 닿고 의미 있는 것 같아요. 이 글만 보더라도 드롭프스라는 것을 먹어 보고 싶네요.

할 일제 때에는 전쟁을 하느라고 물자가 모자라서 이런 사탕이나 간식들은 생각할 수도 없었는데 해방이 되어 미군이 진주하면서 구호물자로 받은 물품들이 많았는데 그 가운데 하나가 드롭프스라는 사탕이란다. 껌도 맛있었지만 이 드롭프스는 일종의 사탕인데 요즘도 이런 것이 있는지는 모르겠다. 당시 구호물자 때문에 갑자기 풍성해진 간식들이다.

이바구 119

쪽발이

일본 사람을 욕으로 이르는 말이라고 국어사전에도 나와 있다. 왜 그들을 '쪽발이'라고 했는지 모르지만 나도 그렇게 부르면서 자랐다. 대구에는 일본 학생만 다니는 학교가 두 군데 있었다. 대부분의 일본 학생과 일부 우리나라 관료들의 자제가 다녔다. 내 친구 중 주먹이 세고 싸움을 잘하는 친구가 있었는데 걸핏하면 이 일본 학교를 찾아가 싸움을 벌인다. 그가 싸운 이야기를 들으면 우리들의 영웅이었다. 나도 그를 따라가 한번 싸워 보고 싶었다. 혼자는 용기가 없고 이 친구를 따라가 한번 싸워 보았으면 했다. 나는 싸움을 해 본 적은 없으나 하고 싶은 마음은 많았다. 한두 번 따라다니다 이력이 나서 자주 따라다녔다. 그런데 이상하게도 내 친구만 가면 일본 학생들이 맞거나 줄행랑을 놓았다. 나는 싸워 보지도 못하고 쪽발이들이 도망하는 것을 보고 쾌감을 느꼈다. 학교에선 내선일체(內鮮一體)라고 가르치면서 '조선문화말살정책'을 폈지만 나한테도 쪽발이와 나는 다르다는 정도의 무의식은 있었나 보다.

선재 요즘도 일본과 한국의 사이가 좋지 않아서 일본인이 한국에 오거나 한국인이 일본에 가게 되면 좋지 않은 시선으로 보게 되는 경우가 있는 것 같아요. 그리고 저도 마찬가지로 일본인에게 무의식적으로 편견을 가졌던 적이 있었어요. 이런 생각은 정말 위험한 것 같아요.

하늬 그 친구만 보면 도망갔다니 그 친구가 힘이 굉장히 셌거나 덩치가 컸나 봐요. 그리고 할아버지와 친구들은 그 친구를 정말 영웅처럼 생각했을 것 같아요. 아직도 뉴스를 보면 부유층 사람들 중에 친일 세력이 많고 부정부패, 비리 등도 많아 보이는데 요즘 세상에도 할아버지 친구와 같은 존재가 있었으면 좋겠어요. 그게 사람이든, 사물이든, 법이나 제도와 같은 것이든 보기만 해도, 만나기만 해도 잘못이 있는 사람들이 무작정 도망가고 사라지는(물론 처벌받아야 하겠지만) 게 절실하게 필요한 것 같아요.

솔 아이고. 똑같은 폭력은 결국 똑같은 사람이 된다고 배워서 그런지 이런 것을 보면 안타깝네요. 그들 역시 정부에서 행했던 당연한 식민지화로 인해 일반 국민들은 혼란을 많이 겪었을 것 같아요. 무엇이 맞고 잘못됐는지 인지하지 못하고.

할 할아버지가 식민지 교육을 받으면서 일본 사람이라고 생각하긴 했지만 마음 깊숙한 곳에는 무엇인가 일본 사람들과는 다르다는 무의식이 있었던 것 같다. 지금 생각해 보면 아직까지 해방되지 않고 그때 그 시절이 지속되었다면 너희들도 모두 나처럼 일본 사람인 줄 알고 살았을지도 모르겠다. 끔찍한 일이다.

이바구 120

히노마루

빨간색의 원이다. 해를 상징한다. 이 히노마루가 일본의 국기다. 이번 런던올림픽에서 일본 사람들이 가슴에 안고 온 것이 이 '히노마루' 즉 일장기다. 국경일이면 집집마다 이 히노마루를 게양했다. 학교에서는 교장실에 오동나무 함에 경건히 넣어 보관을 한다. 각 가정도 그런 경건함을 유지했을 것이다. 이렇게 귀하게 취급받던 히노마루가 해방이 되자 하루아침에 그 경건함을 잃었다. 경건함을 잃고 실용적인 히노마루가 되었다. 우리들은 친구들과 어울려 이 히노마루 일본 국기를 가지고 미군 부대의 보초를 찾아간다. 보초는 이 국기를 받고 간이 식량(레이션) 한 박스를 준다. 물물교환이었다. 그 병사는 아마도 고국에 돌아가 전리품으로 자랑할 것이다. 우리들은 레이션 한 박스를 나누어 먹었다.

선재 할아버지의 이야기를 듣다 보면 한번도 들어 보지 못한 단어들이 엄청 많은 것 같아요. 히노마루나 레이션 박스도 처음 들어 봤어요. 이런 이야기를 들으면 나중에 제가 할아버지만큼 나이가 들면 또 어떤 세상이 되어 있을지 궁금해지기도 하고 지금 쓰던 단어들이 없어질까 궁금하기도 해요.

하늬 지금으로써는 전혀 상상이 안 가는 일이네요. 국경일마다 히노마루를 게양했다니. 어찌 보면 당시에는 어쩔 수 없는 일상이었을지도 모르지만 지금 생각하면 참 안타까워요. 올림픽에서도 일장기를 달고 나오고. 완전히 같은 상황은 아니지만 대만도 지금 올림픽 등에서 대만 국기를 들지 못하는 것을 보면 과거 우리나라의 모습을 보는 것 같아서 더욱 안타까워요. 심지어는 얼마 전에 대만 출신의 한 아이돌이 예능에서 대만 국기를 흔들었다는 이유로 논란에 휩싸이고 공식적으로 사과까지 했더라고요.

솔 그래도 마지막까지 간식을 남겨 주고 갈 정도로 도움을 주기는 했네요. ㅎㅎ

할 내년(2020)이 일본 동경에서 열리는 올림픽의 해다. 지금도 여러나라에서 일본의 욱일기를 문제삼아 올림픽에서 사용하지 못하도록 건의를 하고 있단다. 욱일기나 일장기나 모두 일본의 국기인데 왜 사람들은 그것을 쓰지 못하게 할까 한번 생각해 보렴. 욱일기는 일본이 우리나라를 비롯해서 세계의 여러 나라를 침략했던 상징으로 남아 있기 때문에 그렇단다. 내년 올림픽에서 어떻게 될지 궁금하구나.

이바구 121

일주일

일제강점기의 일주일은 일요일이 없었다. 특히 전쟁 말기에는 일주일 전일 근로제였다. 구호는 이렇다. "개쓰 개쓰 가 수이 모꾸 긴 또!" 이런 구호를 외치면서 일주일 내내 고된 근로와 동원 그리고 전쟁 준비에 골몰했다. 나는 주로 퇴비 모으기, 송진 따기, 유기그릇 모으기, 방공호 파기, 수류탄 던지기, 허수아비 대창 찌르기, 불 끄기 연습, 방공훈련, 소소한 전쟁 독려 모임에 동원되기… 이러다 보니 공부는 해 본 기억이 없다. 친구들도 대부분 시골로 소개를 가 버린 탓에 골목 친구도 확 줄었다. 구호가 무슨 말인지 궁금하지. '월 월 화 수 목 금 토'라는 요일의 일본말이다. 주의해 보면 월요일이 두 번 들었다. 그리고 일요일은 없다. 8월이면 연상되는 일이지만 얼마나 더 많은 연상으로 이어질지 나도 궁금하다. 아동기 감정양식 그것은 어른이 되어도 크게 영향을 주는 부분이다.

선재

사람들은 모두 특정한 날이나 달이 되면 떠오르는 기억이 있는 것 같아요. 할아버지께서 8월에 저 구호를 떠올리신 것처럼요. 저는 여름이 되면 아직도 제가 중학생 1학년일 때 다녀온 네팔이 떠올라요. 그때 너무 더워서 고생도 많이 하고 힘들었지만 좋은 친구들도 많이 만나고 재미있게 지냈어요. 그리고 네팔 여행에서 들었던 많은 노래들도 덩달아 떠오르곤 해요. 그런 기억들은 정말 잊혀지지 않고 오랫동안 생생히 남는 것 같아요.

하늬

지금과 같은 주 5일제 근무(저는 근무는 아니지만)도 힘든데 주 7일 근무라니. 상상하기도 싫네요. 안 그래도 같은 24시간임에도 불구하고 월요일은 매우 길게 느껴지고 토, 일요일은 순식간에 지나가는데 구호가 월월화… 토라니. ㅠㅠ 어릴 적 첫 기억이 이런 기억이라는 게 정말 슬프네요. 사실 저도 제 첫 기억이 좋은 기억은 아니에요. 유치원에서 제가 혼났는지 복도에서 엉엉 울고 있었어요. 역시 오래된 기억은 좋은 기억보다는 충격적이거나 슬펐던 기억이 더 오래 남나 봐요.

솔

일요일이 없는 건 일요일도 일을 시켜서인가요? 어렸을 때 진짜 깊숙하게 침투해 있던 일본의 세뇌 교육이 얼마나 무서운지 알 것 같네요.

할

일본은 전쟁을 치루기 위해 한국 사람들에게도 피해를 많이 끼쳤단다. 너희들이 잘 알고 있는 위안부나 징용을 통한 강제노동, 직접 전투에 참여시킨 군인이라던지 한국인들의 피해가 많았단다. 이런 전쟁 동료를 위해 내건 구호가 그 일주일이란다. 일요일이 없는 일주일이다. 아직도 일본은 한국 사람들을 괴롭힌 이런 문제에 대해 사과하기는커녕 엉뚱한 소리만 하고 있으니 참 불쌍한 종족이다. 양심이 없는 종족이다. 다 그런 것은 아니겠지만 지금 일본의 정치가들이 그렇다라는 뜻이다.

이바구 122

9월 신학기

1945년 8월 해방이 되었다. 미군이 들어와서 소위 군정청을 만들어 해방 이후의 치안이나 행정 등을 맡았다. 학제도 바뀌어 9월이 신학기가 되었다. 학교에 갔더니 많은 것이 바뀌었다. 간혹 군중들이 학교 운동장에 모여 무슨 집회를 하는 것을 자주 보았다. 통행금지 시간이 만들어져 밤 10시부터 이튿날 아침 6시까지는 야간통행이 통제되었다.

학교는 해방 전의 학교가 아니었다. 폐허에 가깝도록 변했다. 유리창이 모두 파손되거나 절취당했다. 책상도 모자랐다. 아마도 땔감으로 훔쳐갔나 보다. 교구실의 여러 교구와 강당 옆에 있던 온실은 완전히 파손되고 내용물은 모두 훔쳐가 버렸다. 왜 이런 혼란이 온 것인지 모르겠지만 학교가 한동안 황량했다. 흥분한 일부 군중들의 소행이다. 우리들은 창문을 유리 대신 창호지를 발라 파손된 창문을 메웠다. 아주 어수선한 해방공간이었다.

선재 해방이 되고 나서 많은 것들이 바뀌었을 거라고 예상하긴 했는데 마냥 다 좋은 쪽으로만 바뀐 건 아니라는 게 의외네요. 보통은 '해방이 됐다.'라고 하면 모든 일이 잘 풀리고 좋은 일들만 가득한 걸 떠올리니까요. 특히 어린아이들에게는 혼란의 정도가 훨씬 컸을 것 같아요. 삶의 방향이 완전히 바뀌는 거나 다름없으니까요. '어제까지 우리나라는 일본이었는데, 오늘부터는 대한민국인 건가?'부터 시작해서 전체 일상이 혼란스러웠을 것 같아요.

하늬 시험 기간에 장난 삼아 "학교가 무너졌으면 좋겠다." 하고 말하곤 했는데 할아버지 얘기를 듣고 나니까 실제로 학교가 무너진다면 정말 끔찍하고 두려울 것 같아요. 특히 학교는 어떤 일이 있어도 안전하고 우리를 지켜 줄 것 같은 느낌이 들어서 그런지 학교가 파손된다는 상상은 정말 끔찍해요.

솔 급격하게 해방이 이루어지면서 그 간 잃어버렸던 민족의 가치관, 정체성 등이 회복되기 전에 인간이 살아가면서 가장 기본적으로 필요한 욕구들의 충족에만 매달리는 모습을 보는 것 같습니다. 사실 인간도 가진 것을 다 잃으면 이성보다 본능에 지배당하기 쉽기 때문에 어쩔 수 없는 모습인 것 같네요. 이런 것을 느낄 때마다 참 마음이 뒤숭숭해집니다. 나 또한 비슷한 상황에서는 지금처럼 생각하고 행동하는 것이 그냥 본능에 이끌려 다니는 동물이 되진 않을까 하는 생각이.

할 해방은 우리에게는 그토록 원하면서 투쟁했던 결과인데 정작 해방이 갑작스레 닥치고 보니 지금까지 있어 왔던 질서가 무너지고 새로운 질서가 확립되지 않는 시기라 그런 혼란이 있었단다. 사람들은 공공시설에 들어가 부수기도 하고 훔쳐가기도 했었는데 이런 무질서가 잡힐 때까지는 몇 년이 걸렸단다. 생각해 보니 할아버지는 그 급변하는 사회의 중심에서 자랐다.

이바구 123 / 도리이(鳥居)

대구신궁(大邱神宮)이라고 있었다. 달성공원에 있었는데 나는 학교에 입학해서 1학년부터 4학년 때까지 신사참배를 개근했다. 당시 한국 내에 살았던 사람 치곤 이 신사참배를 피해 갈 수는 없었을 것이다. 그 속에 무엇이 있는지도 모르고 일주일에 한번은 단체로 매일은 개인적으로 참배를 했다. 작은 수첩을 나누어 주는데 날짜별로 참배하면 도장을 찍어 준다. 이것을 학교에 제출해야 한다. 나는 개근 도장을 받아 제출했지만 수신 과목은 언제나 병(丙)이었다. 이 신사에 들어가자면 작은 다리를 건너고 계단을 오른다. 양옆에는 동네 이름을 새긴 석등이 좌우 대칭으로 서 있다. 중턱쯤 가면 큰 돌문이 있는데 이를 도리이라고 했다. 나무로 만들기도 하지만 대구신궁은 돌로 만든 도리이였다. 해방이 되자 이 도리이를 B29가 폭격으로 부순다는 소문이 있었다. 실제로는 미군 전차가 와서 도리이에 와이어를 걸고 잡아당겨 파괴했다. 나도 현장에서 도리이가 파괴되는 순간을 지켜보았다. 부모님의 손을 잡고 함께 보았다.

선재 할아버지께서는 어릴 때 어떤 생각, 감정을 가지고 참배를 하셨어요? 제가 만약 그 시대에 있었다면 어릴 때에는 아무 생각 없이 했을 것 같아요. 그런데 커 가면서 약간 의문을 가질 것 같아요. 제가 할아버지였다면 정말 혼란스러운 어린 시절을 보냈을 것 같아요.

하늬 어릴 적에 매일 참배를 했던 장소를 무너뜨리는 걸 보는 할아버지의 심정이 얼핏 짐작이 가요. 난 4년 동안 한번도 안 빠지고 열심히 참배했는데… 하는 아쉬움과 허무함도 있었을 것 같고 4년간은 열심히 가게 하더니 왜 지금은 무너뜨리는 걸까 하는 의문도 들었을 것 같아요. 당시 일본이 우리에게 한 일은 정말 다 잘못된 일이지만 그중에서도 정신적으로 '세뇌'시키려고 한 게 가장 나쁜 일인 것 같아요. 그래서 끝끝내 진심으로 사과하려는 태도를 보이지 않는 현 일본 정부가 원망스럽네요.

솔 매번 느끼는 것이지만 조금 더 그런 행동들의 이유를 알게 될 나이에 해방이 되었다면 더 크게 무너지고 혼란스러울 수도 있었겠다 싶네요. 지금까지 맞다고 생각한 모든 것이 사실은 잘못된 것이란 것을 알았을 때 과연 버틸 수 있을지.

할 어제까지는 가장 신성한 곳이었던 신궁이 지금은 가장 신성하지 못한 장소로 파괴됐으니 그게 혼란스러웠다는 이야기이다. 그런 것을 보면 일본 사람들의 식민지 교육이 얼마나 악랄하고 심했던가를 가늠할 수가 있다. 지금도 일본 사람들이 그 잘못을 깨닫지 못하고 허튼소리만 하고 있으니 참 괘씸하다.

이바구 124

화장실 휴지

어릴 때 화장실은 재래식 변소라서 내려다보면 배설물이 모두 보인다. 우리 집 화장실은 대문 옆에 있었다. 한 달에 한번쯤 산직이가 와서 똥을 퍼 간다. 똥은 소달구지에 싣고 온 똥장군에 퍼 담아 간다. 우리 집뿐 아니라 이웃집까지 똥장군 대여섯 개를 채워 간다. 이는 모두 퇴비로 사용을 했다. 다 푸고 난 다음 하얀 횟가루를 뿌려 두고 간다. 학교의 변소도 크게 다르지는 않다. 한 가지 다른 점이 있다면 화장실 벽에 써 놓은 낙서들이다. 대개 누가 누구와 연애한다거나 누구를 좋아한다, 아니면 누가 밉다는 등의 낙서다. 앉아서 그걸 읽다 보면 참 흥미로웠다. 휴지는 집에서나 학교에선 대개 신문지 등을 잘라 철사에 매달아 놓고 사용했다. 아버지가 매우 꼼꼼한 성격이라 신문지를 반듯한 사각형으로 잘라 주셨다. 방학 때 시골 외가에 가면 신문지 대신 호박잎이나 아주까리잎과 같은 넓은 잎을 휴지 대용으로 사용했다. 외가도 부자였었는데 왜 화장실은 그렇게 허술하게 지어 놓고 살았는지 모르겠다.

선재 저희 학교 화장실도 가면 온갖 낙서들을 볼 수 있어요. 제가 고등학교에 처음 입학하고 화장실을 갔는데, 화장실 벽에 어떤 남자 사람이 그려져 있었어요. 그 낙서를 보고 나서 반에 들어갔는데, 낙서랑 똑같이 생긴 선생님이 들어오셔서 너무 웃겼던 기억이 나요. ㅋㅋㅋ

하늬 가끔 옛날 소설을 읽다 보면 똥 푸는 사람이 나오길래 저는 그게 조선시대처럼 굉장히 옛날 일인 줄로만 알았어요. 다른 발전들은 부정적인 면들도 많은데 재래식 화장실이 수세식으로 바뀐 것만큼은 정말 좋고 필요한 발전 같아요. 화장실이 발전해야 위생도 좋아지고, 더 나아가서 건강에도 좋으니까요. 그나저나 수세식 화장실로 바뀐 지 100년도 안 된 셈인데 벌써 자동으로 물을 내릴 수 있고 비데 기능까지 된다는 게 정말 신기해요!

솔 그렇게 하나하나 사소한 것들을 아끼시다 보니 부자가 되신 것 아닐까요? 조금 과한 면도 있지만 그런 습관이 중요한 것 같다고 생각됩니다.

할 되돌아보면 우리나라의 고속도로 휴게소에 설치되어 있는 화장실은 세계적인 것이란다. 깨끗하기도 하지만 아름답게 꾸며서 이게 문화공간인가 착각할 정도이다. 지금 세대의 어린 사람들은 할아버지가 이야기하는 화장실이 어떤 것인지 짐작도 하기 어려울 것이다. 휴지가 처음 나온 것은 호텔 같은 곳이었는데 사람들은 호텔 화장실에 들러 그 휴지를 훔쳐가기도 했단다. 그런 시절이 있었다.

이바구 125

돈

돈 돈 돈, 참 유용한 돈이다. 나는 어릴 때 돈을 만져 본 기억이 없다. 어릴 때뿐만 아니라 고등학교 때까지. 어릴 때 부모님은 왜 내게 경제적인 가르침을 주지 않았는지 자라면서 궁금했다. 초등학교 때는 손님이 오셔서 돈을 주거나 아니면 설날 세뱃돈을 받으면 모두 어머니에게 바쳤다. 손님이 오셔서 돈을 주면 어머님은 항상 이렇게 말씀하신다. "애는 돈을 몰라요." 그러면서 주지 말라고 한다. 나는 내심 어머니의 그런 말에 야속했다. 필요한 학용품이나 물건이 있으면 모두 집에 있었다. 달라고 하면 모두 현물 지급이다. 돈으로 사면 될 것도 내가 사지 못했다. 내가 현금을 만져 본 경험은 오로지 학교에 갔다 바칠 벌금(잘못하면 벌도 세우지만 벌금을 내었다)은 할머니를 졸라 현금으로 갖다 바쳤다. 그 코 묻은 돈으로 전쟁물자를 만든다고 했다. 할머니의 속주머니에서 꼬깃꼬깃한 돈 그것을 만져 본 기억밖에 없다. 벌금은 부모님께 말하면 혼날 것 같아 언제나 할머님께 말씀드리고 타 갔다. 이러니 돈이 무엇인지도 모르고 특히 돈의 셈법도 몰랐다. 돈이 없어도 내가 살아가는 데는 별 불편이 없었다. 이런 훈련 때문에 나는 일생토록 돈에 대해서는 아주 멍청한 편이다.

선재 저도 어릴 때는 돈이 없어도 대부분 부모님이 사 주셔서 불편함을 느끼지 못했는데, 점점 커 가면서 돈이 꼭 필요하지 않아도 갖고 싶다고 생각하게 되었어요. 특히 용돈을 달마다 받고 싶다는 생각을 많이 하게 되었는데 별로 쓸 데는 없어도 돈을 갖고 있다는 사실이 뿌듯하게 느껴지기도 하고 든든하기도 했어요. ㅋㅋ

하늬 전, 오히려 항상 필요할 때마다 부모님께 돈을 달라고 하면 부모님께서는 제게 그때그때 돈을 주셨어요. 물론 지금도 그렇고요. 보통 제 주변 친구들을 보면 매달, 아니면 매주 용돈을 받던데 저는 그렇게 하면 돈이 쌓일 때는 필요 이상으로 쌓이고 정작 돈을 쓸 일이 있을 때는 한참 부족하더라고요. 제 친구들을 보면 벌써 혼자서 본인 통장을 관리하는 친구들도 있던데 저는 그런 친구들에 비하면 아직 돈 관리에 미숙한 것 같아요. 물론 아직까지는 불편함이 전혀 없지만 이제 경제활동을 하게 될 테니까 돈 관리에 대해서도 좀 더 알아야 할 것 같아요.

솔 그래서 돈에 대해 모르는 것이 할아버지가 오랫동안 밝고 건강하게 지내시는 비결이 된 것 같습니다. 물론 할머니께서 그만큼 더 많이 고생하시지만요. ㅋㅋ

할 할아버지의 약점은 돈을 사용해 본 적이 없으니 관리 능력이 없는 것이다. 요즘 세상을 살아가는 것에는 가장 큰 약점이다. 너희 말대로 할머니가 잘 관리해 주셔서 지금이 있는 것이다. 내 생각에 너희들은 일생을 살아가기 위해 기본적인 경제적 개념이 건강하게 있기를 바란다. 돈을 잘 관리하고 잘 쓰는 방법도 익혀야 한다.

이바구 126

담벼락 낙서

우리 집 골목에 약간 넓은 공간이 있었다. 이 공간에 저녁때면 골목 친구들이 모여 놀았다. 골목을 도는 마라톤도 하고 한 귀퉁이에 세워진 평행봉을 즐기기도 했다. 주로 남자애들만 모였다. 나는 분필로 앞집 담벼락에 그림 그리기를 좋아했다. 애들 모습도 그리고 꽃도 그리고 그냥 담벼락에 그리는 것이 좋았다. 이 골목의 담장은 내 캔버스였다. 하루는 집주인 어른에게 들켜 호되게 야단을 맞았다. 물걸레로 내가 그린 모든 그림을 지우고 나서야 용서를 받았다.

나는 그 이후로 담벼락에 그림을 그리거나 낙서를 하는 일은 없었다. 간혹 학교 화장실에 들르면 온갖 낙서가 있어서 나도 댓글을 달고 싶은 욕구가 있었으나 야단맞았던 기억 때문에 낙서는 읽기만 하고 하지 못했다. 외가가 직지사였기 때문에 완행열차를 기다리다 역에 있는 공중화장실에 들어가면 학교 화장실과는 다른 그림들이 많이 그려져 있었다. 요즈음 말로 말하자면 포르노다. 볼일을 다 보고도 그 그림을 보노라 더 쭈그리고 앉았었던 기억이 난다. 초등학생인데도 그런 그림을 보고 더 보고 싶어 했으니 본능의 성장이었나 보다.

선재 이런 내용은 보고 싶지 않고 쓰고 싶지 않아요.

하늬 우와 제가 중학생 때 가장 하고 싶은 봉사활동 중 하나가 벽화 그리기였는데… 할아버지께서는 결국 혼쭐이 나긴 했지만 실천해 보셨으니 부러워요. ㅎㅎ 저는 정리를 잘 하는 편이 아니어서 종종 어질러 놓긴 해도 제 책상에 낙서하는 건 정말 싫어했어요. 사실 낙서 자체를 굉장히 부정적으로 생각했던 것 같아요. 낙서라고 하면 사람들이 생각 없이 문화재나 자연물에 낙서한 게 가장 먼저 떠올라서요. 그런데 요즘은 낙서도 하나의 감정 표현이고, 어떻게 보면 예술이라고 할 수도 있겠다는 생각이 들어요. 실제로 낙서 중에서도 훌륭한 낙서들이 많더라고요!

할 하늬야 네 말이 맞다. 할아버지가 여행을 하다 보면 벽에 스프레이로 낙서나 그림을 그린 것이 많았는데 그것을 지우지 않고 보관한 도시들도 있다. 네 말대로 낙서도 예술이라는 주장일 것이다.

솔 보통 사춘기 때 성욕이 많이 나타난다고 생각했는데 저도 기억을 떠올려 보면 초등학교 때 더 그런 호기심에 휩싸여 있던 것 같습니다. 그런 그림 하나에도 본능적으로 반응하게 되고.

이바구 127

뱀

뱀은 외가에 가 있을 때는 심심찮게 봤다. 구렁이가 담 넘어간다는 말처럼 외가 담장을 넘어가는 굵직한 뱀도 보았다. 나는 놀랐는데 외가 식구들은 하나도 놀라지 않았다. 외가에서 길을 따라 직지사에 가자면 8km 정도 걸어야 한다. 그런데 산길을 따라가면 축지법 하듯 훨씬 가까운 거리로 빨리 도착한다. 그래서 외가 형들과 어울려 직지사를 갈 때는 언제나 이 산길을 걸었다. 가는 도중에 신기한 것을 보았다. 뱀들이 열 마리도 넘게 서로 엉겨 있는 것을 보았다. 마치 커다란 축구공 같았다. 신기하고 무서웠다. 하루는 동네 어귀에 있는 느티나무 아래서 노는데 뱀 한 마리가 나왔다. 형이 뱀을 잡아 네 토막을 내었다. 그리곤 동서남북으로 갈라 멀리 던져 버렸다. 나는 왜 뱀을 토막 내는지 물어보았다. 뱀은 영물이라서 죽여도 다시 살아난다고 했다. 그래서 토막을 내어 살아나지 못하도록 동서남북으로 버린다고 했다.

선재 전, 뱀도 무섭지만 벌레가 가장 무서운데, 산에만 가면 벌레들이 너무 많아서 힘들었던 기억이 있어요. 원래 뱀이나 벌레는 도시보다는 시골에 더 많은데, 저희 동네는 산이 많아서 그런지 벌레가 너무 많아서 괴로워요. ㅜㅜ

하늬 조그마한 벌레도 무서워하는 제가 살아 있는 뱀을 봤다면 기절하지 않았을까요. ㅋㅋ 그나저나 뱀이 한 마리도 아니고 단체로 엉켜 있다니. 생각만 해도 무섭네요. 근데 그 무서운 뱀을 아무렇지 않게 잡아서 토막을 내신 분은 정말 대단하시네요. 저는 교육 등등의 문제 때문에 지금 시대를 살아가는 게 마음에 들지 않을 때도 종종 있지만 벌레를 생각하면 지금 이 시대에 태어나서 정말 다행인 것 같아요. 옛날에 태어났으면 집 밖에 제대로 나가지를 못했을 거예요. ㅠㅠ

솔 ㅋㅋㅋ 뱀이 영물이라고 해서 굉장히 영험함을 느꼈는데 그래서 토막 내서 버렸다고 하니까 인간이 정말 가장 무섭다고 느껴지네요.

할 뱀은 일찍부터 사람들의 입에 오르내렸던 동물이다. 동양이나 서양이나 신화에 뱀이 많이 등장한다. 네팔이나 인도를 여행하다 보면 코브라뱀이 주인의 피리 소리를 들으면서 춤을 추는 광경도 본단다. 너희들이 가 본 네팔에는 뱀의 날이라는 기념일도 있단다. 뱀을 신성시하기 때문에 생긴 날인데 우스운 이야기는 이 날에 뱀을 잡아서 술을 먹여 놓아 준단다. 별난 풍습도 다 있다.

이바구
128

망치로 고기 잡기

여름방학 대부분은 시골에 있는 외가에서 보냈다. 외가에 가면 또래의 친척들이 많아 항상 즐겁게 놀다 온다. 동네 앞에는 황학산 골짜기에서 흘러 내려오는 작은 내가 있었다. 여름이면 이곳에서 또래들이 모여 물놀이도 하고 고기도 잡고 그랬다. 한번은 형들이 큰 망치를 들고 고기를 잡자고 했다. 나는 고기는 낚시로 잡아야지 망치로 잡는다는 것을 이해하기 어려웠다. 형들과 함께 망치를 들고 나는 고기를 잡아 담을 양동이를 들고 따라갔다. 물이 흐르는 내를 자세히 보면 바위가 있다. 형들은 망치로 이 물속의 바위를 힘껏 내리쳤다. 그러면 이 바위 밑에 있던 고기들이 망치 소리에 충격을 받아 기절을 한다. 기절한 고기들은 흰 배를 드러내면서 수면 위로 올라온다. 그러면 나는 잽싸게 건져 양동이에 담는다. 신기한 것은 얼마간 시간이 지나면 기절했던 고기들이 정신을 차리고 양동이 안에서 헤엄을 친다.

선재 저는 양쪽 할아버지, 할머니가 다 서울에 계셔서 시골에 자주 내려가진 않지만, 시골 대신에 저희 집 뒷산에 자주 놀러 갔었던 기억이 나요. 여름에 백사실 계곡에서 할아버지처럼 고기도 잡았어요. 그런데 저는 그런 요령을 몰라서 손으로 잡았는데, 너무 작고 빨라서 쉽게 잡히지 않아 속상했어요. 그러다 정말 운이 좋아서 작은 물고기 한 마리를 잡았는데, 엄마가 놔 주라고 해서 정말 서운했던 기억이 나요. ㅠㅠ

하늬 망치로 고기를 잡는다고 해서 망치로 물고기를 직접 내리치는 줄 알고 깜짝 놀랐는데 아니라니까 다행이네요. 저는 태어나서 쭉 자란 곳도 서울이고 외가, 친가 모두 서울에 있어서 명절마다 시골에 갈 일이 없어요. 사실 제가 워낙 벌레를 싫어하고 돌아다니는 강아지조차도 무서워해서 시골을 엄청 좋아하지는 않아요. 그렇지만 명절 때마다 시골에 내려가서 가마솥 뚜껑에 삼겹살 구워 먹고, 가족들끼리 둘러앉아서 싱싱한 과일도 먹는 등의 일들은 부럽더라고요.

솔 책을 보다 보면 돌로 내려쳐서 물고기를 기절시키는 장면 묘사가 많은데 그게 실제로 가능할까 항상 의문이었어요. 그렇게 얕은 곳에 눈에 보일 만큼의 물고기가 산다는 것도 신기하고… 기회가 되면 한번 보고 싶네요. 어릴 때 한결이 형이랑 네팔 강가에서 돌 깨부수던 게 아직도 기억에 훤합니다.

할 망치로 바위를 내리치면 그 소리가 물로 파장을 일으키기 때문에 바위 근처에 있던 물고기들은 모두 그 소리에 기절한단다. 사람들은 어떻게 그런 생각을 해냈을까. 요즘은 아마 그런 광경을 보기는 힘들 것이다.

이바구
129

닭 서리

외가 기억은 많이 남아 있다. 도시에서의 일상에서 벗어난 시골 외가의 기억은 나한테는 신선한 비타민이다. 외가 또래 형제들과 만나면 아래채에 있는 머슴(그땐 머슴이 있어서 나보고 도련님이라고 했다. 그의 어머니는 나의 유모였다) 방에서 어울려 놀곤 했다. 그분은 나보다 나이도 많았는데 항상 도련님이라고 해서 참 이상했다. 나는 밤이 으슥해지면 형제들과 어울려 친척집의 닭장을 서리하러 나갔다. 닭을 몰래 훔쳐 이 머슴방에서 닭을 삶아 먹었다. 몰래 잡아먹는 스릴은 대단한 모험이었다. 이튿날 아침이 되면 그 친척집에서 닭서리 할 만한 범인을 지목하여 온 동네를 수색한다. 그래도 나는 잡히지 않았다. 지금 생각하면 뻔한 이야기인데 그땐 정말 그 친척집 아저씨가 범인을 못 잡는 줄 알았다. 닭 잡아먹고 오리발 내밀었다. 닭도 맛있지만 낮에는 콩밭에 가서 콩서리를 하여 구워 먹는 맛도 좋다. 참외밭에 가면 맛있는 참외도 있었다. 그 정도는 주인들이 모두 알지만 외가를 찾아온 나를 위해 모른 체해 주신 것이다.

선재 저도 유치원 때부터 친구들과 초등학생 때 시골에 놀러 간 적이 있었는데, 밤에 한 언니가 저희를 모두 끌고 수박 서리를 하러 갔던 게 기억이 나요. 저는 살면서 서리하는 게 처음이어서 정말 들킬까 조마조마했어요. 그리고 도망칠 때도 누구보다 잽싸게 도망쳤어요. ㅋㅋㅋ 정말 오랫동안 속다가 고학년이 되고 나서야 어른들이 아이들을 위해 준비한 이벤트라는 걸 알게 됐어요. ㅋㅋㅋ

하늬 예전에 티비에서 출연자들이 닭을 잡는 모습을 본 적이 있는데 닭을 붙잡고 나서도 어쩔 줄을 몰라 하더라고요. 근데 당시 되게 어렸을 할아버지 또래들이 닭을 직접 잡아서 삶아 드셨다니 대단하시네요! 수박 서리나 참외 서리 등은 들어 봤지만 닭 서리는 처음 들어 봤는데 가장 맛있을 것 같네요. ㅋㅋ 요즘 세상에 서리를 하면 정말 큰일나겠지만요. 시골은 여러모로 매력이 있지만 그중에서도 가장 큰 매력은 따뜻한 인심인 것 같아요.

솔 닭 손질하는 게 여간 어려운 일이 아닐 텐데 그걸 혼자 잡으셔서 목 치고 털 다 뽑아내고 하는 게… 저는 사실 귀찮아서라도 그렇게 안 먹고 먹기 쉬운 걸로 서리했을 것 같네요. 저도 어릴 때 맨날 어무이 속였다고 생각했는데 그냥 다 알고 넘어가 줬다고 나중에 얘기해 주셔서 깜짝 놀랐네요.

할 그때 그 시절은 어른들이 알고도 모른 체해 주었던 일들이다. 놀이가 별로 있었던 시절이 아니기 때문에 이 서리도 놀이 중에 하나라고 생각했었다. 지금 우리가 살아가는 기준으로 보면 이것은 놀이가 아니라 범죄 행위이다. 혼자 하는 범죄가 아니고 떼를 지어 하는 범죄이기 때문에 특수절도범들이다. 세월이 많이 바뀌었다.

이바구 130

도시락

내가 초등학교 때는 도시락을 싸 오는 친구들이 그렇게 많지 않았다. 일제 때는 학교급식이라 주로 빵을 먹었던 기억이 있다. 해방이 되어도 사정은 별로 나아지지 않아 점심 도시락을 싸 오는 친구는 반도 안 되었다. 대개 반찬이라야 김치가 주종이고 부잣집 애들은 계란 프라이나 삶은 것을 싸 왔다. 나는 도시락을 항상 두 개씩 싸 갔다. 하나는 담임 선생님 드리고 하나는 내가 먹었다. 담임 선생님이 음악 선생님이었는데 집이 가난하여 점심을 늘 굶으셨다. 어머니가 이를 알고 도시락을 두 개 싸 주신 것이다. 이 선생님과의 인연은 매우 깊다.

내가 경북중학교에 입학하자 선생님도 우리 학교에 음악 선생님으로 오셨다. 고등학교에 진학을 했더니 또 고등학교 음악 선생님으로 오셨다. 내가 의과대학으로 진학을 하자 선생님은 대구교육대학교 교수로 가셨다. 나중에 교육대학교 학장까지 지내시고 정년퇴임을 하셨다. 선생님이 결혼하실 때 내가 의예과생이었는데 선생님의 부탁으로 축시를 지어 낭송해 드린 인연이 있다.

점심시간이면 겨울엔 난로에 많은 도시락으로 산을 이룬다. 제일 밑에 얹어 둔 도시락은 누룽지가 된다. 중간쯤 올려 두면 아주 맛있는 따끈따끈한 밥으로 따뜻해진다. 추억의 도시락.

선재 제가 학교 다닐 때는 급식이 나와서 도시락에 대한 기억은 많이 없지만 가끔 소풍을 가면 도시락을 싸 갔었는데, 그때마다 친구들과 도시락을 바꿔 먹은 기억이 나요. 꼭 한 명 정도는 맛있는 간식을 싸 와서 모두 뺏어 먹은 기억이 나요. ㅋㅋㅋ

하늬 우와! 할아버지께서는 그분과 굉장히 긴 시간 동안 밀접한 인연을 맺고 계셨네요. 그나저나 축시를 지으셨다니 저희 가족들은 거의 다 이과 쪽 직업을 갖고 있는데도 글짓기에 많은 재능을 가지는 경우가 많은가 봐요. 저는 아닌 것 같지만요. ㅎㅎ 이건 순전히 제 생각이지만 글짓기는 무에서 유를 창조해 내는 작업이에요. 수학이나 과학은 유에서 유를 창조해 내는 것이지만요. 그래서 문학은 흥미롭기도 하지만 제게는 너무나도 이해하기 힘든 분야예요. 특히 문학을 답이 정해져 있는 시험에서 마주할 때는 공부를 하면 할수록 더욱 혼란스럽더라고요. ㅠㅠ

솔 저도 어렸을 때 필리핀에서 한 달 정도 생활하면서 거기서 영어 배울 때 가르쳐 주던 선생님이 대우받는 것이나 이런 것들이 너무 맘에 걸려서 어린 맘에 먹을 것도 싸 들고 가고 어디 갈 때도 같이 가고 하면서 챙겼던 기억이 나네요. 비록 나라는 달랐지만 뭔가 스승과 제자로서 유대가 생겼던 것 같아요. 그러한 인연을 쭉 이어 왔으면 좋았을 텐데 할아버지가 그러셨던 모습을 보고 뭔가 마음이 뭉클합니다.

할 할아버지한테는 그 선생님이 자랑스러운 선생님이긴 하지만 한편으로는 노래도 못하게 되고 음악에 대한 이해도 못하게 된 선생님이다. 나중에 대학생이 되어 선생님께 물어봤다. 선생님의 대답은 음악을 하면 가난하게 산다고 나에게는 음악을 가르치지 않으셨단다. 그래서 지금도 할아버지는 음계를 읽을 수 없는 음치가 되었단다.

이바구 131

누가 더 부자야

부잣집 친구가 하나 있었다. 집도 2층으로 된 일본식 집이고 놀러가 보면 신기한 가구들이 많았다. 가만히 있어도 그 친구가 부자라는 것은 우리 모두가 알고 있었다. 그런데 그는 항상 자기 집이 제일 부자라고 자랑을 했다. 우리들 중에는 그런 부잣집을 부러워하는 친구도 있었고 반대로 시기하는 친구도 있었다. 부러워하든 시기하든 그가 제일 부자인 것은 사실이다.

얼마나 부자일까 그런 것은 우리 모두의 궁금증이었다. 하루는 친구들이 나보고 그 친구와 누가 더 부자인가를 겨루어 보라고 부추겼다. 사실 우리 집은 가난하게 살진 않았지만 그 친구와 겨룰 정도의 부자는 아니었다. 무슨 타이틀 매치하듯 날을 정해 놓고 친구들이 심판을 보고 부자 시합을 했다. 규칙을 정했다. 각자 집에 있는 물건들을 이어 가면 누구네 집이 더 길게 이어질까 그런 기준이었다. 내가 그 친구보다 부자가 아닌데도 내가 이겼다.

친구들이 환호성을 질러 내가 일약 제일 부자가 되었다. 부자가 된 사연은 이렇다. 우리 집이 세 가지 품목을 생산하는 작은 공장을 갖고 있었다. 떡가래 공장(그때로는 기계떡이 처음이다), 국수공장, 그리고 나무젓가락 공장(놋쇠는 전부 공출하고 나무로 젓가락을 만들어 놋쇠젓가락처럼 만들어 썼다)이다. 이 공장 덕에 내가 더 부자로 등극했다. 가래떡의 길이, 국수 하나하나의 길이, 그리고 나무젓가락을 이어 놓은 길이는 그 친구 집의 모든 가구나 재산을 이어 놓아도 나를 따르지 못했다. ㅋㅋㅋ 국수 한 뭉치가 아니라 한 가닥 한 가닥을 이어 가면… 그런 억지 같은 주장으로 내가 부자에 등극했다.

선재 저는 초등학교를 사립학교를 나왔기 때문에 학교를 다닐 때 주변에 부자인 친구들이 많았어요. 그래서 약간 주눅이 들 때도 있었고, 질투가 날 때도 있었어요. 그때는 아빠가 카페를 하고 계셨는데, 어느 날 다른 날과는 다르게 손님이 많이 와서 하루에 10만 원을 번 적이 있었어요. 그때 제가 너무 기쁘고 제가 약간 부자가 된 듯한 ㅋㅋ 기분이 들어 학교에서 자랑을 했는데, 한 아이가 자기 아빠는 하루에 천만 원을 번다고 얘기하는 걸 듣고 기가 죽어서 온 기억이 나요. 지금 생각하면 정말 의미 없는 자랑인데, 그때는 제게 굉장히 중요하게 다가왔던 것 같아요.

하늬 당시에는 부자가 아이들이 가장 부러워하는 대상이었나 봐요. 저희는 그런 게임?은 한 적이 없지만 부러워하는 친구 유형은 있었어요. 바로 부모님이나 가까운 가족 중에서 방송국에서 일하시는 분이 계시면 그 친구는 항상 부러움의 대상이었어요. 왜냐하면 다른 친구들보다 쉽게 연예인을 볼 수 있으니까요. 실제로 그 친구가 먹을 거를 받고 연예인 사인을 대신 받아 주기도 하고, 한번은 방송국에서 일하시는 그 친구의 가족분을 통해서 저희 학교에서 방송국으로 견학을 가기도 했어요. 이렇게 생각하니까 시대별로 부러움의 대상이 정말 많이 다른 것 같아요.

솔 ㅋㅋㅋㅋ 국수 부자….

할 어릴 때이지만 되돌아보면 할아버지도 경쟁심이 많았었나 보다. 그 친구보다 부자도 아닌데 부자 시합에 이긴 것은 물건의 길이로 판단을 했기 때문에 내가 이긴 것이다. 어릴 때도 할아버지는 그런 활용 능력이 있었나 보다.

이근후 박사의 세 살 버릇, 영원한 개구쟁이

이서원
(사회복지학 박사)

이근후 선생님의 '나의 어릴 적 이바구' 333편은 장편 영화 한 편을 보는 것 같습니다. 아무런 의도 없이 기억의 조각을 따라 가장 어린 시절부터 청년 시절까지 겪고 느끼고 생각했던 이야기를 술술 이야기하고 있기 때문입니다. 그런데 가만히 들여다보면 영화의 메인 테마가 있는 것처럼 333편의 이바구들은 하나도 같은 것이 없으면서도 몇 가지 일정한 궤적을 그리고 있음을 알게 됩니다. 이 궤적을 영화 제목으로 붙인다면 '영원한 개구쟁이' 가 아닐까요. 다르게 제목을 붙이자면 '한국의 피터팬' 이라 할 수 있을 듯합니다.

가장 먼저 어릴 적 이바구 속에서 선생님의 인격에 영향을 미친 분으로 어머님을 생각하게 됩니다. 어머님은 강하고 유연한 분이셨던 것 같습니다. 아들이 아파 집안에서 하는 굿판을 '어느 조상이 후손을 아프게 하느냐.' 시며 엎으셨던 일화는 어머님이 강하시면서도 굿의 논리보다 더 근본적인 논리를 대어 그동안 관행으로 해 오던 굿을 하지 못하도록 유연하게 대처하신 것으로 보입니다. 강직하되 유연할 수 있었던 이유는 근본적인 논리를 생각해 내시는 지혜에서 찾을 수 있습니다. 선생님 또한 일상의 일화에서 어머님을 쏙 빼닮은 모습을 자주 볼 수 있습니다. 라디오 청소년 성상담에서 자위행위로 죄책감을 느끼는데 어떻게 하면 좋으냐는 질문에 '내 것 가지고 내가 만지는데 누가 뭐래나.' 로 답한 것은 근본적인 논리로 지엽적인 논리들을 꼼짝 못하게 하는 어머님의 특징을 그대로 물려받은 것으로 보입니다.

선생님은 어머님의 지혜와 그 지혜를 가능하게 한 우수한 지능을 물려받으셨으면서도 선생님만의 개성 있는 특징 하나를 만들어 오셨습니다. 그것은 낙천적인 장난기입니다. 친구를 골려 준 이야기는 이바구 가운데 곳곳에 등장하며 능청스러운 농담은 지금도 이어지는 똑같은 모습입니다. 지구를 들어올리겠다는 장래 약속에 친구들이 놀리자 물구나무서기를 하여 지구를 들어올렸다는 에피소드는 이바구 가운데 주체할 수 없는 장난기가 발휘된 백미 에피소드입니다. 만년 장난꾸러기 소년으로서 선생님의 특징은 어린 시절부터 지금까지 일관된 모습으로 보입니다.

장난꾸러기는 누가 이래라저래라 하는 것을 천성적으로 싫어하기 마련입니다. 그런데 선생님은 일제강점기와 미군정기 및 격동의 군사정권, 혼란의 시대를 고스란히 살아오시면서 가족과 사회로부터 숱한 억압과 부조리한 통제를 한몸에 받으셨습니다. 그럼에도 불구하고 이 근후란 장난꾸러기는 특출난 지혜와 낙천적인 성격으로 자유의 욕구를 실현하고자 노력하였습니다. 그리고 억울한 일을 당하면 이를 꿈에서라도 풀고자 했지 그대로 억압하고 마음의 병으로 가져가지 않았습니다. 깡패들에게 아무 이유 없이 맞아 자존감의 상처를 입고 꿈에서 한번도 진 적이 없는 싸우는 장면을 반복해서 꿈꾸었다는 일화는 이를 이야기해 줍니다.

또한 장난꾸러기는 노는 것을 좋아합니다. 노는 것이야말로 장난꾸러기를 장난꾸러기이게 하는 가장 대표적인 특징이기도 하니까요. 그것도 즐겁고 품격 있게 노는 것을 좋아하는 낭만성을 가지고 있어서 어린 시절부터 예술을 좋아하고 사랑하고 즐겼습니다. 친척 누나들의 노래를 좋아해서 하염없이 들으며 행복해한 일화는 어려움 가운데도 예술을 사랑한 장난꾸러기의 단면을 잘 보여 주고 있습니다. 이후 지금까지 문인들을 가까이하고 예술가들과 자주 교류하는 모습은 어린 시절부터 사랑한 예술을 삶에서 가까이하고 향유하는 것으로 보입니다.

장난꾸러기는 못하게 막으면 오래 잊지 않고 마음에 앙금으로 남아 있게 됩니다. 대표적인 것이 수영입니다. 익사할까 두려워 아예 수영을 하지 못하게 막았던 어머님 이야기는 거듭해서 이바구에 등장합니다. 이것은 물에서 정신없이 즐겁게 놀아야 어울리는 장난꾸러기의 자연스러운 욕구를 일시에 막아 버린 것으로 평생에 걸친 앙금이 되었습니다. 그런데 이 장난꾸러기는 어머니와 아버지를 닮아 강한 기질을 가지고 있습니다. 그리하여 수영을 못한다면 이번에는 산을 오릅니다. 세계에서 가장 높다는 히말라야 산맥을 트레킹하는 수십 년을 보내게 됩니다. 그러나 아직도 수영을 하지 못하는 현실은 앙금이 되어 남아 있습니다. 단지 희석될 뿐입니다. 그래서 이야기합니다. 트라우마는 지워지지 않고 단지 희석될 뿐이라고 말이지요. 수영으로 대표되는 가족 간 앙금뿐만 아니라 전쟁과 혼란기에 겪은 많은 억울하고 힘겨운 일들이 선생님 마음에는 크고 작은 트라우마로 희미하게 희석된 채 자리잡고 있어 보입니다.

다음으로 선생님의 인격에 영향을 미친 분은 아버님을 생각하게 됩니다. 아버님은 매우 성실하셨던 분으로 느껴집니다. 그리고 정도를 걸은 분으로 보입니다. 당신의 뜻을 세상에 제대로 펼치지 못하셨지만 아들만은 잘 되기를 간절히 바란 우직한 분 같습니다. 그 영향을 받아 선생님의 내면에는 성실하고 우직한 면이 자리하고 있어 보입니다. 무엇을 시작하면 수십 년간 오래도록 지속하는 특징은 아버님의 내면을 그대로 이어받은 것이 아닌가 합니다. 네팔 의료봉사는 그중 대표적인 모습입니다.

아버지에 대한 기억 가운데 억울하게 매를 맞은 일은 오래도록 선생님 삶에 영향을 미친 정당한 인과에 대한 강한 염원을 가지게 한 동인이 되지 않았을까 싶습니다. 정신과 전문의란 다른 사람들이 다 미쳤다고 치부해 버리는 사람들의 마음 깊이 들어가 그렇게 될 수밖에 없는 원인을 밝혀내는 사람이라고 할 수 있습니다. 그것은 사람들의 오해와 억측으로 스스로 고립되어 아파하는 사람들의 억울함을 벗겨 주는 일입니다. 이 일을 평생의 천직으로 해 온 마음의 깊은 바닥에는 인과관계를 제대로 알고 사람을 대해야 하지 않느냐는 아버지의 매에 대한 아들의 반발심이 있지 않았을까 하는 생각이 듭니다. 선생님은 이 일에 대해서도 정신과 전문의가 되어 아버지가 그때 그랬던 것은 스스로 삶이 풀리지 않아 그것을 아들의 작은 자극에 화풀이한 것이라고 정확한 인과관계를 헤아려 풀어내셨습니다. 모든 내담자는 혼란스러워 상담가와 정신과 전문의를 찾습니다. 명료하고 근본적인 인과관계를 목말라 합니다. 인과관계를 깊이 헤아리는 최일선에 정신과 전문의가 있습니다. 선생님은 자연스럽게 정신과 전문의가 될 삶의 맥락을 가지고 있었던 것으로 보입니다.

선생님의 이바구에서 자주 등장하는 이야기는 습관의 무서움입니다. 옳고 그르고를 떠나 한 번 익숙해지면 평생 지속되는 습관 말이지요. 어린 시절 학교까지 친구들을 제치고 빨리 걸으며 영어 단어를 손으로 고물거리며 외우던 습관이 든 후로 지금도 걸음걸이가 비교적 빠른 속보이고 또 무심히 손가락으로 영어 단어를 쓴다는 고백은 선생님 스스로의 이야기처럼 습관이 참 무섭다는 걸 말해 줍니다. 돈에 대해 모르는 것도 평생 이어지는 습관이고, 껌을 씹지 않는 것도 습관이며 아버지의 담배 냄새가 싫어 지금껏 한 번도 담배를 입에 대 본 적이 없는 것도 습관입니다. 선생님은 이런 여러 가지 습관이 합해져서 지금의 여러 행동 패턴과 당신의 모습이 만들어진 것이 아닐까요.

이처럼 평생 장난꾸러기였던 선생님을 대표하는 특성 두 가지를 들라면 주체성과 창의성이 아닐까요. 사람은 원본으로 태어나 복사본으로 죽는 경우가 많다고 합니다만 선생님은 숱한 압력과 유혹에도 불구하고 원본으로 태어나 원본으로 꿋꿋하게 살고 계시는 분입니다. 모든 일을 나의 이유와 의미를 담아 창조적으로 만들어 사는 재미있는 삶을 사십니다. '나는 죽을 때까지 재미있게 살고 싶다'는 책 제목은 우연히 만들어진 것이 아니라 주체적이고 창의적으로 살아온 선생님의 삶이 오롯이 담긴 자서전 제목입니다. 요즘 우표 책을 저술하시고 우표 동호인들과 즐거운 교류를 하시는 것은 선생님의 주체적이고 창의적인 특성이 하나의 장으로 펼쳐진 것뿐이라는 것을 가까이에서 선생님을 보아 온 사람이라면 어렵지 않게 알 수 있습니다.

제가 25년 가까이 선생님을 곁에서 뵈면서 언제나 즐겁고 행복했던 이유를 이제는 조금 이해할 것 같습니다. 그것은 선생님의 어린 시절 이바구에 담긴 선생님의 장난꾸러기가 끊임없이 새로운 것을 생각하시고 만드시며 그 속에서 재미있게 노는 모습을 보고 닮아 가고 있었기 때문이 아닐까요. 영원한 개구쟁이 이근후 선생님의 재미있는 인생을 저도 평생 닮아 가고 싶습니다. 저의 스승으로 계셔 주셔서 참 좋습니다.

2019. 10. 4.

이서원